백만장자
작가수업

책쓰기로 만드는
글로소득 평생연금술의 모든 것

백만장자
작가수업

송숙희 지음

좋아하는 책쓰기로
평생 돈 나오는 파이프라인 만들기
팀 페리스처럼 글쓰고
세이노처럼 유명해져라

국일미디어

목차

2부

부자작가 평생자산

당신의 이름에 투자하라 : 판매도 마케팅도 필요 없다, 개인브랜드

3부

부자작가 평생아이템

죽을 때까지 써먹는 황금씨앗을 가져라, 오징어게임처럼

4부

부자작가 평생연금

글쓰기로 부자되는 최단경로, 지금 당장 당신의 책을 가져라

전격공개

글쓰기로 돈 버는
부자작가 최단경로 미션 20

5부

부자작가 평생기술

책이 되는 글쓰기 특단의 비법, 당신의 글에 투자하라, 인공지능과 함께

에필로그

부자작가 평생차선

좋아하는 글쓰기로 백만장자처럼 산다는 것

프롤로그

글쓰기로 부자되는
내 인생 최고의 직업

작가는 오늘 아침에 글을 쓴 사람이다.

– 로버터 진 브라이언트 –

부자작가는 오늘 아침에 돈이 되는 글을 쓴 사람이다.

– 송숙희 –

01

글쓰기는 일,
부자작가는 라이프스타일

──────── 카카오택시에는 택시가 한 대도 없습니다. 배달의 민족은 식당 한 곳 열지 않았고, 야놀자는 모텔 하나 짓지 않았지요. 쿠팡은 화장품 한 개 만든 적 없고, 브런치는 콘텐츠 한 줄 생산하지 않습니다.

지금은 이런 시대, 무형의 자산으로 돈을 버는 시대입니다.

나는 작가입니다. 글쓰기로 돈을 법니다. 나는 출판사 한 번 차린 적 없지만 해마다 책을 내고 베스트셀러 작가로 활동합니다. 나는 한국어 밖에 못하고, 해외 출판사 아는 데 하나 없지만 내 책은 영어로, 일본어로, 대만어로, 태국어로 현지에서 출간됩니다. 유튜브 채널도 없이 유튜브에 등장하고, 인터넷 강의 촬영용 조명 하나 없지만 인터넷 강의로 돈을 벌고, 영업사원 한 명 없지만 교보문고, 영풍문고 같은 대형서점에서 내 책이 팔리고, 판촉비용 1원도 들이지 않지만 예스24 온라인 서점에서 내 책을 팔아줍니다. 나는 한 뼘짜리 강의실을 가지지 않았지만 서울 강남구, 부산 서면, 제주 아라동에서 강의하고, 호주, 싱가폴, 미국 독자에게도 교육합니다. 온라인이면 줌이면 충분하니까요.

지금은 이런 시대, 돈 쓰지 않고 글쓰기로 돈을 버는 시대입니다.

나는 부자작가입니다. 사무실 없이 직원 없이 일하며, 투자금 한 푼 없이 글쓰기 사업을 합니다. 내가 원하는 시간에 글을 쓰고, 내가 원하는 거래처와 일하고, 내가 원하는 방식으로 일합니다. 작가의 일은 지식콘텐츠를 만드는 것이라 혼자 일합니다. 인간관계 스트레스가 없고, 출퇴근 스트레스며 번아웃도 모릅니다. 나에게는 정년도 없습니다. 퇴직 퇴사 이직 이런 것 신경 쓸 이유도 없습니다. 그런데도 내가 자는 동안, 내가 노는 동안, 내가 설거지 하는 동안에도 통장에 입금이 됩니다. 작가는 돈을 벌기 위해 지출해야 하는 비용이 거의 없습니다. 그래서 적게 벌지만 많이 남습니다.

지금은 이런 시대, 내 글이 내 책이 나를 위해 일하는 시대입니다.

나는 출판작가입니다. 나는 오직 나를 위해 글을 씁니다. 내가 만든 아이디어, 내가 하고 싶은 말, 나만의 해결책을 나의 언어로 표현하고 전달하여 돈을 법니다. 내 글이 출판사의 투자를 받아 책으로 나오면 시장은 나를 '신뢰할 만하고 권위 있는 전문가'로 자리매겨 줍니다. 이 조건은 구글에서 요구하는 전문가의 요건이기도 하지요. 나는 출판사가 투자로써 검증하고 보증하는 내 분야 최고의 전문가가 됩니다. 부동산 투자가 독특한 것이 부동산을 사용하면서 투자하는 것이라면서요? 책쓰기 투자가 독특한 것은 자신을 최고로 마케팅하는 데 돈을 쓰는 게 아니라 돈을 벌며 한다는 것입니다. 단지 글쓰기로!

지금은 이런 시대, 책 한 권이 개인브랜드를 만드는 시대입니다.

나는 글로소득자입니다. 좋아하는 글쓰기로 잘하는 일을 하며 돈을 법니다. 나는 일에 자유롭고, 시간에 자유롭고, 결정에 자유롭습니다. 내가 한 것이라고는 글쓰기를 좋아하여 좋아하는 일을 한 것뿐입니다. 좋아하는 일을 하다보니 잘하게 되고 잘하는 것에 대해 글로 책으로 쓰면 출판사가 돈과 능력과 브랜드를 투자하여 내 책을 만들고 서점이 앞다퉈 팔아주고 SNS에서 돈 한 푼 받지 않고 소문내주고 언론이 소개해줍니다. 책을 본 기업과 단체, 기관들이 강연, 교육해 달라고 청하지요. 개인은 한 수 가르쳐 달라고 컨설팅, 조언을 청합니다. 이런 연쇄작용으로 잠을 자는 동안에도 돈이 들어오는 마법의 시스템이 돌아갑니다. 일과 삶의 중요한 것을 내가 결정하며, 내가 소망하는 모습으로 삽니다. 나는 그저 좋아하는 일을 했을 뿐인데요.

지금은 이런 시대, 좋아하는 일로 돈을 버는 시대입니다.

나는 라이프스타일 사업가입니다. 라이프스타일 사업이란 하고 싶은 일을 하며 사는 열정 중심의 사업방식으로 일이나 돈을 위해서가 아니라 자신의 자유로운 라이프스타일을 구가하는 데 필요한 만큼만 돈을 버는 것입니다. 이를 위해 혼자 일하며 일과 삶의 균형을 맞춥니다. 라이프스타일 사업은 삶을 즐기면서 생계를 꾸릴 수 있는 일을 합니다.

> "눈 뜨면 바다에 뛰어들어 수영을 한다. 그런 다음 어젯밤 잡은 물고기로 아침을 지어 먹고 낮 1시까지 글을 쓴다. 오후엔 주로 그림을 그리고, 고기는 밤에 잡는다."

이렇게 자신의 삶을 설명하는 라이프스타일 사업가는 문화심리학자 김정운 님. 대학교수로 또 최고 몸값을 받는 강연자로 TV에 자주 출연하며 광고도 찍고, 정치권 러브콜도 받는 유명인으로 살다가 어느 날 홀연히 미술 유학을 한 후 전라남도 여수 근처 섬으로 들어가 라이프스타일 사업가로 삽니다.

라이프스타일 사업가들 가운데 작가가 많습니다. 당신도 읽었을 세계적인 베스트셀러 작가인 팀 페리스, 곤도마리에, 엠제이 드마코, 짐 콜린스들이 대표주자입니다. 부자작가는 일이나 직업보다 라이프스타일 즉 삶의 방식이죠. 그래서 직업을 병행하는 경우도 많습니다. 김승호 회장, 캘리쳐, 오은영, 백종원, 자청, 세이노, 유시민, 김주환 연세대교수 같은 분들처럼요.

지금은 이런 시대, 일과 삶의 균형이 얼마든지 가능한 시대입니다.

나는 열렬한 인공지능 지지자입니다. 급속히 전개되는 인공지능 시대, 부자작가가 되기 딱 좋은 타이밍입니다. 생성형 AI까지 가세하여 내 일을 도와주거든요. MIT공대 연구에 따르면 글 쓸 때 챗GPT를 이용하면 글쓰기 관련 생산성이 40%까지 향상된다고 합니다. 생성형 AI는 부자작가 지렛대입니다. 인공지능의 도움을 받으면 더 쉽고 빠르고 근사하게 글을 쓰고 잘 팔리는 책을 쓸 수 있으니까요.

지금은 이런 시대, 작가가 인공지능을 특급조수로 부리는 시대입니다.

이 책은 백만장자 작가수업

이 책은 당신도 글쓰기로 돈 벌고 부자작가로 살 수 있도록 돕습니다. 여기서 말하는 부자작가는 단지 돈이 많은 작가가 아니라 백만장자들처럼 부유한 생활을 하는 작가를 말합니다. '글쓰기'가 아니라 '돈이 되는 글'을 쓰는 작가 wealthy author를 말하며, 글쓰기라는 좋아하는 일을 직업으로 삼은 사람을 말하기도 합니다.

나처럼 글쓰기를 좋아하는 당신이 나처럼 부자작가로 살기를 권하며 이 책을 씁니다. 나는 지금 글쓰기 코칭 분야 자타칭 최고 전문가입니다. 나의 이런 자부심은 우연히, 책을 내면서 키워졌습니다. 그 책이 나를 부자작가의 길로 인도했기 때문입니다. 이 책은 당신도 부자작가 차선으로 유인합니다. 당신이 글쓰기를 좋아한다면, 좋아하는 글쓰기로 돈 좀 벌고 싶다면, 일과 삶의 균형이 맞는 직업적

터닝포인트를 만들고 싶다면, 그리고 잘하는 일 좋아하는 일로 죽을 때까지 소득을 만드는 인생 최고의 직업을 갖고 싶다면 이 책은 당신을 위한 것입니다.

나는 당신이 부자작가가 되도록 돕기 위해 '부자작가 MBA과정'을 전격공개합니다. 송책교 부자작가 MBA과정은 부자작가를 양성해 온 22년의 노하우, 기술과 통찰을 바탕으로 또 부자작가로 살아온 내 경험을 쏟아부어 추출한 지식, 태도, 습관, 핵심 능력, 기술까지 망라한 프로그램입니다. 이 책의 독자인 당신을 위해 책 속에서 오픈합니다.

02

부자작가
MBA과정이란?

트림탭(trim-tab)은 항공기의 승강키, 방향키 등의 가장자리에 딸린 보조 날개를 말합니다. 대형선박에도 트림탭이 있습니다. 트림탭은 비행기나 선박의 거대한 선체에 비해 매우 작아 사소해 보이지만 거대한 선체가 방향을 바꿀 때는 트림탭이 없어서는 안 됩니다.

좋아서 하는 글쓰기로 돈을 벌고 워라밸을 누리며 사는 부자작가. 생각하기에 따라선 어마어마한 일입니다. 그런데 부자작가로 먹고 사는 일에도 트림탭이 있습니다. 무슨 일을 하며 살았든, 이 트림탭만 가지면 부자작가로 삶의 방향을 틀 수 있습니다. 부자작가의 트림탭은 팔리는 책을 출간하는 것입니다.

부자작가로 먹고살기 위해서라면 다른 준비는 필요 없습니다. 잘 팔리는 책을 출간하면 됩니다. 책을 잘 만들고 잘 파는 출판사에서 당신의 책을 출간하고 그 책들이 대형서점과 온라인서점 곳곳에서 팔리고 출판사의 홍보와 마케팅에 영향받은 블로거, 유튜버들이 책에 대한 입소문을 퍼뜨리고… 그러다보면 강연, 교육 요청이 들어오고, 이렇게 순식간에 부자작가가 될 수 있습니다. 잘 팔리는 책쓰기는 이 책, 백만장자 작가수업의 핵심 중의 핵심이지요.

그렇다면 어떻게 잘 팔리는 책을 출간할 수 있을까요? 이제, 당신이 부자작가 되는 최단경로이자 트랩탭을 갖도록 돕겠습니다. 글로돈을 버는 글로소득의 세계로 진입하는 통행권, 송숙희책쓰기교실 강의를 오픈합니다. 이 강의는 편의상 송책교 MBA코스라 지칭합니다. MBA코스는 부자작가를 위한 최고의 프로그램(Mastery program for a Bestselling Author)이라는 뜻입니다. 한국원조 책쓰기코치로 활동한 22년의 경험과 지혜를 총동원한 프로그램이죠.

MBA코스는 잘 팔리는 책을 기획하고 준비하고 집필하고 출간하기까지의 전 과정을 망라하는 프로그램입니다. 잘 팔리는 책쓰기라는 하나의 미션을 아이디어 기획에서 기획안 작성하기, 목차 구성, 원고 구성, 집필 계획 짜기, 원고 쓰기, 편집하기, 출판사에 팔기까지 20개의 세부미션으로 나누어 하나씩 공략하게끔 돕습니다. 미션마다 제공되는 20개의 템플릿으로 하나하나 미션을 수행하면 어느새 잘 팔리는 책쓰기 준비가 마무리됩니다. 이 내용은 내가 진행하는 책쓰기 수업에서 유료로 진행하는 프로그램을 그대로 담았습니다.

송책교 MBA코스 / 목표는 잘 팔리는 책쓰기

송책교 MBA코스는 글 잘쓰기, 책 한 권 출간하기를 넘어 잘 팔리는 책쓰기를 체득하여 부자작가로 살게 돕습니다. 이를 위해 송책교 MBA코스는 당신의 경험에서 돈이 되는 재주를 뜻하는 황금씨앗 발굴하기, 개인브랜딩, 잘 팔리는 책 출간하기, 이 모든 것을 가능하게 하는 돈이 되는 글쓰기 기술까지 망라합니다. 특히 4차시에서 출판사와 계약하기, 출간하기, 저자 데뷔하기의 3모듈과 세부적인 미션 20개로 구성하여 템플릿과 함께 제공합니다.

부자작가로 데뷔하는 결정타가 잘 팔리는 책을 출간하는 것인 만큼, 경험 없이 책 쓰는 초보작가에게 유용하도록 과정을 꾸렸습니다. 송책교 MBA코스를 통해 잘 팔리는 책쓰기를 이해하고 실행하게 될 것이고 그러면 당신은 한 번의 책쓰기가 아니라 잘 팔리는 책을 연쇄적으로 쓰는 연쇄 부자작가가 될 수 있을 것입니다. 당신이 잠 자고 노는 동안에도 당신을 위해 돈을 벌어줄 책쓰기의 모든 것을 알려드립니다.

글쓰기로 돈 벌고 잘하는 일로 부자되는 내 인생 최고의 직업, 부자작가의 모든 것, 백만장자 작가수업 부자작가 MBA과정 1차시 강의를 시작합니다.

1부

부자작가 평생직업

글쓰기로 먹고사는 글로소득의 세계,
내 글도 돈이 된다면?

근로소득자는 모르는 종합소득자의 세계가 있다.

– 드라마 '글로리' –

근로소득자는 모르는 글로소득의 세계가 있다.
글쓰기로 경제적 자유, 자아실현, 워라밸까지 가능한
글쓰기로 부자되는 그 세계!

– 송숙희책쓰기교실 –

01

오늘도 글을 썼나요?
그러면 당신도 이미 작가

———————————— "작가는 오늘 아침에 글을 쓴 사람이다."

이 말은 글쓰기가 취미인 사람들의 신조입니다. 오늘 아침에도 SNS에 글을 썼을 뿐인데, 나도 작가라고? 계속 쓰기만 하면 당신도 이미 작가라고 허락하는 말로 들리니까요.

당신은 글쓰기를 좋아합니다. 오늘 아침에도 글을 썼고 저녁에도 쓸 것이며 내일도 그럴 것입니다. 당신은 글을 씁니다. 블로그에 쓰고, 포스트에 쓰고, 카카오에 쓰고, 브런치에 쓰고, 페이스북에 씁니다. 아무도 당신에게 글을 써달라고 하지 않았지만 당신은 쓰고 있고, 글을 쓰느라 몇 시간씩 투자해도 그 시간이 싫지 않습니다. 글쓰기를 좋아하지 않는다면 그렇게 매일 가열차게 할 수 있을까요? 게다가 자고나면 늘어나는 것이 글쓰기로 만드는 텍스트 콘텐츠 플랫폼입니다. 그런 곳에서 자꾸 요구합니다. "글을 쓰세요", "글을 써주세요."

뭘 그렇게 쓰는지 보면 이런 게 좋더라 이렇게 해봐, 여기에 가보니 멋지더라 여기에 가봐, 오늘 이것을 했어, 먹었어, 봤어 너무 좋아해봐… 경험해 보고 좋다 싶은 것은 아낌없이 공유합니다. 독자에게 좋은 것을 주고 싶은 심성까지 딱 작가입니다.

수많은 사람이 매일 글을 씁니다. 직업이 무엇이든 나이가 얼마든 사는 이야기, 살아온 이야기, 살아갈 이야기를 글로 써서 전하기에 여념이 없습니다. 자신을 표현하는 수단으로 글쓰기 만한 게 없습니다. 이렇게 글을 써모아 책으로 내는 사람은 또 얼마나 많은지요? 출판사의 높은 문턱을 노리느니 아예 내돈으로 내 책을 내는 사람도 부쩍 늘었습니다. 비용이 거의 0인 전자책은 '저서'를 갖고 싶어하는 사람의 단축키입니다. 2007년 내가 《당신의 책을 가져라》를 출간하며 열어제친, '전국민 작가시대'라는 대문이 활짝 열렸습니다.

좋아하는 일을 하면 성공한다고 수많은 자기계발서가 말합니다. 당신은 글쓰기를 좋아합니다. 그렇다면 당신이 좋아서 하는 그 일, 글쓰기로 성공 좀 해볼까요? 매일 글쓰기를 그렇게 한다는 건, 글쓰기를 그만큼 좋아한다는 것입니다. 기왕이면 좋아하는 일 – 글쓰기로 돈을 벌 수 있다면 어떨까요? 기왕이면 글쓰기가 생업인 '작가'로 살면 어떨까요? 기왕이면 글쓰기로 돈 버는 '부자작가'로 살면 어떻겠습니까? 좋아하는 일인 글쓰기로 돈까지 벌 수 있다면 당신의 성공은 시간 문제입니다. 무엇보다 지금은 글쓰기로 먹고살 수 있는 시대니까요. 코로나19 팬데믹이 밀어부친 디지털 세계는 웹페이지 기반이며 웹페이지는 글쓰기가 기본값이라 글쓰기로 먹고사는 고속도로가 뚫린 셈입니다.

프랑스 작가 베르나르 베르베르에게 한 독자가 묻습니다.

"선생한테 개인적으로 궁금한 게 하나 있는데, 직업이 뭔가요?"
"아, 작가입니다."
"작가를 해야 하는 이유가 있나요?"
"돈을 벌어야 하니까요."

글쓰기로 생계를 이어가는 사람을 작가라 합니다. 당신도 글쓰기로 돈을 벌면 작가입니다. 이를 위해 당신이 해야할 일은 지금처럼 글쓰기를 하되, 그 글이 돈이 되도록 약간의 글쓰기 기술을 배우고 글로 쓰고 싶은 주제를 정해 한 뼘씩 파고들면 됩니다. 오늘 아침에 글 쓴 사람이 작가라고요? 나는 당신이 오늘 아침에 쓴 글로 돈을 벌고 부자작가로 살도록 돕겠습니다.

02

인공지능시대 최고 직업은
콘텐츠 크리에이터

———————— 우리의 친구, 곰돌이 푸는 전나무 방울이 강물에 떠내려가는 모습을 바라보다 다리 밑에 먼저 도착하는 전나무 방울이 이기는 게임을 생각해냅니다. '푸스틱 게임'인데요. 강에서 가장 빠른 물살을 타고 오는 나뭇가지는 이기고 이보다 약한 물살에서 느릿느릿 오는 나뭇가지는 진다는 것이 게임의 룰이에요. 몇 번의 게임 끝에 푸는 어떤 나뭇가지를 가장 멀리 그리고 제일 먼저 닿게 하려면 물살의 에너지를 이용해야 한다는 것을 깨닫습니다.

이 이야기를 전하며 작가 제임스 리드는 우리가 빠르게 성장하는 분야에 몸담을 수 있다면, 그만큼 성공할 수 있는 확률도 커진다고 말합니다. 반면 우리가 아무리 노력한다 하더라고 하향 산업에 종사하고 있다면 성과를 내기 어려울 수 있다고 경고하며 어떤 일을 시작하고자 할 때 푸의 푸스틱 게임 원칙을 기억하라고 조언합니다.

급속도로 전개된 디지털 대전환. 인공지능이 가세하여 우리의 일자리와 미래를 불안하게 합니다. 원하든 원하지 않든 우리는 생계를 위해 일을 선택해야 합니다. 디지털이라는 거대한 신세계에서 우리가 할 일은 딱 두 종류 – 컨테이너를 제공하거나 컨테이너를 채우는 콘텐츠를 만들거나 – 입니다. 네이버, 카카오, 유튜브, 페이스북, 인스타그램 같은 컨테이너 즉 플랫폼을 구축하는 일은 패권의 각축전이자 자본의 싸움으로 기업이 할 일입니다. 개인이 참여하기 불가능한 영역이지요. 그런데 컨테이너는 콘텐츠 없이 사업할 수 없습니다. 컨테이너가 플랫폼으로써 제 기능을 하려면 콘텐츠가 있어야 하고, 콘텐츠는 플랫폼의 생존을 좌우할 정도로 중요합니다. 다행히 콘텐츠를 생산하는 일은 우리 같은 개인에게 주어지는데, 이것이 거대 플랫폼 시대에 사는 우리에게 생존의 무기가 될 수밖에 없는 것입니다. 콘텐츠를 생산하는 일 – 콘텐츠 크리에이터라는 직업을 선택한다면 당신은 디지털 시대라는 물살의 에너지를 활용하여 누구보다 먼저 당신이 원하는 삶이라는 지점에 도달할 수 있습니다. 당신의 콘텐츠를 만든다면 당신은 지금 그리고 앞으로도 계속 가장 잘나가는 분야에 소속될 수 있을 것입니다.

이미 콘텐츠 크리에이터는 각광받는 선망의 직업입니다. 글이나 사진, 영상으로 콘텐츠를 만들어 자신의 개인 미디어를 통해 다른 사람과 공유하는 활동을 하며 보수를 받는 사람들이죠. 블로그로 시작된 콘텐츠 크리에이터의 거센 불길은 페이스북, 인스타그램을 거쳐 유튜브에서 폭발했습니다.

나는 이 책에서 글쓰기로 콘텐츠를 만들어 파는 소득자로 살기를 제안합니다. 쉽고 빠르게 글쓰기로 만들어내는 텍스트 콘텐츠는 그 자체로 돈이 되는 데다 영상 콘텐츠, 교육 콘텐츠를 제작하는 소스로도 아주 중요한 역할을 합니다. 무엇보다 텍스트 콘텐츠는 펜대 하나 아니 키보드 하나만으로 가능한 가성비 탁월한 콘텐츠라 누구라도 바로 시작할 수 있습니다. 당신이 매일 하는 글쓰기만으로 콘텐츠 크리에이터가 될 수 있습니다.

콘텐츠 생산자에서 콘텐츠 소득자로

디지털공화국 시민은 세 부류입니다.

부류1 : 콘텐츠를 소비하는 사람

부류2 : 콘텐츠를 만드는 사람

부류3 : 콘텐츠로 돈 버는 사람

크게 보면 두 부류로 나눌 수 있지요. 콘텐츠로 돈을 벌거나, 콘텐츠로 돈을 쓰거나. 콘텐츠를 생산하느라 시간과 에너지를 들이지만 그 콘텐츠로 돈 한 푼 벌 수 없다면 콘텐츠를 소비하느라 시간과 에너지와 돈을 쓰는 소비자와 다를 바 없습니다. 매일 글을 쓴다면 당신은 이미 콘텐츠 생산자입니다. 당신이 좋아서 매일 하는 이 일을 지속적으로 하길 원한다면 당신의 콘텐츠는 돈이 되어야 합니다. 콘텐츠를 생산하는 데 그치지 않고 콘텐츠로 소득을 올려야 합니다. 당신은 콘텐츠 소득자가 되어야 합니다. 글쓰기로 돈을 버는 글로소득자가 되어야 합니다. 글로소득자는 빠르게 성장하는 콘텐츠 소득의 세계에 속합니다.

03

글쓰기로
자유를 누리는 부자되기

──────────── 아나운서 이금희, 서점 사장 최인아, 유튜버 자청, 가수 이적.

이 사람들의 공통점이 무엇일까요? 자기 분야에서 잘나가는 사람이자 잘 팔리는 책을 출간한 사람입니다.

팀 페리스, 엠제이 드마코, 세스 고딘

이 사람들도 자기 분야에서 잘나가는 사람이자 잘 팔리는 책을 냈지요. 그런데 이 사람들을 한꺼번에 칭하려면 대체 뭐라 부르면 될까요? 유명인? 스타작가? 콘텐츠 크리에이터? 나는 이 사람들을 자기분야 콘텐츠를 글로 써서 소득을 올리는 사람, 글로소득자 또는 부자작가라 부릅니다.

부자작가란 글쓰기로 돈을 버는 사람을 말하는데요. 글쓰기만으로 먹고살거나 자신의 일을 하며 글쓰기로 돈을 버는 작가의 삶을 병행하는 것을 다 아우릅니다. 또한 부자작가란 글쓰기로 먹고살며 부자들과 같은 삶을 사는 사람을 말하기도 합니다. 팀 페리스가 《나는 4시간만 일한다》에서 말한 뉴리치(New Rich)의 삶을 글쓰기로 도달하면 그 사람이 바로 부자작가입니다. 뉴리치란 은퇴 후로 삶의 누림과 행복을 유예하는 것을 그만두고, 뉴리치만의 화폐인 시간과 기동성을 이용해 현시점에서 풍요로운 라이프스타일을 창조하는 사람들입니다.

> 부자작가 : 좋아하는 글쓰기로 먹고사는 사람
>
> 글쓰기로 돈을 버는 사람
>
> 글쓰기로 부자처럼 사는 사람
>
> 좋아하는 글쓰기로 돈 벌고 부자들처럼 자유롭게 사는 사람

부자작가에서 방점은 '부자'에 찍힙니다. 글쓰기로 부자들처럼 돈을 많이 버는 사람을 뜻할까요? 나는 억만장자들이 부자가 된 비결

로 손꼽는 '책읽기'를 다룬《부자의 독서법》을 쓰며 부자에 대한 인식을 새롭게 했습니다. 억만장자, 조만장자들의 입을 통해 부자란 돈을 많이 가진 사람이기 보다 부유한 삶을 사는 사람을 말한다는 것을 알았습니다. 사람들이 부자가 되려는 것은 돈을 많이 가진다는 자체보다 '경제적인 자유'를 누리고 싶어서라는 것을 이해했습니다. 역으로 경제적 자유를 누릴 수 있다면 돈을 많이 벌지 않아도 그 사람은 이미 부자라는 역설도 이해했습니다.《부자의 독서법》을 쓰며 또 이번 책을 연구하며 '부자'에 대한 많은 탐색을 했습니다. 그 가운데 브리지워터 어소시에이츠 창립자로 헤지펀드의 대부라 불리는, 세계 0.001% 안에 드는 부자인 레이 달리오에게 들은 말이 가장 인상적이었습니다.

"나는 빈털털이에서 부자가 되었고, 평범한 사람에서 유명인이 되는 큰 변화를 경험했기 때문에 그 모든 차이점을 잘 알고 있다. 나는 위에서 아래가 아니라, 아래에서 위로 향하는 변화를 경험했다. 하지만 부자가 되고 정상에 오르면서 늘어나는 혜택은 사람들이 생각하는 것만큼 훌륭하지 않다. 가장 중요한 것은 잠자기에 좋은 침대, 좋은 관계, 좋은 음식, 좋은 성관계와 같은 기본적인 욕구를 해결하는 것이다. 이런 것들은 돈이 많아도 더 좋아지지 않고, 조금 더 가난하다고 크게 나빠지지 않는다. 더 많이 가지는 것의 한계효용은 매우 빨리 사라진다. 사실 훨씬 더 많이 가지고 있는 것은 큰 부담이 되기 때문에, 적당히 소유하는 것보다 더 나쁘다."

《돈의 심리학》을 쓴 모건 하우절은 "돈이 주는 가장 큰 배당금은 내 시간을 마음대로 할 수 있는 능력이다. 원할 때, 원하는 일을, 원하는 곳에서, 원하는 사람과 함께, 원하는 만큼 오래 할 수 있다는 사실은 그 어떤 고가의 물건이 주는 기쁨보다 더 크고 더 지속적인 행복을 준다"라며 시간을 마음대로 할 수 있는 사람이 부자라고 말합니다.

도시락으로 세계 시장을 석권한 스노우폭스 그룹 김승호 회장은 부자에 대해 더 쉽게 설명합니다.

"부자란 하고 싶은 것은 언제든지 할 수 있고, 하기 싫은 것은 무엇이든 하지 않아도 되는 상태를 말한다."

부자란 자유를 누리는 사람

내가 부자라는 말을 입에 올린 것은 2005년 《돈이 되는 글쓰기》라는 첫 책을 내면서 부터입니다. 글쓰기가 왜 돈이 되는지, 어떻게 하면 글쓰기로 돈을 벌 수 있는지를 알려주는 책입니다. '돈'과 '글'이라는, 한 번도 함께 쓰인 적 없는 이질적인 조합이 단번에 흥미를 자극했고, 단숨에 나는 돈이 되는 작가대열에 합류했습니다. 그 후 《당신의 책을 가져라》를 출간하고 예비작가를 양성하는 송책교(송숙희책쓰기교실)에서 빠숑, 청울림, 서울휘, 김선희, 야생화 등 재테크 인플루언서의 책쓰기를 도우면서 부자에 대해 눈을 떴습니다. 그러다 〈월급쟁이 부자들〉, 〈조선일보 재테크 박람회〉 등 부자되려는 사람들이

몰려있는 곳으로부터 무자본으로 가능한 콘텐츠 사업 관련 강연을 요청 받으며 부자연구의 길에 들어섰습니다. 연구를 토대로 《무자본으로 부의 추월차선 콘텐츠 만들기》, 《부자의 독서법》을 출간하니 부자에 대한 나름의 기준을 갖게 되었습니다. 물론 나 역시 부자입니다. 좋아하는 일인 글쓰기와 잘하는 일인 글쓰기 코칭으로 해마다 연수입 최고치를 경신하지요. 일보다는 삶을 우선시하는 '라이프스타일 사업'으로 홀로 천천히 자유롭게 삽니다. 이만하면 부자 아닌가요?

내가 연구하여 알아낸 부자란 돈이 많은 사람(richman)이 아니라 부유한 상태(wealthy man) 즉 돈의 의미를 잘 알면서 돈을 벌고 쓸 줄 아는 부유한 사람입니다. 좋아하는 일과 잘하는 일을 자신이 원하는 방식대로 하며 산다면, 그러면서 그 일로 먹고살 수 있다면 그 사람은 이미 부자입니다. 부자는 자유롭습니다. 원하는 일을 원하는 사람과 원하는 방식으로 합니다. 일에서 자유롭지요. 이렇게 하려면 아무래도 돈에서도 자유로와야 합니다. 또 내가 원하는 것에 원하는 만큼 시간을 사용합니다. 시간에 자유로우니까요. 또 스스로 결정하여 하고 싶은 것을 하고 원하는 상황을 만듭니다. 결정의 자유지요. 부자들이 누리는 자유 세 가지를 우리들이 자주 입에 올리는 표현으로 바꾸면 경제적 자유, 자기결정, 자아실현입니다.

04

부자작가 -
백만장자들처럼 ESG로 지속경영

요즘 기업들의 최대 화두는 ESG경영입니다. ESG경영이란 기업이 수익을 올리는 것 뿐 아니라 비재무적 요소인 환경(Environment)·사회(Social)·지배구조(Governance)를 투명하게 경영한다는 경영트렌드입니다. 이 책을 연구하는 동안 탐색한 결과 부자작가를 결정하는 것도 ESG입니다. 부자작가는 경제적으로 부족함 없이 살며(경제적 자유 Economic freedom*), 자신의 삶을 스스로 결

---

* 경제적 자유는 경제생활에서 각 개인이 스스로의 의지로 행동할 수 있는 자유를 말합니다. 여기서는 입에 익은 단어 경제적 자유라는 표현에 파이낸셜 프리덤이라는 의미 대신 사용합니다.

정하며(자기결정권 Self agency), 자신이 좋아하는 일을 하며 자기답게
(자아실현 Genuine self) 살아갑니다. 이렇게 정리하고 보니 부자작가로
사는 것이야말로 지금부터 내내 백만장자의 ESG인생을 사는 것입
니다.

　부자작가는 백만장자들처럼, 글로소득으로 경제적 자유를 누립
니다. 부자작가는 그때그때 중요한 일이나 하고 싶은 일에 우선순위
를 부여하며 자기 삶을 자기 손으로 만들어 갑니다. 부자작가는 자
신만이 쓸 수 있는 내용으로 다른 사람들이 읽을 만한 가치 있는 글
을 씀으로써 다른 사람들의 삶에 긍정적인 영향을 미치며 존중받는
삶을 삽니다.

부자작가로 일하며 사는 것은 에른스트 슈마허가 주창한 좋은 일(굿워크)에 부합합니다. 슈마허는 좋은 일이란 생존에 필요한 재화와 서비스를 제공받고, 일하는 사람의 능력을 활용하고 개발하며, 무엇보다 다른 사람의 문제해결을 돕는 일을 좋은 일이라 했으니까요.

부자작가는 심리학자 에이브러햄 매슬로가 강조한대로 인간 최고의 욕구인 자아실현을 성취합니다. 글쓰기로 돈을 벌되 가치 있고 좋은 일로써 건전하고 안정적으로 자존심을 지켜갑니다. 내가 부자작가를 권하는 이유는 누군가를 돕는 일로 먹고살기에 충분하면서 "나, 이런 일을 해요" 하고 자신의 일을 자랑스럽게 여길 수 있고, 일의 전반을 내가 스스로 통제할 수 있기 때문입니다. 또 글쓰기로 콘텐츠를 만들기 위해서는 수많은 책을 읽고 다른 사람에게서 배워야 하기 때문에 지속적으로 성장할 수 있어서입니다.

좋아하는 글을 쓰며 부자로 사는 부자작가는 브랜드로 존재하는 개인입니다. 글쓰기만으로 먹고살든 다른 일과 병행하여 글을 쓰든 상관없습니다. 회사에 다니든 아니든, 사업체를 가졌든 아니든 혹은 프리랜서든 1인 기업가든 어떤 이름으로 일하든, 중요한 것은 자신의 삶에 돈을 버는 글쓰기를 들이는 것입니다. 부자작가는 슈마허가 말한 작지만 충분한 일입니다. 자유롭고 창조적이며 효과적이고 편하고 즐겁고 오래가는 일이니까요.

05

적게 일하고 원하는대로 사는
팀 페리스처럼

―――――――――― 《부의 추월차선》의 저자 엠제이 드마코는 자유롭게 삽니다. 예산 생각하지 않고 사고 싶은 것은 무엇이든 사는 자유, 경비절감에 신경 쓰지 않고 경험하는 자유, 장기간 여행해도 먹고사는 데 지장 없는 이동의 자유, 경제가 바뀌든 말든 상관없는 경제의 자유를 누립니다. 그가 이렇게 다양한 자유를 누리게 된 것은 자신만의 부의 추월차선을 달리기 때문인데, 그에게 '부의 추월차선'은 자유롭게 글쓰기에 대한 열정을 추구하는 것이라 합니다. 이 말은 그에게 여러 가지 자유를 구가하는 백만장자의 삶을 열어준 것이 글쓰기라는 고백이나 다름없습니다.

《타이탄의 도구들》의 저자 팀 페리스는 일주일에 4시간만 일하라며, 최소한만 일하고 원하는 대로 사는 것이 백만장자의 삶이라고 말합니다. 그가 말하는 백만장자란 은행 계좌에 100만 달러를 둔 사람이 아니라 완전히 자유로운 삶을 사는 사람입니다. 그는 이렇게 질문합니다. "100만 달러를 가지지 않고도 완전히 자유로운 라이프 스타일을 누릴 수 있다면?" 팀 페리스가 의미하는 완전히 자유로운 삶을 누리며 사는 것이 가능한 직업군이 있습니다. '라이프스타일 사업'입니다.

글쓰기로 부자되기, 임시직이 아니라 자유직

전 세계 148개 도시에 지사를 둔 세계 최대 규모의 헤드헌팅사 리드 그룹은 '임시직이 정규직 만큼 행복한가 아닌가'를 알아보았습니다. 적어도 이 연구에 응한 사람들 중에는 임시직이 정규직보다 행복한 것으로 조사됩니다. 임시직이 자신의 의지대로 좀 더 유연하게 시간을 쓸 수 있기 때문으로 보고 있습니다.

> 만약 당신이 프리랜서라면 한 주 정도나 다음 주 목요일에 쉬겠다는 것 정도는 스스로 결정할 수 있다. 다음번을 기약할 수 있는 것이다. 반면 정규직인 경우 상사에게 허락을 구해야 하고 팀원들에게도 폐를 끼치는 일이 없도록 해야 한다.

이 자료를 보고 나는 임시직은 이제 자유직으로 바꿔 불러야겠다고 생각합니다. 리드그룹의 CEO 제임스 리드는 '시대가 바뀐다는 것은 당연한 것들이 바뀐다는 뜻'이라며 시대의 흐름에 따라 일과 직업의 의미를 '새로고침' 하라고 조언합니다. 그는 묻습니다. 가능한 한 빨리 돈을 벌어 놓고 먹겠다는 목표가 곤란에 빠진 10명을 구하는 일보나 훨씬 나은 것이냐고. 다른 사람들이 각자 원하는 모습으로 변화하도록 돕고 잠재력을 발휘하도록 지원하는 일을 하며 사는 것이 돈 많이 벌어 놓고 먹느니만 못한 것이냐고 묻습니다. 제임스 리드는 '자유직'을 제안합니다.

좋아하고 잘하는 일을 한다. 동료들과 좋은 관계를 갖는다. 다양한 기회를 보장 받는다. 스스로 차이를 만들 수 있다고 느낀다. 의미있는 일을 한다. 재미있는 일을 한다. 직장은 집에서 가까워야 한다. 자기자신으로 존재할 수 있어야 한다. 남의 눈에 들기 위해 자신을 꾸미느라 노력하지 않아도 되는, 자신에게 맞는 기업문화 속에서 일한다.

그가 제안하는 이 삶의 방식은 25년 동안 유럽 최대 채용 사이트 리드를 운영하며 수백만 명의 구직자, 고용인, 노동자와 비즈니스 리더들과 만나 소통하는 가운데서 발견한 좋은 직업의 조건입니다. 제임스 리드가 말하는 '자유직'이라는 삶의 방식은 팀 페리스가 말하는 백만장자의 라이프스타일과 일치합니다. 엠제이 드마코처럼 글쓰기로 백만장자의 삶을 누리는 방식입니다. 원하는 삶을 자유롭게 삽니다. 실제로 이미 많은 사람들이 원하는대로 - 자유롭게 의미 있게 재미있게 - 최소한만 일하고 삽니다. 이러한 삶의 방식을 미국 등에서는 '라이프스타일 사업'*이라 부릅니다. 부를 이름이 있다는 것은 그 개념이 널리 공유된다는 증거입니다. 부자작가야 말로 라이프스타일 사업의 대표주자입니다.

라이프스타일 사업은 콜린스 영어사전에 이렇게 설명됩니다.

라이프스타일 비즈니스(lifestyle business)
편안한 생활 이상의 것을 벌기보다는 자신의 생활 방식을 반영하는 흥미를 추구하는 작은 사업

구글과 네이버를 검색하고 생성형 인공지능들에게 질문해본 결과 라이프스타일 사업은 이러합니다.

1. 어디에서나 일하고 생활할 수 있을 만큼 충분한 수익을 창출하여 자신의 조건에 따라 수입을 올릴 수 있는 열정 중심의 사업이다.
2. 사업 자체가 아니라 자신의 자유로운 라이프스타일을 구가하는 데 필요한 만큼만 돈을 번다. 일과 삶의 균형을 맞추는 일이 중요하다.
3. 이를 위해 혼자 일한다. 혼자 일하는 라이프스타일 사업은 비용이 없거나 아주 적게 들기 때문에 많이 벌어 인건비와 경비를 충당하느라 삶을 저장

---

* 삶의 방식을 제안하는 상품이나 서비스를 파는 것도 라이프스타일 비즈니스라 합니다. 제품이나 서비스만을 사는 것이 아니라 그 안에 담긴 라이프스타일 철학이나 신념, 의미를 살 것이라고요.

잡히는 일이 없다.

라이프스타일 사업을 특징짓는 중요한 포인트는 라이프스타일 사업이 워라밸을 목표한나는 것입니다. 라이프스타일 사업은 삶을 즐기면서 생계를 꾸릴 수 있는 일을 합니다. 그러므로 라이프스타일 사업가는 출근을 하든 재택근무를 하든 휴가지에서 일을 하든 전적으로 자신에게 좋은 방식으로 일을 합니다. 정해진 시간 동안 정해진 사무실에서 정해진 일을 해야 하고, 이를 위해 출퇴근의 고통을 하루 두 번씩 경험하고, 먹고살기 위해 시작한 일이 일하기 위해 먹고사는 것으로 뒤바뀌면서 우울증 번아웃을 겪는 불행과 무관합니다. 코로나19 봉쇄가 풀리자 전원 출근해야 하는 회사 정책에 퇴사와 이직을 꿈꾸는 갈등과도 무관합니다. 라이프스타일 사업은 코로나19 팬데믹으로 일터가 봉쇄되는 바람에 재택근무의 맛을 알아버린 사람들 사이에 급속도로 번지고 있습니다. 디지털 노마드라는 표현도 라이프스타일 사업을 이릅니다.

직업이 사라지는 시대, 정년이 실종되고 취업하자마자 퇴준생이 되는 시대에 팀 페리스처럼 살 수 있다면 얼마나 좋을까요? 팀 페리스처럼 엠제이 드마코처럼 자청(역행자 작가)처럼 백만장자 라이프스타일이 글쓰기로 가능하다면, 당신도 부자작가로 살 수 있다면 얼마나 좋을까요?

06

당신 인생에 당신 자신을 선물하는
라이프스타일 사업

──────────── 《사장학개론》의 저자 김승호 님은 자기 인생을 통째로 자신에게 선물하는 유일한 직업이 '사업가'라 말합니다. "자신에게 직접 급여를 주고 자신을 평생 고용하고 자신의 시간조차 자신에게 돌려주는 꿈을 꾸어라." 이런 목표를 달성하려면 사업을 해야 한다고 주장합니다. 그에게 사업가란 '평생 자기 결정권을 유지할 수 있고 자기가 하고 싶은 것을 하고 하기 싫은 것을 안 할 수 있는 자유가 있는 유일한 직업'입니다. 그가 말하는 사업은 자본에 의한 자본을 위한 전통적인 의미의 사업입니다. 초기 자본과 운영 자금 등 적잖은 사업자금이 필요할 경우 그래서 실패할 경우 모든 것을 잃을 수 있고 심지어 가족과 헤어질 위험성도 있습니다.

그래서 사업을 마다하는 이도 있습니다. 일본의 1인 기업 사장인 이치엔 가쓰히코는 20대 때부터 음식업, IT 사업, 제조업, 도·소매업, 시스템 개발업 등 수많은 회사를 창업하는 등 가열차게 사업했습니다. 성공과 실패를 거듭한 끝에 연 매출 1,600억 원, 종업원 300명 규모의 회사로 성장시키기도 했지요. 그러다 어느 순간 싹 다 매각하고 지금은 1인 기업 사장으로 있습니다. 그리고 이렇게 말합니다.

"1,600억 기업보다 1인 기업의 삶이 더 실속있고 여유롭다."

그가 1인 기업(홀로사장)을 추천하는 이유를 들어볼까요? 먼저 비용이 거의 들지 않습니다. 1인 기업은 사무실이 필요 없고 직원도 필요 없으니까요. 사무실과 직원이 없으니 매달 들어가는 비용이 없지요. 이 말은 까먹을 일이 없다는 의미라고 그는 말합니다. 두 번째, 1인 기업은 직원과 갈등이 없습니다. 직원을 채용하는 순간 4대 보험부터 온갖 이슈가 발생하는데 1인 기업은 사장 혼자 뿐이니 갈등이 있을 수 없습니다. 마지막으로 1인 기업은 자유롭습니다. 원하는 시간에 일하고 또 경제적 자유까지 보장됩니다. 1인 기업의 장점을 이렇게 꼽으면서 그는 출퇴근 걱정없이 시간을 자유롭게 쓰고 싶은 사람, 고정비 부담이 걱정인 사람, 직원이나 거래처 담당자와 관계가 힘든 사람이라면 1인 기업을 고려해 보라고 권합니다.

1인 기업과 유사한 사업형태가 또 있습니다. 이름하여 라이프스타일 사업! 라이프스타일 사업은 '워라밸'을 목표로 합니다. 살기 위해 일하지 일하기 위해 살지 않는다는 철학이 뚜렷합니다. 일을 하되 삶을 영위하는 데 필요한 만큼만 합니다. 라이스타일 사업가는 삶이든 가족이든 자유시간이든 자신이 가장 소중히 여기는 것을 가장 우선시합니다. 이 유형은 《타이탄의 도구들》을 쓴 팀 페리스가 소개하여 널리 알려졌습니다. 그는 한결 같이 주장하지요.

"적게 일하고 원하는 삶을 살아라."

나야말로 라이프스타일 사업가입니다. 나는 20년 넘게 혼자 일하면서 좋아하는 일, 잘하는 일을 하며 자유롭게 살았습니다. 이러한 일과 삶의 방식에 대해 뭐라 따로 부를 용어를 알지 못해 그저 '프리랜서'로 살자며 노래 불렀습니다. 내가 경험한 바로 이 방식이 라이프스타일 사업입니다. (현실적으로 경제적 자유, 자아실현, 자기결정권을 가진 프리랜서란 거의 없습니다)

나는 우연찮게 책을 출간하고 작가로 살며 경제적 자유를 구가하고 자기결정권을 누리고 자아를 실현하며 살 수 있었습니다. 라이프스타일 사업을 오랫동안 체험했기에 누구에게든 글쓰기로 라이프스타일 사업가가 되라고 권합니다. 글쓰기로 라이프스타일 사업을 하는 데는 비용이 들지 않고 직원이 필요 없고 더없이 자유로우니까요.

글쓰기가 일이라면 부자작가는 라이프스타일

글쓰기가 그저 취미 그저 일이라면 글쓰기로 돈을 버는 부자작가는 라이프스타일 즉 삶의 방식입니다. 이미 많은 사람들이 글쓰기로 돈을 버는 부자작가로 살거나 부자작가를 겸하며 라이프스타일 사업가로 삽니다. 앞서 언급한 팀 페리스나 엠제이 드마코 외에 우리가 알고 있는 유명 작가들은 대부분 라이프스타일 사업가입니다. 캐나다의 저널리스트이자 작가인 맬컴 글래드웰, 일본 작가 곤도 마리에도 글쓰기로 라이프스타일 사업을 합니다. 빌 게이츠, 워런 버핏, 앨런 머스크, 스티브 잡스, 라이오넬 리치 같은 조만장자는 물론 박찬호, 박세리, 김연아, 손흥민, 박지성 같은 스타 운동선수도, 권오현, 이나모리, 가즈오, 마윈, 잭 웰치, 필 나이트, 하워드 슐츠 같은 경영인도 오프라 윈프리, 김미경, 이금희, 오은영, 강형욱 같은 TV스타도, 리드 헤이스팅스, 김봉진, 에어비앤비 사장, 인터넷 사업가 김성호, 캘리최, 김범수 같은 벤처기업가도 부자작가로 삽니다. 편의점을 하는 봉달호 님 같은 자영업자도, 대기업에 다니는 송희구 님 같은 직장인도 부자작가를 겸업합니다. 돌아보면 전업주부도 은퇴자도 대학생도 이미 부자작가로 사는 이가 많습니다.

07

글로소득으로
평생연금 확보하는 부자작가 프로젝트

———————— 내가 책쓰기 코치로 일을 시작하던 무렵만
해도 세상에는 두 부류의 사람이 있었습니다.

글을 쓰는 사람과 글을 쓰지 않는 사람

그로부터 22년이 흘러 지금은 이렇습니다.

글쓰기로 돈 버는 사람 글쓰기로 돈 못 버는 사람

세계적인 베스트셀러작가 로버트 기요사키는 세상의 아버지는 두

종류, 부자 아빠와 가난한 아빠가 있다고 합니다. 글쓰기 코치인 나에게는 세상의 글쓰는 사람은 글쓰기로 돈을 버는 사람과 글쓰기로 돈을 벌지 못하는 사람으로 구분됩니다.

　같은 일을 하고도 돈을 벌고 못 벌고, 이 엄청난 차이는 어디에서 기인할까요? 이유는 간단합니다. 글쓰기로 돈을 버는 사람은 글을 쓰는 사람이 아니라 글쓰기로 돈을 만들어내는 사람입니다. 글쓰기로 돈을 벌지 못하는 사람은 글을 쓰지 않는 사람이 아니라 글쓰기로 돈을 못 받는 사람입니다. 글쓰기로 돈을 버는 사람은 돈이 되는 글만 씁니다. 글쓰기로 돈을 벌지 못하는 사람은 돈이 드는 글만 씁니다. 글쓰기에 들이는 시간과 관심, 다 돈이니까요.

　당신은 매일 글을 써서 네이버와 구글과 페이스북을 먹여 살립니다. 당신이 오늘 점심때 올린 글에 네이버 구글 검색엔진의 존재이유가 있고 페이스북이 의미 있으니까요. 그런데 참 이상합니다. 당신의 글쓰기가 다른 사람은 먹여 살리면서 왜 당신에게는 1원도 벌어주지 않는 걸까요? 쓰기만 해도 좋다, 꼭 돈을 벌지 않아도 좋다는 사람도 참 많습니다. 하지만 그 좋은 글쓰기를 계속 하려면 글쓰기로 돈을 벌어야 합니다.

　독일의 머니코치 보도셰퍼는 사람들이 돈을 벌지 못하는 이유는 "돈이 되지 않는 일을 너무 많이 하고 있기 때문"이라고 일갈합니다. 그렇습니다. 글쓰기로 돈을 벌지 못하는 이유 역시 돈이 되지 않는 글만 쓰기 때문입니다. 돈을 벌려면 돈이 되는 일을 해야 합니다. 글쓰기로 돈을 벌려면 돈이 되는 글쓰기를 해야 합니다.

근로소득자에서 글로소득자로 갈아타기

내가 직장인으로 살 때는 5월이면 가족모임을 챙기느라 바빴습니다. 지금은 5월이면 종합소득세 신고 자료부터 챙깁니다. 직장인일 때는 근로소득을 지금은 세무대리인의 도움을 받아 글로소득세(종합소득세)를 냅니다. 글쓰기로 벌어들인 소득이니 글로소득세지요. 근로소득자는 시간이나 능력을 팔아 돈을 벌고 근로소득세를 냅니다. 사업소득자는 자산을 투자하여 돈을 벌고 세금을 냅니다. 좋기로야 사업소득이 최고지요. 정년도 없고 시간을 잡히지 않아도 되고 하고 싶은 일을 하며 살 수 있으니까요. 다만 투자할 자산을 가져야 가능합니다. 나는 사업소득세를 내지만 투자금은 1도 들이지 않았습니다. 단지 돈이 되는 글을 쓰고 세금을 냅니다. 적잖은 자산을 투입해야만 돈을 버는 사업소득세를 내는 사람들은 모르는 글로소득세를 내는 세계가 있습니다. 글로소득자의 세계는 바로 내가 경험한 부자작가의 세계입니다. 나는 펜대 하나 쥐고 - 아니 키보드 하나로 글을 써서 돈을 법니다. 나는 돈이 되는 글만 씁니다. 22년째 부자작가로 삽니다. 당신도 부자작가로 갈아타세요.

글쓰기에서 작가로 갈아타기

팀 페리스는 기업가이며 팟캐스터이고 투자자입니다. 그는 《타이탄의 도구들》과 같은 세계적인 베스트셀러를 펴낸 베스트셀러 작가입니다. 그를 유명하게 만든 《나는 4시간만 일한다》에 이런 감사인사가 실려 있습니다.

"세계 최고의 에이전트인 스티븐 한셀맨 씨, 첫눈에 이 책을 받아들여 주시고 저를 그냥 글 쓰는 사람에서 작가로 변신시켜 주신 데 대해 감사드립니다."

팀 페리스가 오늘날 세계적인 유명인사가 된 것은 글쓰는 사람이 아니라 작가로 변신한 덕분입니다. 글을 쓰는 사람이나 작가나 글을 쓴다는 점에서는 같지만 성과나 성취 면에서 아주 큰 차이를 보입니다. 그냥 글을 쓰는 사람을 라이터(writer)라 하는 반면 작가는 아서(author)로 구분됩니다. 라이터, 그냥 글을 쓰는 사람은 생계를 위해 이런 저런 글을 쓰는 사람으로, 아서, 작가는 독자와 사회에 영향력을 미치는 작품을 쓰는 사람으로 인식되기도 합니다. 그냥 글을 쓰는 사람은 주로 원고료를 받고 작가는 저작권료를 받습니다. 글쓰기로 돈을 버는 사람(writer)은 글쓰기 근로자이며, 작가는 글쓰기 소득자, 글로소득자입니다.

출판작가로 갈아타기

축구선수 손흥민은 영국 프리미어 리그(English Premier League)에서 일합니다. 세계 최상위 리그에서 활약하니 돈도 세계 최고 수준으로 법니다. 글쓰기도 최상위 리그라야 돈을 많이 법니다. SNS나 전자책, 자비출판이란 선택지로 글을 쓰는 사람은 아마추어 리그 소속입니다. 책을 내는 데 돈을 들여야 합니다. 글쓰기로 돈을 버는 최상위 리그는 책쓰기입니다. 책쓰기라는 최상위 리그는 프로와 아마추어의 구분이 없는 프로암 리그. 겨우겨우 첫 책을 낸 초보작가도 단번에 베스트셀러를 출간하고 유명인이 될 수 있습니다. 책 한 권 썼을 뿐인데 단숨에 부자작가로 데뷔합니다. 책을 쓰고 출간하는 출판작가는 글쓰기로 돈을 법니다.

네임드작가로 갈아타기

글쓰기로 돈을 버는 경로는 크게 두 가지입니다. 기사, 칼럼, 잡지, 콘텐츠, 대필과 같이 글쓰기 기술을 파는 근로소법과 글쓰기 기술로 자기 콘텐츠를 만들어 파는 글로소득이 있습니다. 전자는 돈을 주는 쪽에서 원하는 글을 쓰는 청부작가이며, 후자는 원하는 글을 써서 돈을 버는 네임드작가입니다. 네임드작가인 글로소득자는 책을 출판한 사람이기도 합니다. 프리랜서, 기자, 작가도 글쓰기로 먹고 사는 데는 지장이 없지만 텍스트 콘텐츠를 제법 잘 만들어내는 챗 GPT 진격 이후 상황이 바뀌었습니다. 이미 카피라이터, 콘텐츠 제작자, 기자 등의 직업군이 콘텐츠를 생산할 수 있는 AI에 대체되고 있습니다. 창의적 직군이라 불리던 이들 직업에 적신호가 켜지면서 청부작가로는 돈벌기 경로가 막혀버릴 위험도 크다고 보고됩니다. 자신의 책을 출판한 네임드작가는 인공지능을 조수로 활용하여 돈을 버는 글을 씁니다. 자기만의 콘텐츠로 책을 내는 출판작가는 디지털 대전환으로 인해 거리와 시간의 제한없이 더 많은 돈을 법니다.

돈을 버는 글쓰기로 갈아타기

글쓰기에도 프로페셔널과 아마추어가 있습니다. 아마추어가 쓰는 글은 돈이 되지 않습니다. 아마추어들은 학창시절의 글쓰기 습관을 사회에 나와서도 고수합니다. 학생일 때 우리는 내가 아는 것, 내 생각을 정리하고 표현할 줄 알면 되었지요. 글도 그렇게만 쓰면 됐었지요. 반면 프로는 상대가 읽고 싶어하는 글을 읽고 싶게, 읽기 쉽게 쓰는 사람입니다. 이런 글은 사람들이 글값을 치릅니다. 그리하여 글쓰기로 돈을 버는 사람이 되는 거죠. 아마추어는 아마추어의 습관을 프로는 프로다운 습관을 가지고 있습니다. 글쓰기로 돈을 벌려면 글쓰기가 생업인 프로들처럼 돈이 되는 글을 쓰는 습관을 가져야 합니다. 돈만 드는 취미형 글쓰기와 이별하고 글쓰기로 돈을 버는 생계형 글쓰기로 거듭날 때 글로소득으로 먹고사는 부자작가가 될 수 있습니다.

08

한눈에 파악하는
부자작가 사업모델

━━━━━━━━━━ 많은 스타트업들이 사업계획을 세울 때 〈비
즈니스 모델 캔버스(Business Model Canvas)〉라는 템플릿을 참고합니
다. 비즈니스 모델 캔버스는 3M, 딜트로이트 등 세계 최고급 기업과
컨설턴트들이 사용하는 방법을 응용하여 제작된 것이라 합니다. 45
개국 470명의 전문가들이 구상하고 만든 비즈니스 모델 캔버스는
템플릿 한 페이지로 무슨 사업이든 반드시 점검해야 할 9개 주요요
소를 한 눈에 파악할 수 있습니다.

비즈니스 모델 캔버스							
핵심파트너 8	핵심활동 7		가치제안 2		고객관계 4		고객세분화 1
	어떤 활동으로 고객을 돕는가				고객과 어떻게 상호작용하는가		
누가 어떤 방법으로 나를 돕는가	핵심자원 6		어떻게 고객을 돕는가		채널 3		나에게 돈이 되는 고객은 누구인가
	무엇으로 고객을 돕는가				나의 가치를 어떻게 전달하는가		
비용구조 9				수익구조 5			
나의 비즈니스모델에서 발생하는 비용은 무엇인가				고객은 어떤 방법으로 나에게 돈을 지불하는가			

고객세분화 – 나에게 돈이 되는 고객은 누구인가

가치제안 – 어떻게 고객을 돕는가

채널 – 나의 가치를 어떻게 전달하는가

고객관계 – 고객과 어떻게 상호작용하는가

수익구조 – 고객은 어떤 방법으로 나에게 돈을 지불하는가

핵심자원 – 무엇으로 고객을 돕는가

핵심활동 – 어떤 활동으로 고객을 돕는가

핵심파트너 – 누가 어떤 방법으로 나를 돕는가

비용구조 – 나의 비즈니스 모델에서 발생하는 비용은 무엇인가

부자작가라는 라이프스타일 사업에 대한 이해를 돕기 위해 나의 경우를 예로 삼아 비즈니스 모델 캔버스를 작성해 보았습니다. 비즈

니스 모델 캔버스를 살피면 부자작가로 일하고 살아가는 데 있어 무엇이 가장 중요한지, 무엇을 우선시 해야 하는지를 한 눈에 알 수 있습니다. 부자작가 비지니스 모델 캔버스를 통해 글쓰기로 돈을 버는 사업의 가능성을 단번에 확인할 수 있습니다.

비즈니스 모델은 크게 두 개의 영역으로 어떤 사람을 통해 돈을 버는가 하는 수익구조와 그것을 위해 어떤 비용을 들이는가 하는 비용구조입니다. 먼저 가치를 창출하여 얻는 수익의 차원을 알아봅니다.

송코치의 부자작가 비즈니스 모델 캔버스

핵심파트너 8	핵심활동 7	가치제안 2	고객관계 4	고객세분화 1
출판사 IP전문기업 기업HR 강연, 교육 중개기업 스타 유튜버 e-러닝 전문기업 언론사	1. 킬러 콘텐츠 개발 2. 지속적인 플랫폼 활동 3. 스타 유튜브, 방송노출 4. 강연교육조언 　→ 신뢰도 제고 5. 마이크로 프로젝트 **핵심자원 6** 1. 해당 분야 독보적 　개인브랜드 파워 2. 22년간 축적한 콘텐츠 3. 로열티 높은 팬덤	1. 돈이 되는 글쓰기 원스톱서비스 2. 온오프라인 망라 /편의성 효과성 3. 검증된 하우투 콘텐츠 적용	1. 무료소통으로 로열티 제고 블로그 카페 유튜브 체험수업 무료과정 2. 글쓰기 콘텐츠 무한 공유 **채널 3** 1. 블로그/2006 인터넷카페/2007 2. 온오프라인 강의, 교육, 코칭	자신의 능력으로 자신의 이름으로 자신의 콘텐츠로 개인브랜드로 활동, 평생소득 창출 희망하는 4050 지식인 지적성취에 관심 많은 직장인 경력단절 여성

비용구조 9	수익구조 5
책값 등 고액의 콘텐츠 개발비	1. 인세/종이책, 전자책, 오디오북 2. 저작권료/해외판권, 저작권 사용료(교과서, 타출판사, 정부기관 등) 3. 강연료/특강료, 인터넷강연료 4. 교육료/일반기업, 교육 전문기업, e-러닝 전문기업 5. 조언료/코칭료, 컨설팅료, 자문료 6. 블로그/광고수익

고객세분화 – 나에게 돈이 되는 고객이 누구인가

송코치 – 누가 내 글에 돈을 낼 것인가

자신의 능력으로 자신의 이름으로 자신의 콘텐츠로 개인브랜드로 활동하며 평생소득 창출을 희망하는 4050 지식인, 시적성취에 관심 많은 직장인, 경력단절 여성, 글쓰기를 좋아하는 사람들

가치제안 – 어떻게 고객을 돕는가

송코치 – 그들에게 어떤 가치를 전달하는 글을 쓰고 돈을 벌 것인가

돈이 되는 글쓰기 원스톱서비스, 온오프라인 망라한 편의성, 효과성, 오랜 시간 검증한 신뢰할 만한 글 잘쓰기 콘텐츠 제공

채널 – 나의 가치를 어떻게 전달하는가

송코치 – 독자가 어떤 식으로 나의 콘텐츠를 원하게 만드는가

잘 팔리는 책을 지속적으로 출간하여 유능함을 인증, 출판사와 서점이 내 책을 홍보하고 판매하게 함으로써 존재감을 지속적으로 어필

고객관계 – 고객과 어떻게 상호작용하는가

송코치 – 내 글을 사서 읽을 독자와 어떻게 소통하는가

소셜미디어에 무료 콘텐츠를 제공하고 이를 토대로 소통, 체험수업, 무료과정을 운영하여 비즈니스 기회 만들기, 글 잘쓰기 템플릿 무한 공유

수익구조 – 고객은 어떤 방법으로 나에게 돈을 지불하는가

송코치 – 그들은 어떤 식으로 내 글에 돈을 내는가

인세 : 종이책, 전자책, 오디오북

저작권료 : 해외판권, 저작권 사용료(교과서, 타출판사, 정부기관 등)

강연료 : 특강료, 인터넷강연료

교육료 : 일반기업, 교육 전문기업, e-러닝 전문기업

조언료 : 코칭료, 컨설팅료, 자문료

블로그 : 광고수익

다음은 고객에게 그러한 가치를 생산하는 데 드는 비용의 차원입니다.

핵심자원 – 무엇으로 고객을 돕는가

송코치 – 글쓰기로 돈을 버는 사업에 있어 필수 자원은 무엇인가

글쓰기 관련 고객의 문제를 해결하는 능력, 이를 보조하는 자체 솔루션과 워크시트, 해당 분야 독보적인 개인브랜드 파워, 22년간 축적한 전문적인 콘텐츠, 로열티 높은 팬덤

핵심활동 – 어떤 활동으로 고객을 돕는가

송코치 – 돈을 버는 글쓰기사업을 위해 해야 할 활동은 무엇인가

잘 팔리는 책 출간, 소셜미디어를 거점으로 한 지속적인 플랫폼 활동, 킬러 콘텐츠 연구개발

핵심파트너 – 누가 어떤 방법으로 나를 돕는가

송코치 – 글쓰기로 돈 버는 사업을 위해 필요한 외부 이해관계자

출판사, 언론사, IP전문기업(지적재산권 사업군), 기업HR, 강연, 교육 중개기업, 스타 유튜버, e-러닝 전문기업, 언론사

비용구조 – 내 비즈니스모델에서 발생하는 비용은 무엇인가

송코치 – 글쓰기로 돈 버는 사업을 위해 들여야 할 비용은 무엇인가

단순경비 : 책값 등 소액의 콘텐츠 개발비

비즈니스 모델은 얼마를 들여 얼마를 벌어 얼마를 남기는가 하는 것을 파악하는 작업입니다. 내가 작성한 나의 비즈니스 모델 캔버스를 보면 수익성이 얼마나 높은지 확연히 드러납니다. 비용이 거의 들지 않기 때문이지요. 가치를 창출하는 모든 작업을 협업 또는 아웃소싱으로 하며 혼자 집에 차린 집무실에서 일하니 사업운영에 큰 몫을 차지하는 사무실 사용, 인건비, 운영비가 필요 없습니다. 그러니 수익성이 높을 수 밖에 없습니다. 적게 벌어도 많이 남는다는 것이 부자작가라는 라이프스타일 사업의 가장 큰 매력입니다.

당신도 당신만의 부자작가 비즈니스 모델을 그려보세요.

내가 부자작가 되는 비즈니스 모델 캔버스

핵심파트너 8	핵심활동 7	가치제안 2	고객관계 4	고객세분화 1
	어떤 활동으로 고객을 돕는가		고객과 어떻게 상호작용하는가	
누가 어떤 방법으로 나를 돕는가	**핵심자원 6**	어떻게 고객을 돕는가	**채널 3**	나에게 돈이 되는 고객은 누구인가
	무엇으로 고객을 돕는가		나의 가치를 어떻게 전달하는가	

비용구조 9	수익구조 5
나의 비즈니스모델에서 발생하는 비용은 무엇인가	고객은 어떤 방법으로 나에게 돈을 지불하는가

09

글쓰기로 만드는
평생 먹거리 평생자산

─────────── 부자작가는 글쓰기로 얼마나 벌까요? 어떤 방식으로 벌까요? 콘텐츠가 많이 팔리기는 하는 걸까요? 소비의 역사를 연구해온 연세대 설혜심 교수의 말로 답을 대신합니다.

"우리가 일상에서 가장 많이 소비하는 것은 화장지와 커피, 콘텐츠입니다."

설교수는 지금 그리고 미래의 소비에서 두드러지는 특징 가운데 하나가 콘텐츠 소비의 강화라고 강조합니다. 부자작가는 이런 우세함을 등에 업고 좋아하는 글쓰기로 평생 돈이 들어오는 콘텐츠를 만듭니다. 돈을 내고 살 만한 콘텐츠 - 문제해결책을 제공하는 가성비 높은 콘텐츠 자산을 일구면 다양한 방법으로 팔려나갑니다. 콘텐츠는 출판을 통한 제품으로 또 조언과 티칭이라는 서비스로 소비자에게 공급됩니다.

부자작가는 글쓰기로 얼마나 벌까

콘텐츠를 글쓰기로 만들어 상품화하는 퍼블리싱(Publishing)은 콘텐츠를 유무형의 제품으로 한 번 만들면 영원히 팔리는 마법 같은 방식입니다. 부자작가에게 출판은 책이나 전자책, 이러닝 같은 유무형의 제품이 아니라 저작권을 파는 것입니다. 해외에서 책이 출간되어 팔리는 것도 저작권 해외 수출 방식입니다.

콘텐츠에 담아낸 노하우로 고객의 문제를 직접 해결하는 조언서비스는 상담, 코칭, 컨설팅 방식으로 제공됩니다. 인공지능이 교사나 교수보다 궁금증을 더 빨리 쉽게 해결해주는 마당에 조언서비스가 먹히겠냐고요? 중요하고 복잡하고 풀리지 않는 문제일수록 사람에게 의지하게 됩니다. 고객이 가진 문제를 직접 해결하도록 노하우를 전수하는 티칭서비스는 강연, 강의, 교육 방식으로 제공됩니다. 온라인 교육은 코로나19 팬데믹 와중에 가장 각광받은 분야였는데, 엔데믹 전환 이후에도 온라인강의와 이러닝이 대세입니다. 교육시장에 디지털 네이티브들이 소비주체로 자리잡게 되면서 티칭서비스는 더욱 수요가 늘 것입니다.

출판(Publishing) : 종이책, 전자책, 인터넷 강의 – 문제해결 노하우를 제품화

조언(Advisory) : 상담, 코칭, 컨설팅 – 고객의 문제를 직접 해결하는 서비스

티칭(Teaching) : 강연, 강의, 교육 – 고객이 문제를 해결하도록 노하우 전수

부자작가가 돈을 버는 이 세 가지 경로는 자연스럽게 조합됩니다. 나의 경우, 하나의 콘텐츠가 세 가지 방식으로 팔리는데, 예를 들어 《150년 하버드 글쓰기 비법》을 산 독자가 '150년 하버드 글쓰기 특강'을 수강하고 '150년 하버드 글쓰기 워크숍'에 참여합니다. 기업고객도 나의 콘텐츠를 패키지로 구매합니다. 책을 사서 임직원이 읽게 한 다음, 저자인 나를 초대하여 특강을 열고, 일부 직원에 한해 직무연수를 받게 합니다.

부자작가는 슬래시가 증명한다

자기만의 콘텐츠를 가진 사람은 회사에 남든 회사를 만들든 혼자 일하든 원하는 만큼 현역을 유지합니다. 인컴형 콘텐츠 자산으로 일을 하지 않아도 돈을 법니다. 경쟁력 있는 그만의 콘텐츠를 가진 사람을 시장에서 그냥 둘 리 없기 때문이죠. 시장에서는 그가 가진 콘텐츠와 이름값을 활용하여 다각적으로 사업을 벌이고 수익을 나눕니다. 그래서 부자작가는 이름 뒤에 슬래시(/)가 여러 개 붙는 N슬래셔입니다.

김주환 교수/작가/강사

김미경 MKYU대표/작가/강사/유튜버

오은영 의사/작가/강사/방송인

'부자작가=N슬래셔'라는 의미는 글쓰기로 만드는 콘텐츠를 책으로, 강연으로, 유튜브로, 교육으로, 컨설팅으로, 코칭으로 팔고 서비스하는 것을 말합니다. 그것도 내가 원하는 내용을 내가 원하는 사람에게 내가 원하는 방식으로 서비스하고 돈 버는 것을 뜻합니다. 원조 부자작가인 나도 당연히 N슬래셔입니다.

송숙희 돈이 되는 글쓰기 코치/책쓰기 컨설턴트/작가/강사

자의든 타의든 사람들은 회사를 떠나게 되어 있습니다. 하지만 회사는 그만 다녀도 좋아하는 일에 한해서는 계속 하며 평생소득이 들어오기를 희망합니다. 여기에 워라밸이 빠져서도 안 되지요. 그래서 나는 글쓰기로 돈 버는 최고의 평생 직업 부자작가를 권합니다. 경제적 자유, 자아실현, 워라밸이 가능한 라이프스타일 사업이며, 한번 일군 콘텐츠 자산은 평생소득이 되고, 이는 죽을 때까지 하는 꿈의 직업이니까요. 다음 두 가지면 바로 시작할 수 있습니다.

콘텐츠 : 남들이 특별히 부러워할 만큼의 재주 또는 특정 문제를 해결하는 재주로 만듭니다.
생산수단 : 가성비 탁월한 돈이 되는 글쓰기 기술. 안그래도 늘 하는, 안그래도 좋아하는 글쓰기죠?

10

백만장자 작가공식,
골든 트라이앵글

글쓰기로 부자되는, 부자작가로 살아가는 공식을 소개합니다. 글을 쓰거나 글을 쓰게 하며 살아온 나의 22년의 시간과 경험을 분석하고 해석하여 만들었습니다. 이 간단한 삼각형이 부자작가의 모든 것을 보여줍니다.

나는 이것을 부자작가 골든 트라이앵글이라 부릅니다. 부자작가 골든 트라이앵글은 세계적인 리더십 코치 마셜 골드스미스가 주장한 이론에 힌트를 얻었습니다. 그는 후회를 최소화하며 만족한 삶을 살려면 한 가지 '천재급 재주'가 필요한데, 이런 재주를 가지려면 행동, 야망, 열망이라는 세 가지 요소가 반드시 필요하다고 역설했거든요.

글쓰기로 부자되는 백만장자 작가공식

글쓰기로 돈을 버는 부자작가도 자기 분야에서 만큼은 '천재급'입니다. 그러니 부자작가가 되려면 행동, 야망, 열망이라는 요소와 함께 황금씨앗이 필요합니다.

행동 : 글쓰기로 돈을 버는 일의 주된 행동은 글쓰기입니다. 부자작가가 되려면 돈이 벌리는 글을 써야 합니다.

야망 : 많은 독자들이 열광할 책을 출간하면 그 길로 부자작가로 데뷔합니다. 그러므로 책출간은 부자작가가 우선 성취해야 할 단하나의 야망이죠.

열망 : 부자작가의 궁극적인 목적은 이름 석 자만으로 읽히는 브

랜드가 되는 것입니다. 이름 석 자로 선택되는 개인브랜드로 먹고살 겠다는 열망이 뜨거울수록 잘 팔리는 책쓰기라는 야망을 빨리 이 루고 돈이 되는 글을 쓰는 행동을 지속적으로 합니다.

황금씨앗 : 부자작가 요소에는 하나가 더 있습니다. 부자작가는 글쓰기로 콘텐츠를 만들어 파는 지식콘텐츠 사업자입니다. 그러니 콘텐츠로 만들어낼 '쓸거리'가 있어야 합니다. 쓸거리는 부자작가의 평생 먹거리이며 평생소득 아니 평생동안 글로소득을 가져다 주는 황금씨앗입니다.

누구든, 무슨 일이든 좋아하는 일을 한다 하여 그 일이 반드시 수 월하지는 않습니다. 부자작가 역시, 좋아하는 글쓰기면 가능한 인생 직업이지만 어느날 문득 그저 글을 쓰고 그냥 책을 내고, 단지 '나, 이런 사람이요' 선언하는 것으로는 될 수 없습니다. 글쓰기로 부자 되는 작가는 겉으로 보기에는 잘 팔리는 책을 출간한 저자의 모습 뿐이지만 잘 팔리는 책을 출간하려면 평생 동나지 않을 쓸거리, 돈 이 되는 글쓰기 기술, 지향하는 정체성 등이 요구됩니다. 그래서 부 자작가 되는 데 필요한 요소를 실질적으로 표현하면 빙산과 같습니 다. 맨 위, 빙산의 일각이 책쓰기입니다. 작가는 많은 글을 쓰지만 주 로 돈을 버는 것은 책출간이거든요. 부자작가 MBA과정은 이 네 가 지 요소를 중점적으로 다룹니다.

좋아하는 글쓰기로 죽을 때까지 글로소득
내 인생 최고의 직업

부자작가 평생공식

평생인증
잘팔리는 책

평생소득
황금씨앗

평생기술
돈이 되는 글쓰기

평생자산
개인브랜드

다음 장부터 당신이 부자작가의 요소들을 하나씩 갖추도록 안내
합니다.

2부

부자작가 평생자산

당신의 이름에 투자하라 :

판매도 마케팅도 필요 없다, 개인브랜드

야망
Ambition
잘 팔리는 책쓰기

황금씨앗
평생아이템

행동
Act
돈이 되는 글쓰기

열망
Aspiration
개인브랜드

글쓰기로 부자되는 백만장자 작가공식

01

추앙받는 개인브랜드,
당신의 이름에 투자하라

《슈독》은 나이키 창업자 필 나이트의 자서전입니다. 전설적인 브랜드 '나이키'를 창업하고 키워내면서 겪은 경험과 라이프스토리까지 아낌없이 풀어낸 이 책은 출간 즉시 베스트셀러가 됩니다. 이 책을 쓰기 위해 필 나이트 회장이 공을 들인 이야기는 책쓰기 코치의 척추를 곧추 세우게 만듭니다. 자서전을 쓰기 위해 필 나이트 회장이 처음 한 일은 글쓰기를 제대로 배우는 것이었습니다. 그는 모교 스탠퍼드 대학교에서 글쓰기 정규과정을 수강합니다. 그때 그의 나이 60대 중반이었지만 무려 3학기 동안이나 열심히 수강을 하고 글을 썼습니다. 그러나 책은 쉬이 나오지 않습니다. 하지만 포기하지 않고 10년이란 시간 동안 책을 씁니다. 이렇게 공들여 써서 출간을 했으니 《슈독》은 나이키라는 브랜드 만큼이나 '작품'일 밖에요. 나이키 만큼이나 명성이 드높을 밖에요. 이미 대단한 브랜드 나이키를 성공시킨 사업가이면서도 – 이런 경력만으로도 출판사들이 줄을 설 텐데도 – 책 한 권 쓰겠다고 3학기나 관련 수업을 듣고, 10년에 걸쳐 한 줄 한 줄 써서 나이키라는 브랜드에 걸맞는 책을 쓴 필 나이트 회장. 이것이 그가 자신의 브랜드 나이키를 사랑하는 방식입니다. 그 자존심에 고개가 숙여집니다. 이러니 소비자들은 운동화가 아니라 나이키를 사는 것일테죠. 그래서인가 나도 러닝화는 물론, 요가 티셔츠까지 나이키를 삽니다.

판매도 마케팅도 필요 없다 – 당신이란 브랜드

사업은 판매가 전부입니다. 기업들은 제품이나 서비스를 많이 팔기 위해 영업하고 마케팅합니다. 그런데 영업이나 마케팅과 무관하게, 그 브랜드라면 묻지도 따지지도 않고 일단 사들이는 사람들이 있습니다. 나아가 새 제품이 나왔다고 자발적으로 입소문을 냅니다. 나이키처럼 애플처럼 또 BTS처럼, 고객들이 추앙하는 브랜드가 주인공입니다. 이런 브랜드라면 광고도 마케팅도 필요 없습니다. 제품이나 서비스가 출시되는 날, 이미 장사진을 칩니다.

글쓰기로 부자가 되려면, 작가도 브랜드로 존재해야 합니다. 우선은 이름이 알려져야 합니다. 글쓴이가 누군지도 모르는 글이 잘 읽힐 리 없습니다. 이름이 알려지면 그가 무엇을 어떻게 쓰든 읽힙니다. 이름이 브랜드가 되면 단지 그가 썼다는 이유만으로 팔립니다. 부자작가에게 개인브랜드가 필요한 이유입니다.

"베스트셀러는 홍보가 만드는 거야."

드라마 대사입니다. 출판사에서 책을 홍보하는 이유는 그 책을 잘 팔기 위해서이기도 하지만 작가를 팔기 위해서입니다. 작가가 잘 팔리면, 작가 이름 석 자가 브랜드로 자리 잡으면 그때부터는 작가의 이름으로 책이 팔리니까요. 그때부터는 작가의 책을 출간하기만 하면 베스트셀러가 되니까요. 인터넷에 차고 넘치는 글들 속에서 당신의 글이 읽히려면, 하루에도 수백 종씩 쏟아지는 책더미에서 당신의 책이 선택되려면 나를 알고 내 글을 좋아하는 독자들이 내 글이라서 내 책이라서 '알아서' 사주어야 합니다. '잘 만든 보석'이라서가 아니라 '티파니'라서 값이 얼마든 사들이듯 말입니다.

그냥 잘 쓴 글이 아니라 작가 '유시민'의 글, 작가 '김영하'의 글, 작가 '송숙희'의 글이 팔립니다. 당신의 글이라는 이유로 찾아 읽고 당신의 책이라는 이유로 한 권 한 권 사모으는 독자들. 이런 독자들이 당신을 부자작가로 만들어줍니다. 당신의 독자고객에게 당신이 브랜드로 인식되게 만들어야 합니다. 브랜드로 인식된다는 것은 당신의 글, 당신의 콘텐츠를 사 줄 예비고객이 당신과 알고 지내고 싶어하는 것, 그들에게 당신의 글과 책을 사야할 이유와 강력한 기반을 제시하며 그 기반을 토대로 깊은 유대를 가지는 것을 말합니다.

요즘, 너도 나도 개인브랜드를 만든다며 요란스럽습니다. 자신을 대단한 사람처럼 보이게 만드는 작업을 브랜딩이라 여기는 사람들이 흔합니다. 아니요, 단언컨대 브랜딩이란 소비자가 브랜드를 선택할 이유를 갖게 만드는 작업입니다. 브랜드는 누구나 만들 수 있시만 브랜드로 존재하게 만드는 것은 소비자의 몫이어서요.

02

스위스 시계처럼, 캐나다 구스처럼, 부자작가 등대처럼

나는 글을 쓰거나 글을 쓰게 하는 일을 합니다. 글을 쓸 때 나는 작가이고 글을 쓰게 하는 일을 할 때 나는 코치입니다. 나는 이 두 분야에서 각각 선두주자지만 이 두 가지를 다 잘하는 사람으로서는 업계 단연 1등입니다. '송숙희'라는 이름값, 개인브랜드 덕분입니다. 나는 내 이름이 독자고객에게 이런 가치를 주도록 브랜딩합니다.

좋아서 하는 글쓰기로 기왕이면 돈도 벌고 부자가 되어 원하는 방식으로 원하는 삶을 살도록 돕는 부자작가 양성전문가.

이렇게 되기까지 나는 '잘 팔리는 책'을 지속적으로 출간하고 검증된 콘텐츠로 '잘 팔리는 책쓰기 코칭'에 초점을 맞춰 일했습니다. 잘 팔리는 책을 쓰는 것 만큼 돈이 되는 글쓰기가 없으니까요. 브랜딩이란 이렇듯, 나 자신을 있어 보이게 포장하고 과상뇌게 연술하는 것이 아니라 시간과 에너지를 브랜드 비전과 미션에 맞게 포커싱하며 구축한 경력 자체입니다. 그렇다고 내가 이름만 대면 누구나 알 만한 유명한 브랜드는 아닙니다. 나는 그저 내 분야에서만 이름이 알려진, 이름으로 선택받는 전문 브랜드입니다. TV에 고정 출연할 정도의 대중적인 인지도를 갖지 못했고, 수십 수백 수만 구독자를 거느린 인플루언서도 아니지만 '돈이 되는 글쓰기'라는 키워드로 만든 내 틈새영역에서 만큼은 1인자입니다. 글쓰기가 힘들고 글쓰기 때문에 일에 지장받고 글쓰기로 인해 경력이 위험에 처할 때 – 글쓰기로 인해 곤란과 혼란을 느낄 때 만큼은 사람들은 '송숙희'라는 브랜드를 떠올립니다.

힘들고 어려울 때 떠올리고 의지한다는 점에서 나는 등대 같은 브랜드라 자부합니다. 스위스 시계처럼 캐나다 구스처럼 개인브랜드는 밤바다를 항해하는 뱃사람들의 구세주, 등대 같아야 합니다. 등대 같은 개인브랜드는 다음과 같은 속성을 갖습니다.

찾아올 이유가 있다

많은 사람들이 등대를 보러 가지만 등대는 관광객이 아니라 밤바다를 항해하는 뱃사람들을 위해 존재합니다. 등대는 오직 밤바다를 비추며 뱃길을 안내하기 위해서만 존재합니다. 그 불빛은 단조롭지만 끊임없고 변함없습니다. 바로 이것이 항해사들이 등대에 의지하는 이유입니다. 부자작가라는 개인브랜드도 등대 같아야 합니다. 어떤 문제를 해결하고 싶은 사람이 잴 것 없이 떠올리는 존재가 바로 당신이어야 하니까요, 등대처럼.

딱 그 사람에게만

등대는 뱃사람들에게만 중요합니다. 자동차를 운전하는 수많은 사람들에게 등대는 눈요기에 불과하지만 밤바다 뱃사람들에게는 생명의 빛이죠. 개인브랜드도 특정한 사람에게만 의미 있어야 합니다.

> "나는 당신에게 틀림없는 성공의 공식을 알려줄 수는 없다. 하지만 실패의 공식은 말할 수 있다. 그건 바로 언제나 모든 사람을 기쁘게 하려고 애쓰는 것이다."

이 말은 언론부문 최초의 퓰리처상을 탄 허버트 베이야드 스워프의 말인데, 개인브랜드를 만들어야 하는 부자작가에게 대놓고 하는 말로 들립니다. 누구에게나 도움이 되는 사람은 특정 문제로 힘들어하는 사람, 정작 문제가 심각한 사람에게 어떤 도움도 줄 수 없습니다. 특정 문제 해결에 밝은 사람은 그러한 문제를 가지지 않은 사람에게는 의미 없지요, 등대처럼.

1등으로 뇌리에 콕!

어떤 문제 상황이 발생하면, 그 많은 해결사 가운데 당신이 맨처음 강렬하게 떠올라야 합니다. 그래야 당신을 등대 같은 브랜드라 할 수 있습니다. 코로나19 팬데믹으로 수입이 10분의 1로 줄어든 직업군이 강사입니다. 코로나가 끝나길 학수고대했지만, 엔데믹으로 전환되고도 그들의 수입은 회복될 줄 모릅니다. 많은 사람들이 한 공간에 모여 강의를 듣는 방식을 싫어합니다. 코로나 기간 동안 온라인강의를 듣던 습관이 대면강의를 마다합니다. 직업강사들의 큰 고객인 기업측은 이런 현상을 들여다보다 새로운 기회를 발견합니다. 대면강의를 부탁하고 이를 영상으로 만들어 전직원에게 공유하면 비용이나 시간부담, 집합교육의 위험까지 한꺼번에 해결되는 것을 알게 된거죠. 나만해도 코로나19가 끝나고 이런 식의 교육요청을 받습니다. 신입사원 글쓰기교육을 요청하는데 대면강의를 촬영하여 그룹사 전임직원 교육용으로 활용하고 싶다, 이런 전제 하에 교육프로그램을 짜 주시고 강사료를 제안해 달라고 합니다. 이런 식으로 강연, 교육 시장이 변하면 직업강사들의 줄어든 수입은 영영 복구되지 않습니다. 이런 식으로 강연, 교육을 기획하는 입장에서는 키워드마다 떠오르는 한 사람에게 의뢰를 하기 마련이죠. 이런 식이라면 해당 분야의 1등, 상징적 존재만 계속 뽑혀 갑니다. 이런 식의 교육을 기획하는 사람들은 그들의 머릿속에 자리잡은 그 한 사람을 계속 떠올릴 겁니다, 등대처럼.

끊임없이 변함없이

스타벅스의 창업주이자 CEO 하워드 슐츠 회장은 성공비결을 묻는 기자들의 질문에 이렇게 답하더군요.

"늘 똑같은 일을 반복하는 것입니다."

개인브랜드로 선택받으려면, 부자작가 역시 끊임없고 변함없이 자리를 지켜야 합니다. 독자고객이 필요할 때면 언제라도 당신을 찾아오게 그 자리를 지켜야 합니다. 언제나 밤바다를 지키는 등대처럼.

"기다려 주셔서 감사합니다."

22년이나 부자작가로 살다보니 이런 인사를 종종 받습니다. "오래 전에 작가님의 이름 들었는데 이제야 찾아온다"고 합니다. 또 어떤 직장인은 "대학 다닐 때 작가님이 쓴 책을 읽고 꼭 한 번 코칭 받아보고 싶었다"며 찾아옵니다. 이런 인사를 받는 나는 등대입니다.

03

이름 석 자가 브랜드,
개인브랜드를 만드는 필수요소 3

———————————— '캐나다 구스'는 세계적인 아웃도어 브랜드입니다. 지금 이 브랜드를 이끄는 3대 CEO 다니 레이스는 아버지에게 배운대로 '진짜 브랜드'에 집중한다고 말합니다.

> "명성도 다 같은 명성이 아니다. 진정한 명성이야말로 제대로 살아남을 수 있는 상징성 있는 브랜드의 기반이 된다는 것을 아주 일찍 배웠다. 평생 함께하는 '진짜' 제품을 제조하는 브랜드가 진정한 명성을 얻고 제대로 살아남는다."

부자작가에게 진짜 명성을 안겨주는 '진짜 제품'은 어떤 것일까요?

독자에게 선택받는 글을 쓰는 것이죠. 그러려면 독자에게 유용한 글, 읽히는 글을 써야겠죠? 그러기 위해 독자가 겪는 문제 속으로 뛰어들고 자신의 경험에서 그들을 위한 문제해결책을 만들고 그 해결책을 한 줄 한 줄 글로 바꾸어 독자가 읽고 싶게, 읽기 쉽게 작업하여 얻은 결과물이 진짜 제품입니다. 이런 작업은 등한시하면서 개인 브랜드를 만든다고 포장하고 노출하느라 애써봐야 헛수고입니다. 유행을 따르거나 시류에 편승해 글을 쓰고 책을 내는 작가는 글쓰기로 부자되기 어렵고 진짜 명성도 얻지 못합니다. 미국의 배우, 마이크 버비글리아가 부자되는 작가의 브랜딩 방향에 대해 콕 집어 이렇게 말합니다.

"자신을 더 많이 알리는 데 시간을 낭비하지 마라. 그 시간에 더 많이 알릴 수 있는 능력을 키워라."

광고회사에서 브랜드 만드는 일을 오래 한 최인아 님은 '실체를 바탕으로 그에 대한 사람들의 인식을 만드는 작업'이 브랜딩이라고 단호하게 말합니다.

"브랜딩이란 그럴듯한 포장이나 무한 노출이 아니다. 70점 밖에 안되는 실체로 90점이라는 평판을 얻는 게 아니라 90점 실체라야 90점 평판이 가능하다."

이 말은 참으로 맞습니다. 나는 글쓰기 책쓰기 수업을 진행하며 최인아 님 말대로 '실체 확실한' 사람들이 한 번의 책 출간으로 단번에 개인브랜드로 인정받는 것을 더러 봤습니다. 그 반대 상황은 수없이 목격했습니다.

추앙 받는 부자작가 진심 혹은 진정성

나는 온라인 오프라인 할 것 없이 여러 다양한 경로와 방법으로 글을 잘 쓰고 싶다는 사람들을 수없이 만납니다. 또 내 블로그와 코칭 카페를 찾는 사람들과도 소통하는데, 그들이 나를 찾는 이유는 대부분 이 한마디로 귀결됩니다.

"글쓰기로 나를 알리고 싶다. 글쓰기로 돈을 벌고 싶다."

나는 이렇게 조언합니다.

"글쓰기로 자신을 알리려면 잘 읽히는 글부터 쓰라."
"글쓰기로 돈을 벌고 싶다면 독자가 읽고 싶어할 글 – 돈이 되는 글을 쓰라."

브랜드는 이러한 작업의 결과이지 원인이 아니라고 설명합니다. 부자작가 개인브랜드란 자신이 무슨 일을 어떻게 하는지 설명하거나 근사하게 디자인한 프로필, 뽀샵으로 멋을 낸 사진만으로는 불가능합니다. 이러한 작업도 소홀히 해서는 안 되지만 당신의 능력에 대해 그 능력이 제공하는 가치에 대해 사람들이 생각하고 떠올리는 것, 이것이 브랜드입니다. 당신이 옆에 없을 때 당신의 글과 책에 대해 말하는 것, 다른 사람들 마음 속에 자리잡은 당신과 당신 글에 대한 인식이 작가로서 당신의 개인브랜드입니다.

당신이 원하는 이미지로 당신의 독자와 예비독자의 인식 속에 자리 잡으려면 '인지도, 신뢰도, 충성도'라는 세 가지 요소를 갖춰야 합니다. 인지도는 당신의 글과 책에 대해 아는 사람이 얼마나 많은가 하는 정도입니다. 신뢰도는 당신이 쓰는 글이 제안하는 내용과 가치에 대해 믿어의심치 않는 것을 말합니다. 충성도는 당신의 글과 책과 당신이 하는 제공하는 서비스를 반복구매하는 정도입니다.

당신이 쓴 글이 아무리 훌륭해도 당신에 대해 아는 사람이 적다면 당신의 글은 선택되기 힘들지요. 인지도가 중요한 이유입니다. 또 '이 사람이라면 확실해!' 라는 믿음을 주어야 합니다. 당신의 글이 글 자체의 가치보다 당신이 썼다는 이유만으로 묻지도 따지지도 않게 만드는 신뢰도가 중요합니다. 충성도란 당신을 반복구매하고 당신을 대신하여 당신의 글과 책을 소문내는 것입니다. 당신의 글을 알아서 찾아읽고 당신이 책을 낼 때마다 사주고 당신이 강연을 할 때마다 참석하는 것을 말합니다. 인지도, 신뢰도, 충성도 이 세 요소가 발휘되는 개인브랜드는 우선 선택됩니다.

당신이 원하는 부자작가 개인브랜드는 포장과 연출과 노출이 아

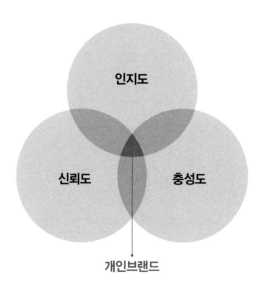

인지도

신뢰도　　　　충성도

개인브랜드

니라 읽히는 글을 쓰고 잘 팔리는 책을 쓴 결과로 얻어집니다. 하지만 부자작가로서 어떤 글을 쓰고 어떤 독자에게 어떤 글로써 선택되고 싶은가, 하는 방향성은 미리 정해두어야 합니다. 당신이란 존재와 글을 받쳐주는 정신의 대들보 같은 코어근육을 가져야 합니다. 부자작가로서 당신의 정체성을 확실히 하는 작업이죠. 몇 단계 작업방법을 알려드립니다.

이런 사람이
내 독자이면 좋겠다

　　　　　　　　　　　　　 새로 선보인 자동차가 아주 근사하다 합니다. 자동차 회사에서는 성공한 사람들은 이 차를 탄다고 광고합니다. 그런데 운전면허증이 없는 사람에게 이 광고가 먹힐까요? 부자작가로 당신을 브랜딩하는 과정에서 가장 중요한 단계가 내 글을 사서 읽어주는 사람, 독자를 특정하는 것입니다. 누구에게나 다 좋은 사람 없듯, 아무에게나 다 먹히는 브랜드는 없습니다. 내 글을 내 책을 아무나 많이 읽어주면 좋겠다고 말하는 작가는 부자가 될 수 없습니다. 아무나 읽어도 된다며 쓴 글은 아무도 읽지 않기 때문입니다.

　내가 만난 예비작가는 둘 중 하나입니다. 자기 얘기만 하거나 남

얘기만 하거나. 자기 얘기만 하는 사람은 글이나 책에 자기자랑을 시시콜콜 늘어놓습니다. 남 얘기만 하는 사람은 글이나 책에 주구장창 누가 어땠니 누가 저땠니 뿐입니다. 자기 생각이라고는 어디에도 없습니다. 윌리엄 셰익스피어는 이런 말을 했지요.

"독자는 이편도 저편도 아닌 자기 편이다."

독자는 읽어야 할 이유가 있어야 읽습니다. 남이 하는 자랑이나 남이 쓴 글을 엮어낸 짜깁기 글을 읽으려는 사람은 없습니다. 그런 글을 읽느라 돈, 시간, 에너지를 쓰는 사람은 없습니다. "내가 쓴 글은 이런 사람이 읽어주었으면 해. 그 이유는 이러해." 이렇게 단언할 수 있어야 합니다. 그래야 그 사람이 읽어줄 글을 쓰게 됩니다. 누가 당신의 글을 읽어주길 바라나요? 그 사람이 왜 당신이 쓴 글을 일부러 읽어야 하나요? 그 이유가 독자에게 고스란히 전해져야 독자가 당신을 인식하고 인정하고 인증합니다. 나아가 그 독자에게 당신이 브랜드로 인식됩니다.

반드시 읽히는 글쓰기 요소 ACT

읽히는 글을 쓰려면 세 가지가 반드시 필요합니다. 글로 쓰고 싶고 읽히고 싶어 몸살나는 내용(Aspiration), 의도한대로 내용을 전달하는 글쓰기 기술(Core skill), 그리고 그것을 읽어줄 독자(Target)입니다.

Aspiration : 하고 싶은 말이 있는가
Core skill : 글쓰기 기술을 가졌는가
Target : 들어줄 독자가 있는가

　하고 싶은 말이 있어야 글쓰기가 수월합니다. 많은 사람들이 글이나 책을 쓰겠다고 덤비지만 성과를 얻지 못하는 것은 하고 싶은 말이 없거나 분명치 않기 때문입니다. 하고 싶은 말이 없으면 그것을 들어줄 독자가 있을 리 없고, 하고 싶은 말도 들어줄 독자도 모르는 상태에서 글이 잘 쓰일 리 없습니다. 당신의 글이 읽히려면 글값을 치르고 당신의 글을 사서 읽을 독자가 있어야 합니다. 그런 다음에 요구되는 것이 글쓰기 기술입니다. 하고 싶은 말을 의도한대로 글로 쓰지 못하면 읽히는 글이 나오지 않습니다. 나는 그동안의 경험을 통해 반드시 읽히는 글의 세 가지 요소 가운데 가장 중요한 것이 독자라 믿습니다. 만일 BTS가 아미에게 특강을 한다면, 아미들은 특강 내용이 어떠하든 강연에 참석할 겁니다. BTS가 특강한다면 아미들이 듣고 싶어할 내용을 전하겠지요. 이처럼 독자가 특정되면 그들이 나에게 듣고 싶어할 내용을 찾아 글로 쓰기가 그리 어렵지 않습니다.

누가 당신의 글을 읽어주길 바라나요? 당신의 개인브랜드에 열광할 당신의 독자를 특정해 봅시다. 독자특정은 세분화와 타겟팅 단계로 구분됩니다.

나, 송숙희라는 개인브랜드의 독자는 일하는 4050입니다(세분화).

일하는 4050 중에서도 먹고사는 일에 글쓰기가 중요한 사람입니다(타겟팅).

독자를 이렇게 세분화하고 타겟팅하면 내 콘텐츠는 저절로 생계형 글쓰기 노하우로 집약됩니다. 이 독자들에게는 돈이 되는 글을 써야 한다는 주장이 먹힐 수밖에 없습니다.

독자타겟 특정하기
누가 당신의 글을 읽어주길 바랍니까?
그들 중에서도 구체적으로 어떤 사람인가요?
그들은 어떤 특징을 가진 사람들인가요?

독자를 특정한 다음 이 문장을 완성시켜 보세요.

나, [○○○] 라는 개인브랜드의 독자는 [   ]입니다(세분화).
[   ] 중에서도 [   ]한 사람입니다(타겟팅).

나는 내 독자에게
이런 사람이고 싶다

블로그를 운영하고 책을 쓰겠다는 의욕이 차고 넘치는 초보작가들은 예외없이 '초보작가 독감'을 앓습니다. 만화영화 독수리 오형제의 그들처럼, 지구는 사회는 이웃은 내가 지킨다며 기염을 토하지요. 별의별 내용에 대해 별의별 훈수를 다 둡니다. 이런 그가 용케 책을 쓰면 인터넷에서 긁어모은 좋은 말 대백과사전이 됩니다. 누가 읽어도 좋을 책이면서 누구도 읽지 않을 책입니다. 읽어야 할 이유를 발견하지 못할테니까요. 당신이 특정한 독자에게 당신의 글을 읽히려 한다면 독자는 이렇게 반문할 겁니다.

"내가 왜 당신이 쓴 글을 읽어야 하지?"

이런 반문 없이 당신이 선택되려면 당신은 그 사람이 바라마지 않는 모습으로 존재해야 합니다. 마케팅에서 포지셔닝이라 불리는 작업인데요. 독자가 당신에게 왜 당신의 글을 읽어야 하느냐고 물을 때 답을 하기 어렵다면, 당신은 우선 이 질문에 답을 해야 합니다.

"누구에게 당신의 글을 읽히고 싶은가?"
"왜 그 사람이 당신의 글을 읽어주길 바라나?"
"그에게 당신은 무엇으로 기억되고 싶은가?"

이 질문에 나는 이렇게 대답합니다.

"나 송숙희 브랜드는 돈이 되는 글쓰기 노하우를 전수하는 사람으로 기억되고 싶다."
"나 송숙희 브랜드는 먹고사는 일에 글쓰기가 중요해진 4050에게 기억되고 선택되고 싶다."
"나 송숙희 브랜드는 '당신의 책을 가져라'라는 말로 기억되고 싶다."

자, 당신도 해볼까요?

"나 ○○○(이름) 브랜드는 ○○○○○○(당신이 말하려는 내용)을 ○○○(전달방법)하는 사람으로 기억되고 싶다."
"나 ○○○(이름) 브랜드는 ○○○○○○(당신이 특정한)한 고객에게 기억되고 선택되고 싶다."

"나 ○○○(이름) 브랜드는 ○○○○○○(메시지)라는 말로 기억되고
싶다."

이번에는 당신의 독자에게 당신이 어떤 이미지로 어필되면 좋겠는
지를 설계해 봅시다. 우아한 형제들에서 브랜딩 전략을 담당하는 장
인성 님은 배달의 민족을 브랜딩하며 다음과 같은 목표를 세웁니다.

① '배달'하면 '배민'이 떠오르게 한다.
② 사랑스럽고 재미있고, 호감 가는 브랜드로 만든다.
③ '배민'하면 치킨·피자뿐 아니라 삼겹살·팥빙수 등 음식을 떠
   올리게 한다.

부자작가 브랜드로서 나는 이렇게 되기를 원합니다.
① 글쓰기하면 송숙희가 떠오르게 한다.
② 먹고사는 일에 필요한 글쓰기를 누구보다 잘 알려주는 브랜드
   로 만든다.
③ 송숙희는 돈이 되는 글쓰기 뿐 아니라 책쓰기로 인한 곤란과
   혼란을 겪을 때 언제든 해결책을 제시하는 등대 같은 이미지
   로 떠올리게 한다.

자, 당신에 대한 브랜드 이미지도 만들어봅니다.

① ○○○(키워드)하면 나, ○○○(이름)가 떠오르게 한다.

② ○○○하고 ○○○하며 ○○○한 이미지로 내가 떠오르게 한다.

③ ○○○(이름)하면 ○○○뿐만 아니라 [   ] [   ] [   ] 도 생
각나게 한다.

이 작업으로 눈치 챘겠지만, 내가 원하는 독자에게 내가 원하는
이미지로 기억되려면, 부자작가로서 나라는 브랜드는 특정고객의 특
별한 문제를 해결하는 콘텐츠를 가져야 합니다. 이 내용은 3부에서
집중적으로 다룹니다.

06

브랜드 이름
만들기

강원도 양구의 사과농장 브랜드 네임은 '애플 카인드'입니다. 세계적으로 유명한 브랜딩 전문기업에서 만든 것인데요. 이 이름을 얻어내기 위해 이 회사는 여러 번 거절 당합니다. '이름값이 비싸 안 될텐데'부터 '너무 작은 회사라 안 된다'는 거절까지. 거절의 문을 통과하니 '왜'의 문이 기다리고 있더라지요. 브랜딩 회사에서는 집요하게 묻습니다. '왜 당신들이 사과농사를 짓느냐' 그 이유를 말하느라 열변을 토했더니 '정말 사과에 혼을 바친 사람들'이라며 맨카인드(mankind)에서 따온 애플 카인드라는 이름을 만들어 줍니다. 애플 카인드 김철호 대표는 이러한 브랜드 네임에 얽힌 이야기가 나올 수밖에 없는 배경을 설명합니다.

"우리는 친환경으로 사과를 생산하기 때문에 싸게 팔 수가 없다. 사과 품질에 걸맞게 고급스럽게 만들어서 제값을 받아야 한다. 소비자에게 신뢰감을 주기 위해서도, 수출을 위해서도 세련된 브랜딩이 중요했다."

원래 브랜드 네임에는 수식어가 필요 없습니다. 수식이 필요하다면 브랜드가 아니지요. 하지만 이름 석 자만으로 단박에 인식되는 그리고 널리 인정받는 브랜드가 되기 전까지는 수식어의 도움이 필요합니다. 당신의 본질과 가치를 드러내는 결정적인 한두 단어가 필요합니다. 독자 입장에서는 이 사람에게 도움 받고 싶다는 가치를 즉석에서 전달받는 수식이라야 합니다.

증권회사에서 애널리스트로 일한 이광수 님은 회사를 떠나 독립하며 '광수네복덕방'이라는 브랜드 네임을 만들었습니다. 공인중개사 사무실의 옛이름 '복덕방'에 자신의 이름을 연결하여 지은 브랜드 네임으로 쉽고 빨리 이해되고 재밌어 금방 기억됩니다.

나는 책쓰기 코칭에서 예비작가의 황금씨앗을 발굴하고 그에 적합한 브랜드 네임을 선물합니다. 예비작가 이름+키워드 공식을 이용하면 세상에 둘도 없는 브랜드 네임이 됩니다. 이름과 키워드를 결합했으니 남이 흉내낼 수도 없습니다. 이 브랜드 이름으로 도메인을 확보하고 블로그 타이틀로 내걸고 네이버에서 사용할 닉네임으로 만들라고 안내합니다.

내 블로그 타이틀은 '송숙희의 돈이 되는 글쓰기'입니다. 돈이 되는 글쓰기는 내 첫 책의 제목이며 내 브랜드 네임입니다. '송숙희=돈이 되는 글쓰기'를 나 스스로에게 그리고 내 독자와 시장에 각인시키려 애썼고 《돈이 되는 글쓰기의 모든 것》을 출간하여 이 키워드를 사수했습니다. 자, 당신도 부자작가로서 사업할 영역을 의미하는 독창적이고 힘있는 브랜드 네임을 만들어볼까요?

먼저 공식을 확인합니다.

○○○(당신의 이름)의 ○○○(키워드)

브랜드 네임으로 도메인을 구매한 다음 블로그 타이틀로 세우고 명함도 찍으세요.

글쓰기로 먹고사는 사람에게는 펜 하나가 아니 노트북 한 대가 전부입니다. 그러니 작가는 이름 석 자가 곧 브랜드입니다. 그 이름으로 쓴 글이니 읽히고 그 이름으로 쓴 글이라 읽히지 않는다고 단언해도 될 정도입니다. 인터넷이든 신문이든 또는 잡지든 혹은 유튜브든 글로나 말로 지면이나 페이지, 영상을 채우는 사람의 이름 옆에는 바이라인(By Line)이 붙습니다. 기사 끝에는 기자의 이름이, 에세이 끝에는 에세이스트 이름이, 유튜브 영상에는 출연자의 이름이 붙지요. 같은 이름이 흔하고 이름만으로는 강렬한 인상을 주기가 쉽지 않습니다. 이름에 동반되는 강력한 한마디가 매우 중요합니다. 직업이나 직급 말고, 누구에게 어떻게 도움이 되는 글을 쓰는 사람인지를 알리는 한마디가 필요합니다.

봉달호 / 편의점주, 에세이스트

김지수 / 인터뷰직가

송숙희 / 돈이 되는 글쓰기 코치

부자작가 조종간,
디지털 콕핏

방탄소년단 팬 아미들은 공식 팬카페를 거점으로 활동합니다. 방탄소년단은 다음에 개설된 팬카페와 SNS에서 팬들과 수시로 소통합니다. 온라인 기반이라 시간도 거리도 언어도 문제되지 않습니다.

나에게 더러 "사무실이 어디세요?"라고 묻는 사람들이 있습니다. 내 대답을 들으면 머쓱해 합니다.

"웹(web)이에요."

맞습니다. 작가이며 코치이고 강사인 내가 하는 모든 작업이 이뤄지는 곳은 내 집 방 한 칸입니다. 나는 집에서 일하며 모든 소통은 온라인으로 인터넷 상에서 합니다. 조종사가 항공기 운항에 필요한 모든 작업을 조종간 콕핏으로 콘트롤하듯, 나에게도 디지털 콕핏이 있어 언제든 어디서든 내가 하는 일을 전천후로 조종합니다.

내 디지털 콕핏은 작가인 내가 운영하는 단일 소통 창구입니다. 내 콘텐츠를 구매하는 독자나 책을 부탁하려는 출판사, 강연이나 교육을 의뢰하려는 기업, 예비독자들과 소통하는 핵심 경로지요. 이곳은 콘텐츠를 만들고 독자와 소통하고 가치와 신념 철학을 피력하고 자랑도 하고 책이 나오면 저자만의 프로모션도 하는 플랫폼입니다. 나의 디지털 콕핏은 작가로서 내 브랜드를 지키고 키우는 요람입니다. 내 플랫폼이자 디지털 콕픽의 최고 자랑거리는 비용이 1도 들지 않는다는 것입니다. 네이버가 무료로 서비스하는 블로그를 활용하기 때문입니다. 디지털 콕핏으로 홈페이지가 제격이겠으나 혼자 열 일 하는 부자작가에게는 홈페이지 운영에 필요한 기본 기술과 유지에 필요한 비용 등이 적잖이 부담됩니다. 홈페이지에 요구되는 기능이 거의 다 제공되는 공짜 버전, 블로그가 부자작가의 디지털 콕핏으로 제격입니다. 바로 바로 콘텐츠를 올릴 수 있고, 그 콘텐츠로 댓글 소통이 가능하고, 심지어 비밀소통이 가능하며, 네이버 검색에도 유리하죠. 메일, 인터넷 카페 등 네이버가 서비스하는 거의 모든 디지털 도구와 연동됩니다. 유연성 기민성 비용면 가시성 가용성 면에서 홈페이지보다 월등하다는 것이 블로그 기반 작가로 일하고 살아온 나의 증언입니다.

블로그는 텍스트 기반 소셜미디어이지만 이미지나 영상을 올리기에도 부족함 없습니다. 검색할 때 네이버를 활용하는 사람이 많은 우리나라에서는 네이버 블로그를 작가의 콕핏으로 비즈니스 플랫폼으로 아지트로 사용할 경우, 네이버 검색엔진이 작가인 나를 노출하고 나와 내 고객들을 기꺼이 연결해 준다는 잇점은 무엇과도 비교할 수 없습니다.

유튜브, 인스타, 페이스북을 운영하며 콘텐츠를 만들고 소통하더라도 구매가 이뤄지는 공간, 독자와 연결되어 관계를 유지하는 플랫폼 역할을 하는 공간은 별도로 필요합니다. 그야말로 홈페이지가 필요한 거죠. 브랜드는 발견되지 않으면 무용지물입니다. 독자에게 당신이 의도한 모습으로 발견되고 선택받기 위해 또 부자작가로 언제 어디서든 기동력 있게 일하도록 디지털 콕핏을 차려봅시다. 네이버 블로그면 충분합니다. 모든 길은 로마로 통하듯 부자작가의 일은 디지털 콕핏, 블로그 하나로 연결되어야 하니까요. 당신의 디지털 콕핏을 블로그에 차려볼래요?

작가 플랫폼으로
온라인 존재감 키우기

─────────── 코로나19 팬데믹으로 재택근무가 한창일 때, 글쓰기 수업을 받겠다는 이들이 부쩍 늘었습니다. 직장마다 원격 근무를 시행하는 바람에 글쓰기 능력이 생산성과 성과를 좌우하는 핵심요인으로 떠올랐기 때문이죠. 한 번은 대기업 HR담당 임원에게 고객센터 임직원의 글쓰기 교육을 청하는 이메일을 받았습니다.

"글쓰기 교육 분야에서는 독보적인 분이시네요. 대기업 근무 경험도 있으시고 기업 대상 글쓰기 교육도 많이 하시고, 《150년 하버드 글쓰기 비법》같은 베스트셀러도 쓰셨네요."

담당 임원은 '블로그 글도 잘 읽고 있습니다'는 말로 메일을 맺었습니다. 나는 그와 일면식도 없는데 그는 오직 검색만으로 나를 '탈탈 털어보고' 내가 자신들이 찾는 적격자라 판단 내리고 글쓰기 직무연수를 요청합니다. 블로그에 올린 내 글, 블로그에서 독자들과 소통한 흔적이 나를 대신하여 나를 필요로 하는 사람들에게 나를 알리고 어필한 것입니다.

급하게 해결해야 할 문제가 있으면 사람들은 해결사를 찾아나서지요. 네이버나 구글에 부탁하면 수많은 전문가를(전문가라 주장하는 이를) 찾아줍니다. 해결사의 도움을 받아야 하는 이는 최적의 해결사를 골라내는 데 혈안이 될테지요? 이런 상황에서는 어떤 일을 오래 제대로 해온 사람만이 선택됩니다. 물론 그가 발견되게끔 흔적을 남겼을 때 가능합니다. 일관되게 지속적으로 고객의 문제를 해결해온 사람은 낭중지추, 주머니 속 송곳처럼 발견되고 선택됩니다. 세계적인 사업가 나발 라비탄트의 말마따나 당신이 그 분야에서 최고인 한, 인터넷이 당신을 알아보고 찾는 사람에게 당신을 추천합니다. 그러므로 출판사든 독자든 강연기획자든 그들이 당신을 찾고 선택하길 바란다면 당신은 그들이 찾는 모습으로 인터넷에 존재해야 합니다. 네이버나 구글로 당신의 이름을 찾을 수 없다면 당신은 존재하지 않은 것이나 다름없으니까요. 또 검색되더라도 그들의 눈에 당신의 모습이 성에 차지 않는다면 이또한 당신의 존재는 없는 것입니다.

송길영 님은 책 한 권을 통해 이런 경고를 합니다.

"그냥 하지 말라, 당신의 모든 것이 메시지다."

나는 책쓰기 수업에서 5분에 한 번씩 강조합니다.

"블로그, 제발 그냥 하지 마세요. 당신이 쓰는 모든 것이 당신의 상징이니까요."

누가 만들었는지, 왜 만들었는지가 선택의 이유가 되는 시대입니다. 내 독자고객에게 이런 사람이고 싶다는 당신의 바람이 독자에게 전달되려면 매개체가 있어야 합니다. 잘 쓰고 잘 만들고 잘 팔리는 책 한 권은 당신이란 브랜드를 어필하기 참 좋은 수단이지만 책은 해당 아이디어를 전달하는 기능에 충실해야 하기 때문에 당신이란 브랜드를 어필하기에는 미흡합니다. 독자가 당신의 책을 사서 읽고 당신에게 도움을 청하려는 마음이 들면 당신에 대해 더 알고 싶고 궁금해할 겁니다. 바로 이 때, 당신에 대해 충분히 알 수 있고 그런 당신에게 반하게 되는 아지트가 있다면, 그곳을 찾아온 독자가 당신에 대해 살피고 알고 좋아하는 마음이 생긴다면 당신에게 이런저런 도움을 청합니다. 사업기회가 저절로 발생하지요. 이런 기능을 할 수 있는 매개체로는 블로그가 으뜸입니다. 앞에서 설계한 당신이란 브랜드를 독자가 인정하고 알아주고 선택하도록 블로그에 구현해봅니다.

내 이름과 브랜드에 꼭맞는 브랜디드 블로그

우리나라에서 손꼽히는 출판사 대표에게 이런 하소연을 들은 적이 있습니다.

"편집자들이 올리는 신간기획안을 보면 블로그가 없었으면 어떻게 했을까, 싶어요."

규모가 꽤 큰 강연기획사 사장에게 회사를 크게 키운 비법을 묻자 이렇게 대답했습니다.

"요즘 강연수요가 얼마나 많아요? 사람들이 좋아할 만한 강사를 확보하는가가 우리의 비즈니스를 좌우합니다. 그런 강사님을 찾으려 매일 블로그를 검색하고 서점을 기웃거려요. 블로그 운영하는 것을 보면 또 어떤 책을 썼는가를 보면 그 분이 어떤 강의를 할지 다 보이거든요."

예능 프로그램을 제작하는 한 방송PD는 이렇게 말했습니다.

"요즘 시청자들은 방송을 보면서도 출연자를 검색하죠. 저희는 출연자를 찾기 위해 검색해요. 시청자나 저희 방송관계자가 검색을 통해 얻는 것은 같지요. 아하! 이런 사람의 말을 들어보고 싶다!는. 그런 욕구를 자극하는 블로그를 운영하는 이들이 있어요. 물론 서점에서 저자 프로필을 보고 블로그로 들어가 볼 때도 있고요."

신간기획안은 출판사 편집자들이 이런 책을 출간하자고 기획하여 회사측에 제안하는 문서이고 제안서가 통하면 편집자는 기획안대로 진행합니다. 그러니 최고의 편집자는 베스트셀러가 될 만한 책을 기획하느냐에 달렸습니다. 그러므로 편집자는 자신이 성공시킬 새 책의 저자로 내세울 만한 이를 확보하는 것이 능력의 전부나 다름없죠. 강연기획자나 방송 프로듀서에게 가장 중요한 업무도 편집자와 크게 다르지 않습니다.

내가 책쓰기 코칭을 할 때도 제일 먼저 예비작가의 블로그부터 살핍니다. 한 눈에 그의 블로그가 전문적인지 아닌지 보고, 그가 써 모은 글을 한 편 한 편 읽다보면 그의 책쓰기에 대해 감이 잡힙니다. 만일 블로그를 운영하지 않는다거나 블로그에 쓴 글이 생활일기 수준이라면 그의 책쓰기 코칭은 힘겹게 진행되지요. 그가 무엇을 잘 하는지, 잘할 수 있을지 알 수 있는 게 없으니까요. 블로그는 이렇게 당신이 알고 있는 것보다 훨씬 많은 일을 합니다. 그래서 당신의 블로그는 당신의 이름 석 자에 걸맞게 운영되어야 합니다. 그러니 당신의 블로그가 이런 질문에 망설임 없이 '예'하는지 살펴야 합니다.

운영자가 특정한 주제에 대한 전문성을 가졌는가?
내용을 한 입 한 입 먹기 좋고 소화하기 좋게 제공하는가?
글을 쉽게 쓰고 내용을 설득력 있게 전달하는가?
블로그에서 긴밀하게 예비독자와 소통하는가?

나를 가장 멋지게 어필하는
블로그 첫인상

부자작가로 최고의 인생을 살게 될 당신에게 블로그는 선택지가 아니라 생존지입니다. 블로그는 SNS가 아니라 소셜미디어이기 때문입니다. SNS(Social Networking Service)는 말 그대로 인터넷상에 이용자들이 인적 네트워크를 형성할 수 있게 해주는 서비스입니다. 관계지향적인 네트워크지만 블로그는 미디어입니다. 존재이유가 콘텐츠에 있습니다. 독자에게 유용한 콘텐츠를 제공하여 그 콘텐츠를 매개로 독자와 맺어지고 깊은 관계를 지속합니다.

당신의 고객 – 당신의 예비독자가 당신이 주로 사용하는 키워드를 입력했을 때 당신의 이름이 연관검색어로 혹은 검색 결과로 뜨나요? 당신의 예비독자가 당신의 이름을 검색하면 당신의 블로그가 뜨나요? 만일 그렇다면, 당신의 블로그를 통해 고객이 당신의 콘텐츠를 구매하나요? 이 질문들에 냉큼 '그렇다'는 답이 나오지 않는다면 지금 바로 당신의 브랜드 정체성에 걸맞는 블로그를 만들고 운영해야 합니다. 요즘 독자는 듣느니 보느니 첨인 사람에게는 돈 들지 않는 '좋아요' 조차 인색하니까요.

"유튜브가 핫하던데, 블로그를 하라고요?"
"나는 인스타그램하고 페이스북을 하는데 블로그도 해야 해요?"

책쓰기 수업에서 블로그를 권하면 대개는 이런 식으로 대답하기 일쑤입니다. 그때마다 나는 "글쓰기로 돈을 벌고 싶다면 블로그부터 하라"고 정색하고 권합니다. 글을 써서 부자되는 작가가 되고 싶다면 글쓰기 기반의 블로그부터 하는 것이 정석입니다. 작가는 혼자 일하기 때문에 유튜브니 인스타그램이니 페이스북이니 뜬다싶은 채널을 일일이 집적거리기에 시간이며 비용이며 에너지가 충분치 않습니다. 이런 상황을 종합하여 전략적으로 살피면 작가의 개인미디어로는 블로그를 운영하는 것이 최적입니다.

SNS 브랜드 마케팅 전문가로 20년 넘게 개인브랜딩을 도운 최은희 브랜드앤피플 대표도 이렇게 강조합니다.

"블로그는 글, 사진, 영상 등 풍부한 콘텐츠를 담을 수 있어 모든 채

널의 콘텐츠 생산 허브 역할을 하기에 상당히 좋은 채널이다. 블로그
에는 목적이 분명한 사람이 검색을 통해 유입된다. 마케팅 전환율이
높은 것이 큰 장점이다. 블로그의 주제를 명확히 정하고 해당 주제의
콘텐츠를 발행함으로써 자신을 전문가로 브랜딩하기에 효과적인 채
널이다."

고객이 알아서 찾아오는 블로그 만들기

당신이란 브랜드를 블로그에 올려 놓을 때 의도적으로 의식적으로
해야 합니다. 당신이 만든 브랜드 정체성에 부합해야 하고 당신이 특
정한 독자에게 호감받아야 합니다. '좋아요'를 넘어 당신을 구매하게
만들어야 합니다. 당신을 대신하여 당신이란 브랜드의 가치와 철학
과 신념을 고객에게 전파해야 합니다. 이런 모든 일을 당신 대신 블
로그가 해야 하는데, 그래서 브랜드에 초점 맞춘 '브랜디드 블로그'
여야 합니다. 다음은 브랜디드 블로그를 만드는 세부적인 가이드입
니다. 네이버 블로그 기준입니다.

블로그 첫인상 만들기

블로그 메인화면은 당신이란 브랜드의 첫인상입니다. 메인화면은
블로그 방문자가 '이 블로그는 무엇하는 곳이지?', '나에게 어떤 도
움을 주지?' 하는 질문에 명확한 답을 할 수 있어야 합니다. 이 미션
은 블로그 제목, 블로그 프로필, 블로그 메뉴, 스킨 디자인이 동시에
작동해야 가능합니다.

블로그 소개글쓰기

블로그 제목은 운영자 이름과 키워드 조합이 최상입니다. 그래야 다른 블로그 제목과 겹칠 위험이 가장 적지요. 블로그 간단소개는 200자 이내로 써야 하기 때문에 누구에게 어떤 이익을 주는 블로그 인지를 드러내는 것이 최선입니다. 내 경우, 블로그 간단소개는 이렇습니다.

송숙희

2002년~/쓰거나 쓰게하거나

scarf94@naver.com

나는 블로그 간단소개를 통해 '2002년'부터 돈이 되는 글을 쓰는 작가로 또 작가되기를 돕는 사람으로 일했음 어필합니다. 내가 강조한 이 시간은 아무리 해를 거듭해도 나를 능가할 사람이 한국에는 없거든요. 이것을 강조하느라 다른 설명은 생략했고 이메일 연락처가 전부입니다.

블로그 메뉴 만들기

블로그 메뉴는 당신이 하는 일 혹은 블로그가 제공하는 콘텐츠가 어떤 것인지를 보여줍니다. 영역을 3~5가지 내외로 하는 게 좋습니다. 이보다 많으면 정체성이 헛갈리고 이보다 적으면 내용 구분이 되지 않아 복잡한 인상만 줍니다. 나는 다섯 개 메뉴만 사용합니다.

알립니다^^

운영자 소개

돈이되는글쓰기

돈이되는책읽기

돈이되는책쓰기

프로필 페이지

당신이란 개인브랜드를 신뢰하고 의지하게 만드는 데 꼭 필요한 것이 프로필 페이지입니다. 당신에 대해 다 말하고 자랑할 수 있는 공간이기도 하지요. 다만 자랑으로 끝나서는 곤란합니다. 당신이 자랑하는 내용들이 독자에게 가치로 제안되어야 해요. 이런 기능을 수행할 프로필 페이지에는 다음 항목들이 반드시 들어가야 합니다.

• 한마디 프로필

제일 먼저, 독자고객이 당신을 알 수 있는 한마디 프로필이 필요합니다. 한마디 프로필은 쉽고 빠르게 당신에 대해 알려주어야 합니다. 단, ○○회사 부장, 상무라는 식의 직함이 아니라, 당신이 무슨 일을 하는지를 어필해야 합니다. 나의 한마디 프로필은 이것입니다.

• 블로그 운영자 소개

블로그가 누구에게 어떤 이득과 혜택을 주는지 명시해야 하면서 이런 일을 하는 운영자가 누구인지 설명합니다. 실명을 밝히고 무슨 일을 해왔는지 상세하게 설명합니다. 당신이 하는 일에 대한 당신의 신념, 가치, 철학, 재능, 기술 등에 대해 들려주어야 합니다. 구체적으로 하는 일이 무엇이며 이 일을 하게 된 계기는 무엇이며 그동안 어떤 변화나 어려움을 겪었는지와 같은 이야기들은 독자에게 신뢰를 줄 수 있습니다.

• 경력, 실적, 활동내용, 포트폴리오

그동안 추진한 일의 내역, 성과와 실적, 두드러진 활동내용도 소개합니다. 소개할 것들이 많을 때는 최근 내용을 위주로 소개하고 당신이란 브랜드 컨셉이나 블로그에서 다루는 영역에 한해서만 추리는 것이 좋습니다.

• 핫라인

이메일이나 전화번호, 사무실 주소 등 핫라인을 밝힙니다. 전화번호나 사무실 주소를 밝히지 않더라도 이메일은 반드시 공개해야 합니다.

• 운영자 사진

블로그 운영자의 이름, 핫라인을 소개하는 한 편 잘 찍은 사진 한 장은 당신이란 브랜드를 단번에 각인시켜 줍니다. 이때 사용할 사진은 브랜드 컨셉에 부합해야 합니다. 블로그 성격과 톤에 맞는 고해상도의 프로페셔널한 이미지를 사용해야겠지요? 가급적이면 최근 사진으로 그리고 보정이 심하지 않아야 예비독자들이 좋아합니다.

10

부자작가 개인브랜드에 날개를,
올라인 매뉴얼

───────── 새 책을 기획할 때, 출판사에서는 해당작가의 책이 얼마나 팔릴지 가름합니다. 앞서 출간한 책이 있다면 그 책이 얼마나 팔렸는지도 점검합니다. 잘 팔린 책을 쓴 저자라야 다음 책을 써도 잘 팔릴 가능성이 크니까요. 내가 책을 내는 출판사 한 곳은 인터넷 서점 판매지수를 활용하여 세일즈 파워를 계산합니다. 교보, 영풍, 예스24, 알라딘 등 주요 서점에서 저자의 대표작이 팔린 판매지수에 오프라인 판매 감안분을 더하는 계산식으로 저자의 가능성을 예측합니다. 책이 나오면 기본적으로 사주는 사람들 – 독자이면서 팬인 사람들의 숫자가 그 작가의 세일즈 파워입니다. 블로그나 유튜브, 인스타그램 구독자수나 이웃숫자로는 알 수 없는 민감한

수치입니다.

출판사에서 이런 계산식을 만든 것은 '좋아요'를 건네는 구독자수가 엄청나다는 것 하나만 믿고 책을 냈다가 폭망한 뼈아픈 실책을 경험한 덕분이지요. 구독자수가 많다 하여 전부 구매로 이어지지는 않는다는 것을 경험을 통해 알았기 때문입니다. 그렇다고 작가의 노출이 작품판매와 무관하다는 것은 절대 아닙니다. 많이 노출될수록 많이 팔립니다. 다만 어떤 식의 노출인가가 관건입니다. 내 글을 사줄 생각이 전혀 없는 사람들에게 노출되는 것은 효과성 면에서 바람직하지 않습니다. 작가는 혼자 일하는 사람이기 때문에 시간과 에너지를 전략적으로 사용해야 하니까요. 구글 데이터 전문가 출신의 세스 스티븐스 다비도위츠에게서 힌트를 얻을 수 있습니다. 그가 쓴 책 《데이터는 어떻게 인생의 무기가 되는가》에 따르면 작품을 많이 발표하면 성공할 확률이 높다고 합니다.

"예측 불가능한 사건들이 때때로 엄청난 성공으로 이어진다는 의미에서 특정한 예술작품의 성공은 복권 당첨과도 비슷한 일이다. 다른 예술가보다 복권을 더 많이 가지고 있다면 은행운을 차지할 기회 역시 많다는 뜻이다."

작품을 많이 발표하면 성공할 확률이 높다는 주장은 작가에게도 통할까요? 아니면 무한한 노출을 위해 갖은 수단과 방법을 강구해야 할까요? 이 책에서는 자주 모습을 드러내되 다양한 곳에서 노출되라 합니다. 하지만 작가는 혼자 일하는 사람, 글쓰기가 핵심행동인 사람입니다. 허구한 날 어디에든 모습을 드러내다보면 글쓰기라는 핵심행동을 제대로 하기 힘들죠. 그래서 나는 80:20 법칙을 고수합니다. 나에게 고수익을 안겨주는 핵심행동 즉 쓰기에 시간, 에너지, 열정의 80%를 투자합니다. 나머지 20%을 들어 쓰게 하는 일을 하고 노출, 프로모션 등의 일을 합니다. 그리고 다음과 같은 가이드라인을 정하여 인지도, 신뢰도, 충성도를 높여갑니다.

책을 지속적으로 출간

잘 팔리는 책을 쓰는데 총력을 기울입니다. 책을 쓰는 동안에는 다른 일들을 전면 중단하죠. 이렇게 써야 잘 팔리는 책이 나오고, 책이 나올 때마다 내 분야 전문가로서 내가 의도한 모습으로 노출이 가능합니다. 부자작가에게 가장 절실한 개인브랜드는 인지도가 좌우하는데 작가에게 돈들여 자신을 알리는 홍보는 역부족입니다. 돈이 끊임없이 드니까요. 대안으로 SNS에 자화자찬하는 방법도 있으나 이는 또 역효과가 납니다. 돈들이지 않고 제3자가 칭찬하는 방법이자 브랜디드 콘텐츠의 결정적 기술이 책을 내는 것입니다. 책은 핵무기처럼 단번에 작가를 알리고 신뢰하게 만드니까요.

반드시 상업출판

상업출판을 하면 출판사가 저자인 나를 최대한 멋지게 포장하고 노출합니다. 상업출판을 하면 출판사와 서점이 내 책을 최대한 팔도록 작업합니다. 상업출판을 해야 내가 쓴 원고가 수준높은 퀄리티를 가진 책으로 만들어집니다.

유튜브에 출연

유튜브 채널 운영은 가성비가 별로라고 소문이 자자하지요. 내 주제와 관련된 유명 유튜버 채널에 연사로 초대받아 출연하면 내가 유튜브 채널을 직접 운영하는 것보다 노출효과도 가성비도 높습니다. 이는 앞에서 언급한 두 가지 전략 덕분이기도 합니다.

텍스트 외의 분야는 아웃소싱

책이나 전자책처럼 영상강의도 한 번 만들면, 자는 동안 수업료가 입금되는 자동소득이 발생합니다. 나는 이러닝 콘텐츠를 직접 개발하거나 팔지 않습니다. 제작에서 판매까지 아웃소싱합니다. 배타적 콘텐츠 공급 계약을 맺는 만큼 흡족할 만한 계약금을 받고 프로젝트를 개시하죠. 영상강의가 업로드되면, 팔리는 만큼 수업료를 받습니다. 유튜브나 줌 등 영상 콘텐츠 플랫폼을 통해 콘텐츠를 직접 제작하여 판매수익 전부를 가지라는 제안도 받지만 그럴 생각은 없습니다. 나의 시간, 에너지는 한정되기에 그것을 내가 해야 할 일 중 가장 중요한 책, 영상, 강연, 교육, 코칭 등 다양한 방법으로 팔려나갈 핵심 콘텐츠를 만드는 데 쏟아부어야 하니까요.

대면수업, 강연은 가능한한 OK

오프라인 강의를 자주 다니면 현장에서 독자와 깊은 연결을 만들 수 있습니다. 그러고 나면 오프라인에서 만난 독자들이 그들의 SNS에 의미 있는 만남이었노라 자랑합니다. 독자가 나를 대신 하여 나를 프로모션해 줍니다. 같은 이유로 대면수업을 자주 엽니다. 요청 받은 강연이나 교육 외에도 특강, 체험수업, 개별수업을 진행합니다. 심도 있는 코칭을 주고 받음으로써 충성도 높은 팬을 확보할 수 있습니다.

독자경험에 충성하는 전천후 컨택트

나는 온라인 오프라인 가리지 않습니다. 한마디로 '올라인 전천후'로 독자와 컨택트합니다. 강연이든 책이든 블로그든 포스트든 독자가 콘텐츠를 소비하는 방식으로 콘텐츠를 제공합니다. 책을 사서 읽는 독자도 유튜브를 시청하니까요. 스마트폰으로 블로그를 구독하는 독자도 강연을 들으니까요. 아날로그 버전과 디지털 버전을 넘나들며 독자의 편의를 충족합니다. 글쓰기 코치인 나를 책으로만 본 사람, 강의로만 들은 사람보다 이 모든 것을 전부 또는 몇 가지 경험해 본 사람들이 많을수록 내 브랜드 가치가 올라가고 신뢰도와 충성도도 올라갈 테니까요.

1등하고만 제휴

나는 콘텐츠 판매 플랫폼에서 나를 또는 내 콘텐츠를 팔지 않습니다. 가격과 리뷰만으로 팔리거나 말거나 하는 판매 플랫폼에서는 개인브랜드 가치가 희석됩니다. 대신 나는 관련 최고 기업과 협력하여 내 분야에서 넘버1이라는 이미지를 고수합니다. 이런 노선을 견지하기 위해 매의 눈으로 제안을 살핍니다. 어떤 달콤한 제안도 이런 기준이 아니면 수락하지 않습니다. 출판사도 내 책을 잘 만들고 잘 판매할 역량, 브랜드(가 곧 영업력이니), 마케팅 총알이 충분한가를 봅니다. 인터넷 강의도 기업교육용 이러닝 콘텐츠도 협업을 할 때는 제안하는 측의 브랜드 파워를 먼저 챙깁니다. 그 결과, 리더를 위한 콘텐츠 플랫폼 '세리 CEO'와 기업교육 이러닝 콘텐츠 전문기업 'RMP', 교육전문방송사 'EBS'와 프로젝트하여 길게는 10년째 내 콘텐츠가 그들의 창구를 통해 팔리고 있습니다. 이런 경험을 통해 협업 파트너의 격이 작가로서 발휘하는 영향력에 큰 몫을 차지함을 실감했습니다. 커뮤니티와 협업을 할 때도 커뮤니티 구성원들의 성향을 먼저 봅니다. 그래서 3040세대 중심의 커뮤니티는 〈월급쟁이 부자들〉과, 5060세대의 경우 〈단희TV〉와 제휴하여 일합니다.

3부

부자작가 평생아이템

죽을 때까지 써먹는 황금씨앗을 가져라,
오징어게임처럼

야망
Ambition
잘 팔리는 책쓰기

황금씨앗
평생아이템

행동
Act
돈이 되는 글쓰기

열망
Aspiration
개인브랜드

글쓰기로 부자되는 백만장자 작가공식

01

평생 써먹는 당신 안의 베스트셀러,
황금씨앗을 찾아라

―――――――――――― '장사천재'라 불리는 백종원 님. 식당 장사
잘 하려면 딱 이것부터 해야 한다고 강조합니다.

"메뉴부터 줄여라."

메뉴를 줄이면 가격을 내릴 수 있고 가격을 내리면 회전율이 높
아지고 마침내 능력치가 늘어나 장사가 잘될 수밖에 없다고 말입니
다. 베스트셀러 작가이기도 한 서울대 김난도 교수는 책을 내고 싶
다며 조언을 청하는 CEO나 퇴직자들에게 이렇게 말합니다.

"팔리는 책을 내고 싶다면 상품을 만들어라."

책 내는 건 쉽다고 전제하는 김난도 교수는 마음대로 쓰고 마음대로 출간하고 지인들에게 나눠주는 정도라면 마음대로 하시라고 합니다. 다만 팔리는 책을 내고 싶다면 돈을 내고 살 만한 책 – 상품을 만들어야 한다고 조언합니다. 백종원 님이나 김난도 님이나 장사를 잘 하려면 팔리는 것을 만들라고 입을 맞춥니다. 부자작가가 되는 데도 이 원칙은 100% 적용됩니다. 팔리는 글쓰기, 글쓰기로 만드는 상품의 첫걸음은 상품이 될 만한 아이디어를 확보하는 것이죠. 그래서 나는 책쓰기코칭 22년 동안 이 조언을 가장 많이 했습니다.

"아이디어가 있으면 책쓰기는 문제되지 않는다. 아이디어가 없으면 책쓰기는 문제조차 되지 않는다."

제대로 된 아이디어 하나면 글, 책, 강연, 교육, 코칭, 컨설팅까지 돈 버는 하마를 만들 수 있습니다. 이런 아이디어를 황금씨앗이라 부릅니다. 아름드리 나무로 자라 열매도 얻고 그늘도 얻고 목재도 얻게 될 씨앗 같은 아이디어란 뜻이지요. 세계적인 베스트셀러 작가 베르나르 베르베르는 책 한 권 쓰는 데 걸리는 시간은 아이디어를 찾는 데 걸리는 시간이 전부라고 합니다.

책 한 권 쓰는 데 걸리는 시간 = 아이디어 찾는 시간

내 글이 내 이름으로 선택되고 상당한 글값을 받는 작가 브랜드로 존재하려면 책으로 쓸 아이디어 – 황금씨앗부터 찾아야 합니다. 당신만의 황금씨앗을 찾거나 발굴하는 것은 아름드리 나무로 자랄 빅 아이디어를 발굴하는 작업이고 빅 아이디어는 글로든 말로든 강연으로든 콘텐츠라는 상품으로 만들어집니다.

글쓰기로 부자되는 백만장자 작가공식을 다시 볼까요? 부자작가로 살려면 글쓰기라는 핵심행동, 책쓰기라는 야망, 개인브랜드로 존재하려는 열망의 세 요소가 필요합니다. 여기에 세 요소를 받쳐주는 무게중심 평생아이템이 보입니다. 글쓰기라는 핵심행동이 야망과 열망으로 이어지려면 글값 받는 글을 써야 합니다. 어떤 내용을 써야 글값 받는 글쓰기가 가능할까요?

나는 글쓰기를 배우고 싶다는 사람들에게 책쓰기부터 권합니다. 책은 특정한 내용을 담아내는 것이니 책쓰기를 먼저 시도하면 글로 책으로 전할 아이디어를 건지게 되고 그 아이디어로 글쓰기를 연습하면 글쓰기 실력이 일취월장합니다. 글쓰기를 배우겠다는 사람에게 책쓰기를 권하는 것은 아이디어라는 황금씨앗부터 마련하자는 주문입니다.

02

당신의 오리지널을 가져라,
당신의 '오징어게임'

구글과 스탠퍼드 대학교의 혁신 마이스터인 알베르토 사보이아. 그는 "창업은 아이디어 단계에서 이미 성공, 실패가 가려진다"고 큰소리 칩니다. 물론 그는 창업아이디어 감별사고요. 창업자들은 아이디어를 구현할 수 있는가를 놓고 고민하고, 또 어떻게 하면 근사한 결과물을 만들까에 골몰하지만 실상, '만들지 못해서 실패한 적은 없다'고 지적합니다. 그는 수백만 개의 실패 제품, 서비스, 기업을 조사해본 결과 실패의 유일한 원인은 시장이 그 제품에 관심이 없다는 단 하나의 이유라고 일침을 놓습니다. 그래서 알베르토 사보이아는 '창업에 성공하려면 아이디어를 검증부터 하라'고 권합니다. 특정 서비스나 제품을 만들기 전에 '이것이 시장에서 원하는 게 맞나?'를 확인하는 소비자 테스트를 거친 다음, 될성부를 때, 아이디어를 구현하라고 합니다. 어떤 아이디어를 신제품이나 서비스로 개발하려고 투자하기 전에 기업은 두 가지 질문을 해야 하고, 이 질문들에 확실히 '예'라고 답할 수 있어야 한다고 알려줍니다.

'우리가 만들 수 있는 아이디어인가?'
'사람들이 구매할 아이디어인가?'

실리콘밸리에서 성공하는 창업처럼 아름드리 나무로 자라 당신에게 죽을 때까지 돈을 벌어줄 글쓰기 빅 아이디어 – 황금씨앗도 이 질문 오디션을 거침없이 통과해야 합니다.

당신이 쓸 수 있는 아이디어인가?
그 아이디어는 사람들이 사서 읽을 만한 내용인가?

실리콘밸리에서 될성부른 아이디어는 벤처투자를 받습니다. 당신이 마련한 씨앗이 황금씨앗인가를 감별하는 방법도 이와 유사합니다. 당신의 아이디어가 황금씨앗이 분명하다면 출판사에서 책으로 만들겠다고 나섭니다. 보통 책 한 권을 출간하는데 2천만 원 정도 듭니다. 출판사에서 이 돈을 투자하겠다고 할 때는 아이디어가 시장에서 성공할 가능성이 충분하다고 믿기 때문이죠. 황금씨앗이 분명하다는 증거입니다.

잘 팔리는 황금씨앗 킬러문항

그렇다면 황금씨앗은 어떤 유전자가 관여할까요? 사람들이 사서 읽고 싶어할 내용인가, 여기서 나아가 사람들이 나에게서만 얻을 수 있는 내용인가, 내가 쓸 수 있는 내용인가 이 세 가지입니다. 나는 이 세 가지 질문을 '황금씨앗 킬러문항'라 부릅니다.

그 아이디어는 사람들이 사서 읽을 만한 내용인가?

인터넷에 차고 넘치는 게 글입니다. 유명인에서 전문가까지 직장인에서 주부까지 글을 올리고 또 올립니다. 웬만하면 인터넷에서 검색하여 원하는 글을 찾아 읽을 수 있다는 얘깁니다. 그럼에도 글값을 치르고도 읽는 글은 인터넷에서 찾을 수 없는 내용이겠지요? 돈을 내면서까지 읽고 싶은 내용일테지요. 이런 글에는 특정문제를 해결하는 해법이 담겨 있기 마련입니다. 해결하지 않고는 배길 수 없는 간절한 문제를 가졌을 때, 사람들은 돈을 아끼지 않으니까요. 그런 문제를 해결하는 지식, 기술, 노하우 또는 이런 것들을 하나로 버무린 해결책을 다루는 내용이어야 합니다.

그 아이디어는 나만이 가능한가?

누가 써도 잘 팔릴 만한 내용이라면 유명한 사람을 당할 수 없습니다. 누가 써도 그만큼 쓸 수 있다면 굳이 나에게 기회가 돌아올 리 없습니다. 그 내용에 대해 다른 누구도 아닌 왜 하필 내가 써야 하는지, 명쾌하게 답을 낼 수 있다면 그 아이디어는 당신의 황금씨앗이 분명합니다.

그 아이디어는 당신이 쓸 수 있는가?

판매가 보장된 아이디어라 해도 당신이 쓰기 어렵다면, 당신의 경력이 그 글을 쓸 만한 사람으로 보이기 어렵다면 그 아이디어는 당신의 황금씨앗이 아닙니다. 글은 쓰는 사람의 정체성을 드러내기 마련인데, 대개 정체성이란 에너지와 시간과 돈을 쏟아붓는 것으로 만들어집니다. 잘 모르는 내용을 글로 쓰면 정체성이 반영되지 않습니다. 정체성이 반영되지 않은 글은 팔리지 않습니다.

03

좋아하는 일로 누군가의 삶을 돕는
황금씨앗의 힘

─────────── 내가 한 번도 본 적 없는 OTT채널 디즈니
플러스를 구독한 이유는 드라마 '카지노'를 보고 싶어서였습니다. 아
니, 손석구 배우가 나오는 그 드라마를 보고 싶어서 그랬지요. 내가
외면하던 MS웹서비스를 요즘 자주 사용하는 것은 인공지능 검색챗
봇 빙AI를 애용하면서부터입니다. 내가 커피전문점 톰앤톰스에 가
는 이유는 딱 하나, 갓 나온 프레즐을 먹고 싶어서입니다. 디즈니플
러스나 MS나 톰앤톰스나, 나를 신규고객으로 확보한 것은 다른 곳
에는 없는 오리지널 콘텐츠 덕분입니다. 한때 넷플릭스 가입자수가
한국인 월 천만 명을 돌파한 것도 넷플릭스 오리지널 콘텐츠인 '오징
어게임' 덕분이었죠.

당신이 글쓰기로 부자되려면, 당신에게도 오리지널이 있어야 합니다. 부자작가가 되려면 이 질문에 명쾌하게 답해야 합니다.

"당신의 오리지널 콘텐츠는 무엇인가?"

맛집처럼, 콘텐츠도 원조가 잘 팔립니다. 어떤 내용이든 다 글로책으로 쓸 수 있지만 남이 하지 않은 이야기, 남이 할 수 없는 이야기를 해야 합니다. 혹은 남들이 한 뻔한 얘기를 당신만의 필터로 새롭게 만들어내야 합니다. 그래야 당신이 새로운 원조가 될 수 있으니까요.

누군가의 삶에 도움되기

찰스 핸디는 세계 최고 경영사상가 중의 한 사람입니다. 그는 작고하기 전 출간한 책에서 "돈을 벌기 위해 인생의 너무 많은 시간을 쏟지 말라"고 충고합니다. 생활 수준을 유지하려고 원치 않는 일을 계속하면 영혼이 망가진다고요. 대신 그는 늦더라도 자기가 진정 원하던 일을 하라고 권하지요. 자신이 가장 잘하는 것으로 타인을 도울 때 살아있다는 희열을 느낀다면서요. 그러면서 사람은 누구나 자기만의 황금씨앗을 갖고 있다고 합니다. 자기만의 재능이나 적성을 뜻하는 말인데 그가 말하는 황금씨앗의 정의는 이렇습니다.

"즐겁게 할 수 있는 것 중, 작게라도 타인을 도울 수 있는 것."

죽을 때까지 써먹는 황금씨앗 – 죽을 때까지 돈을 벌어다 줄 당신의 '오징어게임'은 당신이 잘하는 것이되 다른 사람을 돕는 것이어야 합니다. 프랑스 작가 베르나르 베르베르는 작가지망생들에게 '에크리뱅(ecrivain)'이 아닌 '오퇴르(auteur)'가 될 것을 주문합니다. 베르베르는 '에크리뱅'이 단순히 뭔가를 쓰고 기입하는 사람으로 단지 쓰는 사람(writer)이라면 '오퇴르'는 라틴어에서 파생된 'auctor'에서 온 말로 '늘리다, 증가시키다, 드높이다'라는 뜻의 작가(author)라는 의미라고 설명합니다.

"내가 쓴 글이 독자의 의식을 드높일 수 있다면, 고양할 수 있다면, 그것이야말로 대단하고 가슴 벅찬 일 아니겠는가?"

좋아하는 글쓰기로 부자작가 되기를 돕는 황금씨앗을 가진 나는, 누구라도 자신만의 씨앗을 발굴하여 누군가의 어려운 인생에 다가가 그가 애로사항을 해결하도록 돕는 아름드리 나무로 자랄 수 있다고 믿습니다. 다만, 황금이 열리는 황금씨앗이라야 합니다.

04

부자작가 단 하나의 장사밑천,
당신의 스노볼

———————— '작가가 뭐 하는 사람이냐'는 독자의 질문에
한 작가는 이렇게 합니다.

"작가란 먹고살기 위해 글을 쓰는 사람."

이렇게 답한 작가는 《개미》로 유명한 베르나르 베르베르입니다. 먹
고살기 위해 다양한 일을 하고 다양한 직업을 경험합니다. 작가는 글
을 써서 먹고사는 사람, 부자작가란 글쓰기로 먹고살며 부자의 라이
프스타일을 누리는 사람입니다. 좋아하는 글쓰기로 먹고살려면 글값
을 받아야 합니다. 글값을 받으려면 사람들이 돈을 내고 살 만한 상

품을 만들어야 합니다. 돈이 되는 콘텐츠를 공급해야 합니다.

"글을 쓰면 힐링이 된다. 글을 쓰면 뿌듯하다. 글을 쓰면 집중력이 길러진다."

당신이 글을 쓰는 이유가 이런 것이라면 당신은 글쓰기로 먹고살 수 없습니다. 자기 이야기나 늘어놓고 자랑을 일삼고 자신의 지식을 정리하고 싶어서 쓰는 글은 혼자 좋아서 쓰는 글, 수요 없는 글입니다. 글값을 받을 리 만무합니다.

수감자인 엄마 때문에 감옥에서 태어난 소녀가 있습니다. 소녀는 최고의 명문대인 하버드 대학교에 장학생으로 입학했습니다. 합격 비결은 무엇일까요? 흥미진진한 체험을 쓴 퍼스널에세이가 먹혔을까요?

"나는 감옥에서 태어났지만 이것만으로 대학교의 관심을 끌기에는 충분하지 않았다."

소녀가 하버드 대학교에 입학한 것은 고등학교 성적과 활동 기록이 밑바탕이 됐다고 언론은 전합니다. 이처럼 어떤 사람의 어떤 특별한 경험도 단지 흥미를 끌 뿐입니다. 그 자체로 돈이 되지 않습니다. 비싼 값을 받는 글, 오래도록 잘 팔리는 책 역시, 필자가 어떤 신박한 경험을 해서가 아니라 그 경험을 통해 발견한 가치와 의미를 공유하는 데 있습니다. 당신의 글이 돈이 되려면 글 속에 누군가가 발견할 가치와 의미가 있어야 하고, 이러한 가치와 의미는 독자가 처한 문제를 당신의 방법으로 해결하는 해결책으로 제시되어야만 합니다. 이런 내용물을 해결책 콘텐츠라 하지요.

해결사, 헬퍼, 티퍼, 티처 - 부자작가의 다른 이름

해결책 콘텐츠란 어떤 문젯거리에 대한 자신만의 해결책을 같은 문제를 가진 사람들에게 공유하는 내용을 말합니다. 여기서 말하는 해결책이란 어떤 고질적인 문제를 해결한 당신만의 방법 즉 특정문제에 대한 나만의 해결책입니다. 아울러 특정문제를 해결하는 과정에서 생기는 크고 작은 문제들에 대한 해법, 문제를 더 빨리 더 쉽게 더 근사하게 해결하는 비법 등 해결책을 폭넓게 제시하는 글을 쓸 때 독자는 글값을 치르고 당신 글을 읽습니다. 여기서 말하는 해결책이 바로 아름드리 나무로 자라는 황금씨앗, 빅 아이디어입니다. 따라서 부자작가는 누군가의 문제를 해결해 주는 해결사이며, 문제를 해결하도록 돕는 헬퍼이며, 자기만 아는 팁을 공유하는 티퍼이고, 문제해결책을 기꺼이 전수하는 티처입니다.

나는 20대 때부터 여성잡지 기자로 일하며 독자가 좋아할 만한 콘텐츠를 가진 사람을 알아보는 안목을 인정 받았습니다. 그런 사람을 만나면 내가 인터뷰하여 기사로 만들거나, '책 좀 쓰세요, 이런 아이디어로 쓰면 좋을 것 같아요' 하는 오지랖을 떨었습니다. 심지어 그런 콘텐츠 가진 사람을 찾는 출판사를 찾아 연결해 주는 일까지

했습니다. 이런 재주는 결국 '책쓰기 코칭'이라는 분야를 만들어 책쓰기 코치로 입문하게 했지요. 그때가 2002년입니다. 이 때부터 나는 책쓰기 아이디어를 발굴하는 코칭 과정을 운영합니다. 책을 내고 싶은 마음이 간절한 예비직가들이 가장 어려워하는 것이 책으로 쓸 아이디어를 찾는 것입니다. 하지만 나는 어떤 사람이 책으로 쓸 만한, 그 사람이 쓰면 참 좋을 잘 팔릴 만한 아이템을 찾아주는 일이 제일 쉽습니다. 나는 돈이 될 만한 아이디어를 찾아 책으로 쓰게 돕는 황금씨앗을 가졌습니다. 덕분에 이 분야에서 인정받는 문제해결사이고 헬퍼이며 티퍼이고 티처입니다. 나는 예비작가가 글쓰기로 돈 벌고 부자작가로 살기를 바라며 나만의 방법으로 그의 경험과 경력과 생각과 말과 글을 탐색합니다. 이름하여 스노볼 테스트랍니다. 황금씨앗의 다른 표현이죠.

부자작가 최단경로, 내 책쓰기 : 스노볼 테스트

눈뭉치, '스노볼'은 세계 최고 투자가 워런 버핏의 자서전 제목입니다. 자서전에서 그는 '스노볼'을 이렇게 설명합니다.

"인생은 눈뭉치와 같다. 중요한 것은 잘 뭉쳐지는 습기가 많은 눈과 진짜 긴 언덕을 찾아내는 것이다."

내가 말하는 스노볼 테스트는 꾸준히 오래 잘할 수 있는 나만의 황금씨앗 찾기를 말합니다. 잘 뭉쳐지는 눈이란 조건을 예비작가에게 대입해 보면 누가 시키지 않아도 잘하는 일이 무엇인가에 해당합니다. 외부로부터 자극이나 동기부여를 받지 않아도 자연스럽게 잘하는 어떤 재주를 말합니다. 단 내가 잘하는 그 일이 누군가가 절실히 원하는 것이어야 합니다. 내가 아무리 잘하는 것이라도 아무도 눈여겨 보지 않고 누구도 탐내지 않으면 황금씨앗이 될 수 없습니다. 길게 펼쳐진 눈밭인가를 살피는 것은 그가 잘하는 것이 오래 갈 만한 것인가를 보는 것입니다. 예비작가들은 그 당시 잘 나가는 책을 쓰겠다며 기염을 토합니다. 나는 뜯어말리는 게 일이고요. 그 주제로 쓰기에 마땅하다 하더라도 그가 책을 쓰고 출간하기까지 최소한 1년 이상 걸리면 그 사이 그 주제는 한물 간 것이 되고마니까요. 여기에 하나 더, 희소성, 그에게 찾아낸 재능이 길고 오래 갈 만한 것인데다 다른 사람에게서는 구할 수 없는 것이어야 합니다.

1. 잘하고 좋아하는 일인가?
2. 필요로 하는 사람이 많은가?
3. 다른 사람에게 구할 수 없는 것인가?

이 세 가지로 구성된 스노볼 테스트에 통과하면 황금씨앗 자격을 얻습니다.

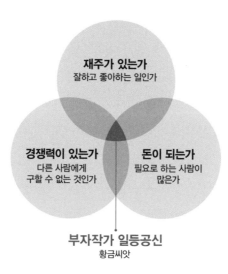

재주가 있는가
잘하고 좋아하는 일인가

경쟁력이 있는가
다른 사람에게
구할 수 없는 것인가

돈이 되는가
필요로 하는 사람이
많은가

부자작가 일등공신
황금씨앗

스노볼 테스트를 거친 황금씨앗은 오리지널 콘텐츠로 만들어져 책, 글, 강연, 코칭이나 컨설팅 등 채널별 아이템으로 구체화됩니다.

05

잘하는 일, 좋아하는 일,
설레는 일로 부자작가 뿌리내리기

──────────── 예비작가가 책을 내고 작가로 데뷔하는 일에 있어 가장 큰 난관은 책으로 쓸 아이디어를 정하는 것입니다. 그래서 내가 진행하는 책쓰기 수업에서 가장 인기 많은 프로그램은 단연, '내 책쓰기 아이디어 만들기'입니다. 이 과정은 예비작가가 살면서 축적한 별의별 경험에서 황금씨앗을 찾아 오리지널 콘텐츠를 갖도록 돕는 것입니다. 그런데 의외로 많은 사람들이 나는 이런 것을 잘해, 나는 이런 것을 좋아해, 나는 이것만 생각하면 설렘을 느껴, 라고 말하기 어려워 합니다. 이런 책을 쓰고 싶다, 이런 책을 쓰려고 한다며 내미는 아이디어는 다른 사람의 추천이거나, 자신의 독서목록에서 본 어떤 책처럼 쓰고 싶다는 정도입니다. 나 이런 책 쓸

수 있다, 내가 이런 책 쓰면 반드시 잘 팔릴 것이다며 큰소리 치는 예비작가도 막상 내용을 살펴보면 보통 수준입니다.

예비작가들은 글쓰기를 좋아하여 SNS에 매일 뭔가를 씁니다. 그 랬으니 '나는 이것에 자신 있어'라고 합니다만 그늘이 해온 일은 평 균 수준입니다. 헤엄도 치고 달리기도 하고 날기도 하지만 치타처럼 달리지는 못하고 상어처럼 헤엄치지는 못하며 독수리처럼 날지는 못 합니다. 그저 오리처럼 좀 날고 좀 헤엄치고 좀 달릴 뿐입니다. 그런 데 참 이상한 것은 예비작가 한 사람 한 사람이 참 잘할 수 있는 것, 남들보다 잘 해낼 수 있는 '씨앗'이 책쓰기 코치인 내 눈에는 보인다 는 것입니다. 달리기, 날기, 헤엄치기 말고 그들이 시간과 정성과 관심 으로 일군 무형자산이 주인이 알아주기를 바라면서 그의 내면에 또 아리 틀고 있는 것이 내 눈에는 보입니다. 나는 헤엄치기에 달리기에 날기에 빠져있는 예비작가의 관심을 그 자신 속으로 불러들입니다.

책쓰기 코칭 22년의 경험으로 보건대, 부자작가의 황금씨앗은 자 신 안에서 발견해야 합니다. 그래야 글로 잘 쓸 수 있고 독자를 만 족시키며 오래오래 지속할 수 있습니다. 무엇보다 자신에게서 출발 하는 글쓰기는 환금성이 뛰어납니다. 남들 하는 것을 보고, 저 정도 면 나도 할 만해, 요즘 00주제가 유행이니 나도 해야지… 하며 배워 서 한다면 독자를 만족시킬 수도 오래 지속할 수도 없습니다. 무엇 보다 이런 글쓰기로는 돈을 만들 수 없습니다. 글쓰기가 좋아서, 작 가로 먹고살고 싶어서, 강연을 하려면 책이 필요하여, 글쓰기로 SNS 마케팅을 하고 싶어서 등 어떤 이유든 상관없습니다. 글쓰기로 돈을

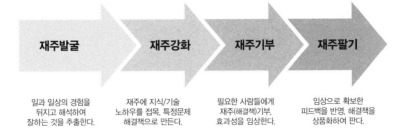

부자작가 평생먹거리 황금씨앗 만들기

재주발굴	재주강화	재주기부	재주팔기
일과 일상의 경험을 뒤지고 해석하여 잘하는 것을 추출한다.	재주에 지식/기술 노하우를 접목, 특정문제 해결책으로 만든다.	필요한 사람들에게 재주(해결책)기부, 효과성을 임상한다.	임상으로 확보한 피드백을 반영, 해결책을 상품화하여 판다.

벌고 싶다면 당신 자신에게서 출발하기 바랍니다. 당신이 좋아하는 것, 잘하는 것 그리고 설레는 것에서 시작하세요. 이 세 가지는 결국 한 가지입니다. 좋아하는 것이면 잘하게 되고 잘하는 것이면 좋아하게 되며 설레는 것이라면 좋아하고 잘하게 되니까요.

당신도 잘하는 일, 좋아하는 일, 설레는 일에서 황금씨앗을 발견하여 부자작가의 삶을 뿌리내릴 수 있습니다. 이 책을 읽는 당신이 당신만의 황금씨앗을 찾도록 일련의 과정을 소개합니다. 이 과정은 글쓰기, 책쓰기 재료가 될 만한 남다른 능력 즉 재주를 발견하고(1단계) 재주를 강화하고(2단계) 재주 기부를 통해 가능성을 타진하고(3단계) 마침내 재주를 파는 발견(4단계)으로 이뤄집니다. 첫 작업은 당신의 경험에서 돈이 될 만한 재주를 찾아내는 것입니다.

재주
발굴하기

──────────　베스트셀러 작가 말콤 글래드웰이 당신을
위해 이런 조언을 합니다.

"당신이 낮에 들은 것, 경험한 것, 생각한 것, 계획한 것, 뭔가 실행에
옮긴 것들 가운데 새벽 한 시가 됐는데도 여전히 이야기하고 싶어 입
이 근질거리는 것이 있는가? 그것이 곧 당신에게 엄청난 성공을 안겨
줄 것이다."

그의 말마따나 우선은 당신이 말하고 싶어 죽겠는, 자랑할 만한
뭔가가 당신의 재주입니다. 그러므로 부자작가 황금씨앗이 될 당신

의 재주는 당신의 생각, 행위 안에서 찾을 수 있습니다. 또한 그 씨 앗은 잘하거나 좋아하는 것에 도꼬마리처럼 붙어 있습니다. 잘하지 는 못하지만 좋아하는 것 같아서, 또는 새로 배워서 해야 하는 것이 라면 이미 그것을 잘하고 있는 사람보다 글로 책으로 잘 쓸 리 만무 합니다. 일과 일상에서 축적한 당신의 경험을 뒤지고 해석하여 당신 이 잘해온 것, 잘하는 것을 추출해야 합니다. 당신의 황금씨앗은 어 릴 때 소풍 가서 찾던 보물처럼 나무 밑이나 돌 밑, 낙엽 아래 숨겨 져 있기 십상입니다. 스노볼 테스트를 통과할 만한 당신의 재주를 찾아봅니다.

괄호 채우기

다음 항목마다 빈 괄호를 채우세요. [   ] 안에 '○○하기'로 쓰면 됩니다. 항목마다 '○○하기'가 여러 가지라면 모두 다 쓰세요.

1. 나는 [   ]를 참 잘한다.
2. 다른 사람이 나에게 [   ] 재주가 있다고 말한다.
3. 내가 남들보다 쉽게 잘하는 것은 [   ]다.
4. 다른 사람들이 내게 부러워하는 것은 [   ]다.
5. 죽는 날까지 하나의 일을 한다면 [   ]를 하고 싶다.
6. 내가 무엇보다 좋아하는 일은 [   ]다.
7. 내 이력서에서 가장 강조되는 것은 [   ]다.
8. 내가 보통으로 해도 다른 사람들보다 탁월하게 잘하는 것은
   [   ]다.

9. 다른 사람들이 나에게 [   ]에 대해 도움과 조언을
   자주 청한다.

10. [   ]하기에 대해 좀 더 잘하고 싶다.

11. 내가 가장 많이 읽은 책은 [   ]에 관한 것이다.

12. 내가 만일 강사가 된다면 [   ]에 대해 가르치겠다.

13. 어떤 제약도 없다면 나는 [   ]하며 살고 싶다.

14. 직업을 새로 선택할 수 있다면 [   ]를 하고 싶다.

15. 친인척, 친구들 사이에 나는 [   ]의 달인으로 소문
   나 있다.

16. [   ]를 하는 동안 나는 참 행복하다.

17. [   ]를 생각만 해도 설렌다.

18. 나는 [   ]로 돈을 벌었다.

19. 이직한다면 [   ] 직무를 찾겠다.

20. 나는 다른 사람에게 [   ] 잘하는 사람으로 인정받
   고 싶다.

다 쓴 다음, ○○하기를 살펴보세요. ○○하기가 한두 가지로 좁혀
지나요? 혹은 20가지 종류나 되나요? 그렇다면 그 답들이 가진 공
통점을 찾아보세요. 거기에 당신의 황금씨앗이 숨어 있습니다.

   다음은 내가 책쓰기 1:1 코칭을 하며 예비작가의 아이템을 개발
하는 방법입니다. 책을 읽는 독자에게 1:1 코칭을 하는 상황이라 가
정하고 공개합니다.

ATM 테스트

당신의 돈과 시간, 관심을 어디에 쓰는가를 체크하세요. 다이어리, 신용카드 결제 내역을 살피면 됩니다. 이 두 가지를 보면 당신이 어디에 관심을 쏟는가도 알 수 있습니다. 관심이 가는 곳에 돈과 시간을 들이기 마련이니까요.

전문성 테스트

당신이 해온 일에서 패턴을 파악합니다. 언제 어떤 직무를 할 때 성과가 좋았는지, 어떤 업무를 할 때 평판이 좋았는지 일일이 분석합니다.

지인 테스트

함께 일하는 동료에게 당신의 장점을 알려달라고 부탁합니다. 또 회사 인사팀에 인사평가도 물어봅니다.

문제적 접근

평소 당신이 잘 해결하는 특정 문제가 있는지 살피세요. 다른 사람보다 앞서 문제를 해결하는지, 문제를 해결함에 있어 다른 사람들과 다른 방법을 사용하는지, 남들보다 더 빨리 해결하는 문제가 있는지 살피세요.

3불(주) 테스트

좋아하는 일, 잘하는 일, 하고 싶은 일이 뭔가를 찾는 것은 상식적이고 긍정적인 접근입니다. 반면 싫어하는 것, 짜증내는 것을 들여다보기는 다분히 비상식적이죠. 하지만 이런 부접근이 오히려 당신의 재주를 발견하는 데 더 탁월하기도 합니다. 예를 들어 나는 글을 잘 쓰는 사람에게 질투를 느끼고 글쓰기에 성의 없는 사람을 보면 불만스럽습니다. 글쓰기라는 분야는 이렇듯 나에게 부정적인 감정을 끌어올립니다. 문자메시지를 주고 받을 때 상대가 맞춤법을 틀리면 칠색팔색하죠. 자, 당신도 찾아보세요. 당신이 불평하는 것, 불만에 차있는 것, 부족함을 느끼는 것 즉 불평 불만 부족 3불을 찾으세요. 그리고 확인하세요. 당신은 무엇에 대해 그렇게 부정적인가를. 몇 가지 셀프 테스트를 거쳐 당신이 가진 남다른 재주를 특정합니다.

> 황금씨앗이 될 만한 나의 재주는 ○○하기다.

이것도 황금씨앗일까? 커닝하기

당신의 재주를 발견하기가 쉽지 않나요? 그렇다면 커닝의 기회를 드리죠. 먼저 대형서점에 가보세요. 자기계발서 코너에 가면 이런 책이 다 있나 싶을 정도로 다양한 주제가 책으로 나와 있습니다. 찾는 사람이 있으니 출판사들이 책으로 내는 거죠. 크몽, 재능마켓이라 불리는 곳을 뒤져보세요. 이곳에서는 수많은 재주가 돈 받고 팔립니다. 클래스 101, 탈잉, 라이브 클래스 온라인 강좌 플랫폼을 들여다보세요. 이런 것도 배우네 하는 생각이 들 정도로 엄청나게 여러 종

류의 클래스가 열립니다. 삼성 멀티 캠퍼스 같은, 이러닝 강의를 개
발하여 판매하는 플랫폼을 살펴보세요. 실로 놀랄 만큼 다양하고
세부적인 강좌가 팔립니다. 유튜브 채널들이 제공하는 콘텐츠를 보
세요. 세바시에 출연하는 연사들의 재주를 보세요. 그리고 나서 당
신을 들여다보세요.

재주
강화하기

　　　　　　　　　　　　　당신을 부자작가로 만들어줄 황금씨앗은
어떤 것인가요? 어떤 것이든 당신의 황금씨앗은 당신이 잘하는 것이
거나 좋아하는 것이거나 또는 잘하면서 좋아하는 것일 겁니다. 당신
이 좋아하지도 잘하지도 않는 것이라면 당신의 글에 담아 독자에게
전하여 글값을 받아낼 리 만무하지요. 좋아하고 잘하는 어떤 것, 나
는 이것이 재능이라고 생각합니다. 그런데 재능은 흔히 타고난 것이
며 대단한 것이라고 오해하는 사람이 많습니다. 자기만의 재능을 찾
아 글과 책을 쓰자고 제안하면 '나는 그런 재능 없어요' 하며 뒤로
물러납니다. 엄두조차 내지 못합니다. 그래서 나는 이 책에서 재능
이라는 말 대신 재주라는 표현을 합니다. 누구든 가만히 들여다보면

주특기라 할 만한, 장기라 꼽을 만한 한 가지 재주는 있거든요. 그 재주가 부자작가라는 아름드리 나무로 자라는 황금씨앗이죠. 그러니 어렵게 생각하지 마세요.

당신이 직장인이고 신입사원 때부터 회의록 작성 업무를 잘하기로 소문 났다면 그것이 당신의 재주이고 그 재주로 당신도《우리 회의나 할까》같은 책을 쓸 수 있어요. 당신이 주부이고 집안이 어지러진 꼴을 못본다면 그것이 당신의 재주입니다.《정리가 필요한 인생》같은 책을 쓸 수 있겠지요. 당신이 무인 아이스크림점을 부업으로 열어 10년째 쏠쏠한 수입을 올리고 퇴직 후에도 월급처럼 돈을 번다면 그것이 당신의 재주입니다. 당신도《돈되는 소자본 무인창업》같은 책을 쓸 수 있어요. 당신이 사춘기 아들과 잘 지내는 것으로 소문나 있나요? 당신의 재주로《아들의 뇌》같은 책을 쓰고 사춘기 아이들을 둔 엄마들에게 강연할 수 있습니다. 이렇듯 자격증이나 면허증 같은 것으로 입증되는 능력이 대단해서가 아니라 이거 하나는 자신 있어 하는 것, 주위에서 부러워 하는 것, 자신의 문제를 해결한 경험, 다른 사람의 문제를 해결해준 경험이 나의 재주입니다.

당신이 잘하는 것, 당신이 잘해온 것, 남들이 인정하고 알아주는 재주를 발굴했다면 이제 그 재주를 강화하는 작업을 해야 합니다. 발굴 단계의 재주는 아직 당신만의 특별한 경험의 결과일 뿐입니다. 당신의 재주를 같은 문제를 가진 사람이라면 누구라도 탐내도록 만드는 과정이 필요합니다. 재주를 강화하는 작업은 당신의 재주를 특정 문제를 가진 사람 누구나에게 적용 가능하도록 객관화, 일반화하는 과정입니다. 재주 강화란 당신의 재주 '○○하기'를 기술적으로 정리하고 지식을 덧입히며 그러한 재주를 발휘하는 당신만의 노하우를 섭목하는 것입니다. 이러한 강화 과정을 거친 당신의 재주는 솔루션(안)으로 발전합니다. 이런 과정을 하나의 공식으로 만들었는데요. 곱셈이 보이죠? 곱셈식에서는 어느 하나라도 빠지면 0이 됩니다.

황금씨앗 만들기 : 재주 강화하기

기술 정리

당신의 재주, 당신이 어떤 것을 남다르게 잘한다는 것은 당신이 어떤 기술을 가졌다는 증거입니다. 대체 당신은 어떤 기술을 가진 걸까요? 그 기술에 대해 정리가 필요합니다. 당신의 기술을 체계적으로 논리정연하게 설명할 수 있어야 합니다. 당신이 어떤 방법으로 문제를 해결했는가를 체계적으로 단계적으로 설명합니다. 그 재주를 발휘하는 기술을, 발휘하는 당신 자신을 세심하게 관찰하여 절차와 방법을 정리합니다. 그래야 같은 문제를 가진 다른 사람에게 전수할 수 있으니까요.

지식 검토와 보강

어떤 것을 잘하는 것, 재주 즉 기술은 지식을 사용하여 성과를 내는 능력입니다. 당신의 재주가 당신이 발휘한 기술이 어떤 원리와 배경으로 특정한 문제를 해결하는지 이론적으로 탐색합니다. 당신의 재주와 관련된 배경이나 근거가 될 만한 지식을 찾아 정보와 사실로써 당신의 재주를 뒷받침합니다. 이로써 당신의 재주가 객관적으로 의미 있음을 검증합니다.

노하우 접목

당신이 문제를 해결함에 있어 널리 알려진 방법 외에 당신만의 방법을 적용했다면 이는 당신만의 노하우입니다. 여기에 당신 나름의 조언이나 간단한 요령을 추가하면 아무나 흉내내지 못할 강력한 재주로 만들어집니다.

재주를 강화하는 일련의 과정을 거치면 당신 안에서 개별적이고 특수한 경험 차원이던 재주는 특정 문제를 가진 사람을 위한 솔루션으로 그 가치가 업그레이드 됩니다.

만일 당신이 MZ세대 신입사원들의 보고서 쓰기를 멘토링하는 데 재주가 있다면 다음과 같은 방법으로 재주를 강화할 수 있습니다.

기술 정리 : 당신이 MZ세대 신입사원들의 보고서 쓰기를 어떻게 멘토링하는지 과정과 분석한 것을 정리합니다.

지식 보강 : MZ세대 신입사원들의 특성과 그들의 소통방식에 대한 지식, 회사에서 좋아하고 싫어하는 보고서 유형, 원격근무에 적합한 보고서 쓰기 기준 등의 지식을 보강합니다.

노하우 접목 : 당신이 MZ세대 신입사원들에게 왜 어떤 식으로 돕길래 그들의 보고서 쓰기 멘토로 인정받는지 당신 나름의 노하우와 소소한 팁들을 정리합니다.

이처럼 당신이 잘하는 그것을 하나의 기술로 정리하고 지식을 더하고 노하우를 곱하면 어느새, 특정 문제를 해결하는 솔루션, 해결책이 됩니다. 회사내 MZ세대 신입사원들이 보고서 쓰며 어려움을 겪을 때 그들에게 조언해온 당신의 재주는 보고서 쓰기로 골머리 앓는 신입사원들의 문제를 해결하기로 특정됩니다. 심기만 하면 돈이 열리는 나무로 자랄 황금씨앗이죠. 이제 필요한 것은 과연 당신의 솔루션, 해결책이 다른 사람이 필요로 할 것인가를 점검해야 합니다. 시장성을 검토해야지요.

재주
기부하기

당신의 체험, 직업이나 일상 등 경험에서 발굴한 재주는 기술 정리와 지식 보강, 노하우 접목으로 솔루션, 해결책의 기본 형태를 갖춥니다. 이 단계의 솔루션은 아직 시제품 정도로 검증이 필요합니다. 관련 문제를 가진 사람들에게 당신의 솔루션을 적용하여 효과를 점검하고 이 과정에서 도출된 솔루션의 크고 작은 문제도 해결합니다. 이렇게 솔루션을 테스트하고 다듬는 과정을 거쳐야 비로소 판매 가능한 솔루션으로 완성됩니다. 이런 과정을 임상하기라 합니다.

초등학교 교사인 정은숙 님은 학생들에게 저널(일기)쓰기를 권하며 저널노트를 선물합니다. 동료 선생님에게도 저널노트를 선물하여 저널테라피를 경험함으로써 행복한 교단을 만드는 데 기여합니다. 저널노트가 더 많은 학교에서 사용되도록 연구하는 '저널노트' 연구회를 운영합니다. 작가 유재숙 님은 의외로 친성엄마와 살지내지 못하는 딸들을 위해 '친정엄마와 영화보기' 동호회를 운영합니다. 권현진 님은 육아 퇴직을 앞둔 전업맘이 일도 삶도 다 챙기는 겸업맘이 되도록 돕는 '4AM클럽'을 운영합니다. 리서치 회사에 재직하는 간유영 님은 워킹맘의 경력재탐색을 돕는 '커리어노트' 연구회를 운영합니다.

정은숙 님, 유재숙 님, 권현진 님, 간유영 님은 나와 함께 책쓰기 수업을 하며 자신의 재주를 행복한 교실 만들기, 친정엄마와 잘지내기, 전업맘의 일터 복귀 돕기, 워킹맘 경력 재탐색돕기라 특정하고 그 재주를 강화하여 솔루션으로 만든 다음 다른 사람에게도 적용되는지를 살펴보는 임상을 위해 동호회를 운영합니다.

내 경험에서 만들어진 솔루션이 과연 다른 사람의 같은 문제를 해결할 수 있는지 테스트해야 합니다. 제약사에서 신약을 만들어 임상하는 것과 같습니다. 신약을 개발하면 해당 질환을 가진 사람을 대상으로 무료로 약을 제공하고 교통비 등의 특전을 제공하며 여러 차례 임상을 하고 임상 결과를 반영하여 개발을 마무리짓습니다.

황금씨앗 만들기 3단계는 재주를 기부하며 효과를 임상실험하는 단계입니다. 나 역시 송숙희책쓰기교실을 수년 동안 무료로 운영했고 지금도 따라쓰기로 글 잘쓰기 캠프를 무료로 운영하며 따라쓰기 해결책을 임상합니다. 당신의 해결책이 필요한 사람들에게 재주를 기부함으로써 솔루션의 효과를 점검해야 합니다. 이런 식으로 임상하는 단계를 거쳐야 재주에서 출발한 솔루션이 효과적인지 그리고 사람들이 필요로 하는지를 동시에 검토할 수 있습니다. 또한 해결책이 해당 문제를 가진 사람에게 잘 어필하는지 그들 입장에서 해결책이 어려운지 쉬운지와 같은 자세한 내용을 살필 수 있습니다. 예비 독자와 이런 과정을 거친 솔루션일 때 많은 독자가 필요로 하는 글로 책으로 만들어집니다.

"대중성은 혼자만의 판단에서는 나올 수 없다."

영화감독 박찬욱 님의 말입니다. 감독이 보기에 좋은 대사라도 가족이나 지인에게 '이 대사가 무슨 뜻인지 알겠느냐'고 물어보고, 모른다고 하면 과감하게 바꾼다며, 외골수로 결정하지 말라고 당부합니다. 내가 찾은 황금씨앗 – 나만의 재주가 아름드리 나무로 자랄 수 있을지는 시장이 결정합니다. 시장성은 혼자만의 판단으로 나올 수 없으니 재주를 기부하며 살피세요.

재주
판매하기

───────── 내 속에서 찾아 만든 재주 - 황금씨앗이 부자작가 아이템으로 적절한지 최종점검이 필요합니다. 그것에 대해 생각하고 글로 쓰는 일이 나에게 신나고 재밌고 즐거운 일이 되어야 하니까요. 만일 황금씨앗에 대해 책으로 쓴다면 평균 270페이지, 최소 50여 편의 글을 써야 합니다. 한 편의 글은 2~3천자 정도 되고요. 당신의 황금씨앗을 책으로 담아내려면 대략 A4 용지로는 100여 장이 필요합니다. 당신의 황금씨앗을 이렇게 진득하게 풀어낼 수 있는지를 확인해야 합니다. 블로그 테스트를 하면 쉽게 확인 가능합니다.

블로그에 당신의 황금씨앗으로 포스팅할 계획 세우기

나는 이런 아이디어로 블로그 포스팅을 할 것이다, 내 블로그는 이런 독자가 읽어주면 좋겠다, 나는 이 주제와 이런 관련성이 있다는 내용만 정리해도 방향성이 충분합니다.

21일 간 매일 포스팅하면서 글 쓰는 자신 살피기

매일 황금씨앗에 대해 포스팅하며 당신 자신부터 황금씨앗에 재미를 붙이는지, 점점 잘하고 싶어지는지, 혹시 싫증나거나 하기 싫어지지는 않는지를 세심하게 살핍니다.

블로그 내용에 관한 클릭수, 좋아요, 댓글 반응 살피기

당신의 블로그 포스트가 많이 읽히는지, 블로그 독자가 당초 의도한 대상이 맞는지, 포스트 관련 소통이 일어나는지를 살핍니다.

황금씨앗이 당신의 것이라면 블로그를 하면 할수록 재밌어집니다. 더 잘하고 싶고 더 잘하고 싶어 애쓰게 됩니다. 그렇다면 당신의 황금씨앗, 부자작가로 평생 먹고사는 빅 아이디어임에 틀림없습니다.

빅 아이디어 확정하기 - 아이템 브리프

경험에서 발굴한 재주 - 황금씨앗 만들기 4단계를 거치면, 누구나 '인생템'을 찾게 됩니다. 이제 황금씨앗을 평생 먹거리 - 빅 아이디어로 정리합니다.

아이디어는 누구를 위한 것인가?

어떤 내용인가?

독자에게 어떤 가치를 주는가?

당신이 읽고 있는 이 책을 예를 들어 아이디어를 정리합니다.

아이디어는 누구를 위한 것인가 :

좋아하는 글쓰기로 평생소득을 올리고 싶은 사람

어떤 내용인가 :

글쓰기로 부자되는 최단경로, 종이책 출판이라는 레버리지 전략 안내

독자에게 어떤 가치를 주는가 :

원조 책쓰기 코치가 22년 동안 직접 체험하고 가르친, 글쓰기로 부자되는 쉽고 빠르고 근사한 방법 배우기

이번에는 간결한 한마디로 빅 아이디어 설명문을 만듭니다. 다음 문장공식의 빈 칸을 채워 완성하세요.

우리는 [독자]에게 [해법]을 제공하여 [○○하도록 도와]

[독자]가 [독자가 바라는 것]을 실현하도록 할 것이다.

부자작가 평생먹거리 황금씨앗

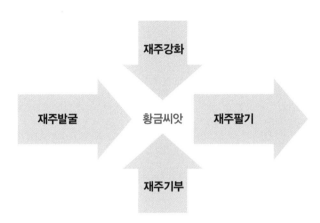

이 공식에 따라 작성한 이 책의 설명문은 이러합니다.

"나는 글쓰기로 돈을 벌고 싶은 사람에게 부자작가 되기 레버리지전략을 소개하여 독자가 자본금 0원으로 평생소득을 올리도록 도울 것이다."

10

부자작가 평생 먹거리
황금솔루션

황금씨앗을 황금레시피로

SNS에서 당신이 쓴 글을 읽는 사람들이 원하는 것은 당신의 글이 아닙니다. 시간과 에너지와 때에 따라서는 돈까지 들여 사람들이 읽으려는 것은 글쓰기로 전달된 해결책, 솔루션입니다. 거듭 강조하지만 인터넷에 차고 넘치는 게 글이고 말입니다. 그 중에서 선택되고 읽히고 글값 말값하는 것들은 해결책 콘텐츠예요. 누군가 간절히 해결하고 싶은 문제에 대한 답 - 대책이든 예방책이든 암튼 해결책입니다.

책을 잘 읽지도 않으면서 책을 산다면, 사람들이 구입한 것은 책이 아니라 해결책입니다. 코로나 팬데믹 이후 여러 사람이 모이는 곳에 가기를 꺼리면서도 돈을 내고 강의실에 가는 것은 강의를 듣기 위해서가 아니라 자기 문제를 해결하고 싶어서입니다. 검색으로든 책으로든 유튜브로든 강연이나 교육으로든 사람들이 돈을 내고 얻고 싶은 것은 그 사람의 고질적인 문제를 해결하는 해결책, 솔루션입니다. 당신에게 특정한 독자의 문제를 해결하는 당신만의 솔루션이 있다면 글로든 책으로든 강의로든 교육으로든 상담으로든 컨설팅으로든 다 잘 팔 수 있습니다. 블로그 포스트, 책, 강의, 코칭, 상담, 컨설팅은 솔루션을 담아파는 그릇 혹은 패키지에 불과합니다.

당신이 경험한 것에서 당신만의 재주를 발굴하여 황금씨앗으로 만들면, 솔루션 개발은 거의 자동화 수순입니다. 볶은 원두에서 추출한 에센셜 - 에스프레소로 별의 별 커피음료를 다 만들어 팔잖아요? 경험을 재주로, 재주를 솔루션으로 만들면 당신이 원하는 방식으로 콘텐츠를 만들어 팔 수 있습니다. 당신만의 경험에서 솔루션을 만들고 이를 글로 책으로 워크숍으로 강연으로 또 컨설팅이나 코칭으로 당신의 고객들에게 팔기, 이것이 부자작가의 핵심 사업입니다.

당신의 경험에서 재주를 찾고 강화하고 임상하면서 판매까지 시도한 다음이라면 그 재주를 이제 평생 먹고사는 쓸거리로 패킹하여 마무리합니다. 고객이 선택하기 쉽게, 마트에서 물건을 사듯 구매하기 쉽게 솔루션을 상품화하는 단계입니다. 상품화에 있어 가장 중요한 것은 누구라도 솔루션대로 하기만 하면 그의 문제가 해결되도록 체계적이고 규격화하여 담아내는 작업입니다. 사람들이 돈을 내고 사서 읽는 글은 문장이 아니라 콘텐츠이며 고객이 돈을 치르고 구매하는 것은 고객이 해결하고 싶어하는 문제에 대한 해결책, 솔루션 콘텐츠입니다. 그러니 그 해결책을 요리 레시피처럼 친절하고 자세하게 전달해야 합니다. 이를 위해 먼저 다음 질문에 답을 합니다.

당신이 글로 책으로 워크숍으로 강연으로 컨설팅으로 코칭으로 풀어낼 솔루션은 다음과 같습니다.

누구의 어떤 문제를 해결합니까?
그 솔루션의 이름은 무엇입니까?
그 솔루션의 프로세스는 어떻게 되나요?
그 솔루션 단계단계의 액티비티는 어떤 것들인가요?

질문이 어렵게 여겨지나요? 걱정할 것 없습니다. 경험을 황금씨앗으로 만드는 4단계에서 이미 다 수행한 작업이니까요. 앞에서 작업한 것을 레시피로 만드는 방법만 알면 거뜬합니다.

쉽고 빠르고 근사하게 황금레시피 만들기

황금씨앗을 황금레시피로 만들기는 당신만의 해결책, 솔루션을 요리 레시피처럼 단계별로 조목조목 설명하기가 전부입니다. 어떤 문제를 해결하기 위해 무엇을 어떻게 하면 되는지 과정 방법 행동요령을 시시콜콜 알려주는 것이 레시피입니다. 레시피대로만 하기만 하면 누구든 문제를 해결할 수 있게 방법을 알려주는 일종의 매뉴얼입니다.

잘 작성된 솔루션 레시피는 명확하고 실행 가능하며 식별된 문제를 해결하는 데 중점을 두어야 합니다. 지침을 쉽게 준수하면서 세부 프로세스, 활동 및 목표를 제공합니다. 이러한 중요한 요소를 통합하면 독자가 제안한 솔루션을 효과적으로 구현할 수 있습니다. 문제에 대한 해결책을 제안하기 위한 해결 방법을 작성할 때, 독자들에게 명확하고 실행 가능한 단계를 제공하는 것이 중요합니다.

다음은 판매 가능한 당신의 재주 황금씨앗을 황금솔루션으로 만드는 방법입니다. 솔루션 레시피 만들기는 7단계면 되는데, 각 단계가 영어 단어 D로 요약가능하여 황금레시피 만들기 7Ds라 이름합니다.

내가 《일머리 문해력》 책으로 담아 판매하고 이후 강연과 교육과 코칭으로 판매한 솔루션 '메타 문해력'을 예시로 들어 설명합니다.

11

황금씨앗
황금레시피 만들기 7Ds

평생먹거리 황금씨앗 : 황금레시피 만들기 7Ds

Define 문제 정의 / 황금솔루션이 해결하는 문제를 명확히 정의합니다.

Design 목표 설정 / 황금솔루션으로 달성하는 원하는 결과를 구체화합니다.

Desire 개요 소개 / 황금솔루션의 제안과 약속을 명확히 합니다.

Description 과정 안내 / 솔루션 과정과정 단계단계 조목조목 설명합니다.

Detail 세부 설명 / 쉽게 이해하고 빠르게 적용하도록 구체적 지침을 제공합니다.

Deeper 깊이 있는 문제 해결 / 문제해결 과정에서 생기는 잠재적 문제도 해결합니다.

Definite 상품화 / 레시피 테스트, 수정 보완으로 완성도를 높입니다.

1단계 Define 문제 정의
황금솔루션이 해결하는 문제를 명확히 정의

언제 누구에게 어떤 모습으로 발생하는 문제인지를 정의합니다. 이 문제를 해결해야 하는 이유와 배경을 알려주고 문제를 그대로 두었을 경우 얼마나 치명적이 되는가를 강조합니다. 독자들이 이 문제를 해결할 필요성을 느끼도록 해야 합니다. 이름도 붙여 줍니다.

송 : 《일머리 문해력》에서 제안한 솔루션, 해결책 이름은 '메타 문해력'입니다. 디지털 시대 한복판에서 지식으로 일하는 사람들이 일머리 나쁘다는 평가를 받으면 일도 경력도 다 망치게 된다는 것을 강조하며, 메타 문해력 솔루션은 디지털 시대의 일터에서 요구하는 수준의 메타 문해력을 향상할 수 있다고 설명합니다.

2단계 Design 목표 설정
황금솔루션으로 달성하는 원하는 결과를 구체화

약이 문제증상을 해결하듯 솔루션, 해결책도 문제해결이 목표입니다. 당신의 솔루션대로 실행하면 무엇을 기대할 수 있는가를 명확하게 설명합니다. 어떤 문제가 해결되는지 나아가 문제해결이 가져올 바람직한 결과까지 구체적으로 제안합니다.

송 : 나의 솔루션 메타 문해력은 지식으로 일하는 사람들이 문해력 결핍으로 발생하는 문제점에서 놓여나게 하고, 메타 문해력 솔루션 레

시피대로 연습하면 일터에서 일머리 좋다는 평가를 받고 유능하다는 평판을 받을 수 있어 일과 삶을 업그레이드시켜 준다고 약속합니다.

3단계 Desire 개요 소개
황금솔루션의 제안과 약속을 명확히

당신이 제안하는 솔루션, 해결책에 대한 전반적인 개요를 설명합니다. 누구의 어떤 문제를 어떤 방식으로 해결하는지, 어떤 효과적인 접근 방식을 사용하는지, 이렇게 하면 해당 문제가 해결되는 이유와 근거는 무엇인지를 상세히 설명합니다. 솔루션에 대한 설명은 결국 솔루션이 약속하는 것에 대한 설득입니다. 솔루션을 사용하여 문제를 해결한 사람들의 사례와 리뷰를 곁들여 설득력 있게 솔루션을 소개합니다.

송 : 나는 강연과 교육, 코칭과 컨설팅을 통해 메타 문해력 솔루션을 보급해왔음을 설명하고 나에게 메타 문해력 솔루션을 보급받은 기업과 기관, 개인과 단체를 소개하며 메타 문해력 솔루션의 효과에 대해 설명합니다.

4단계 Description 과정 안내
솔루션 과정과정 단계단계 조목조목 설명

누가 읽어도 누가 들어도 누가 봐도 금방 알 수 있도록 명확하고 구체적으로 설명합니다. 솔루션을 논리적인 구분으로 단계별로 활동별로 나눕니다. 각 단계는 누구든 설명만으로 실행할 수 있고 그대로 하기만 하면 효과를 볼 수 있어야 합니다. 가급적이면 고객이 실행하기 편리하도록 세부적으로 과업을 나누어 설명합니다. 각 단계, 과업마다 효과를 높이려면 어떤 것에 중점을 두어야 하는지, 무엇을 해야 하는지, 어떻게 해야 하는지, 무엇을 하면 안 되는지를 포함하여 설명합니다.

송 : 나는 메타 문해력 솔루션은 읽고 생각하고 쓰는 능력을 키워야만 향상할 수 있다고 전제하고 디지털 시대에 걸맞게 깊이 읽기, 깊이 생각하기, 깊이 있게 쓰기로 영역을 구분하여 자세한 실천방안을 제공했습니다.

5단계 Detail 세부 설명
쉽게 이해하고 빠르게 적용하도록 구체적 지침 제공

요리할 때 참고하는 레시피처럼 각각의 단계나 행동에 대해 구체적으로 지침을 알려줍니다. 객관적인 표현으로 실행에 혼란이 없게 해야 합니다. 가급적 간결하게 설명하고 전문 용어나 은어는 쉽게 풀어 설명하는 친절함도 발휘해야 합니다.

송 : 나는 강연이나 교육을 통해 메타 문해력을 보급했기에 대중적인 언어로 간결하고 명료하게 설명합니다.

6단계 Deeper 깊이있는 문제 해결
문제 해결 과정에서 생기는 잠재적 문제 해결

러시아 인형 마트료시카처럼 문제는 다른 문제들을 수없이 품고 있습니다. 솔루션을 구현하는 과정에서는 다양한 장애물도 등장합니다. 이미 재주를 기부하여 임상하는 단계에서 이런 장애물과 훼방꾼을 발견했을 테니 세부적인 문제들까지 해소하도록 안내합니다. 이를 위해서는 특정한 기술이나 도구, 관련지식들까지 아낌없이 제공합니다.

송 : 나는 읽고 생각하고 쓰기 능력을 향상시켜 메타 문해력을 강화하고 일머리 좋은 사람이 되는 여정에서 드러나는 크고 작은 문제점을 익히 잘 알고 있습니다. 그래서 솔루션 레시피로 템플릿을 제공합니다. 템플릿대로만 하면 해당 문제 해결은 물론 문제 해결 과정에서 드러나는 문제들까지 해결할 수 있거든요.

7단계 Definite 상품화
레시피 테스트, 수정 보완으로 완성도 높임

재주를 기부하여 임상 실험한 것과는 별개로 솔루션 레시피 만들기 1~6단계까지를 테스트합니다. 테스트로 솔루션의 효과를 점검하고 의견과 피드백을 수집하여 솔루션의 완성도를 높입니다.

송 : 나는 글쓰기 책쓰기 프로그램에서 메타 문해력 솔루션을 사

용하여 독자의 문제를 해결합니다. 이러한 과정에서 솔루션은 수정되고 보완되는데, 책으로 제공된 메타 문해력은 최종적으로 업데이트된 수준입니다.

12

평범한 인생, 소소한 경험으로
부자작가 되는 기적의 로드맵

———————— 세상에서 가장 비싼 보석은 다이아몬드입니다. 하지만 그 시작은 그냥 돌덩이입니다. 다이아몬드 조각을 품은 돌덩이는 원석이라고 하죠. 원석에서 다이아몬드 조각을 채취하여 연마하면 나석이 되고, 이때부터 다이아몬드는 원석에 비해 훨씬 높은 값을 받습니다. 이윽고 나석을 세팅하여 보석으로 만들면 이때부터는 부르는 게 값입니다. 다이아몬드 등급에 따라 값이 다르고 누가 제품화했느냐에 따라 값이 다르게 매겨지죠. 티파니에서 만들어 파는 다이아몬드 반지와 보석상가에서 파는 다이아몬드 반지의 가격차이를 생각하면 이해가 빠를 것입니다. 당신의 경험에서 채취한 당신의 재주는 다이아몬드로 치면 원석이죠. 재주에 지식과 기술을

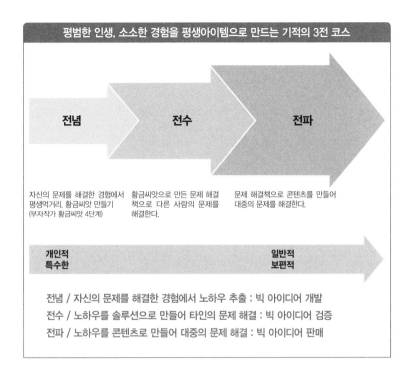

평범한 인생, 소소한 경험을 평생아이템으로 만드는 기적의 3전 코스

전념

전수

전파

자신의 문제를 해결한 경험에서
평생먹거리, 황금씨앗 만들기
(부자작가 황금씨앗 4단계)

황금씨앗으로 만든 문제 해결
책으로 다른 사람의 문제를
해결한다.

문제 해결책으로 콘텐츠를 만들어
대중의 문제를 해결한다.

개인적
특수한

일반적
보편적

전념 / 자신의 문제를 해결한 경험에서 노하우 추출 : 빅 아이디어 개발
전수 / 노하우를 솔루션으로 만들어 타인의 문제 해결 : 빅 아이디어 검증
전파 / 노하우를 콘텐츠로 만들어 대중의 문제 해결 : 빅 아이디어 판매

더해 솔루션으로 만들면 나석, 나석인 솔루션을 특정인의 문제해결
을 위한 처방으로 사용하면 부르는 게 값인 보석이 됩니다.

부자작가의 평생 먹거리 황금씨앗은 전념-전수-전파라는 3전 코
스를 거치며 솔루션으로 자리잡습니다. 3전 코스는 자신의 문제를
해결한 경험에서 노하우 추출하는 전념, 노하우를 솔루션으로 만들
어 타인의 문제를 해결하는 전수, 노하우를 콘텐츠로 만들어 대중
의 문제를 해결하는 전파의 단계를 말합니다.

경험에서 팔릴 만한 재주를 만들어내는 과정은 전념의 단계를 말합니다. 자신의 경험 – 자신을 괴롭히던 문제를 해결한 경험에서 또 남들이 부러워할 만큼 잘해오던 부분에서 재주라 할 만한 것을 찾고, 이 재주를 강화하여 특정한 문제를 해결하는 솔루션, 해결책 – 아이디어로 만드는 단계를 말합니다. 이 단계는 각자의 수준이나 준비, 경험의 척도에 따라 제각각이지만 헌신하고 집중(전념)하지 않으면 절대 불가능합니다.

전념의 과정에서 만들어낸 당신의 해결책은 아직 개인적이고 특수한 버전이지요. 일반화하기는 어렵습니다. 전념 단계에서 만든 해결책은 전수 단계를 거치면서 수정, 보완되어 일반적이고 보편적인 솔루션으로 확장됩니다. 이것이 전수 단계입니다. 전수라는 말이 의미하듯, 개별적으로 해결책을 공유합니다.

전수 단계를 거치는 동안 완성도를 높인 해결책은 글쓰기로 콘텐츠로 만들어지고 책, 강연, 컨설팅, 코칭으로 팔 수 있습니다. 해결책을 대중적으로 보급하는 단계지요. 이 단계에 이르면 당신의 솔루션은 다이아몬드처럼 비싸게 팔립니다. 비로소 많은 사람을 대상으로 전파할 수 있습니다. 두 번째 전수의 단계에서는 아이디어를 특정한 문제를 해결하는 솔루션으로 만듭니다. 솔루션이 문제 해결에 잘 듣는지를 검증하는 단계입니다. 솔루션을 특정한 문제를 가진 사람들에게 제시하여 그들의 문제를 해결하면서 이 과정을 통해 솔루션을 수정하고 보완합니다. 마지막으로 전파의 단계지요.

3전 코스는 부자작가 되고 평생소득 만드는 필수 코스임을 나는 수없는 사례를 통해 확인했습니다. 우리가 좋아하고 따르고 그들의 책을 사서 읽는 부자작가들은 3전 코스 출신입니다.

헤지펀드의 대부라고 불리는 레이 달리오는 브리지워터 어소시에이츠 창립자이며 세계 0.001% 안에 드는 부자지요. 그는 자신만의 '원칙'을 지키며 회사를 만들고 지키고 키웁니다(전념). 은퇴를 앞두게 되자 그는 자신의 독특한 경영 방식을 공유하기로 결심합니다. 회사를 경영하는 과정에서 발견한 자신의 인생철학과 투자 개념 등 212개의 자신만의 독특한 원칙을 111페이지짜리 문서로 정리하여 브리지워터의 임직원과 전 세계 투자자들 및 기업가들에게 나눠줍니다(전수). 레이 달리오는 이 내용을 책으로 만들어 대중들에게 공개합니다(전파). 《원칙》이라는 그의 책은 전 세계 4백만 부 이상 판매되었고 동영상 콘텐츠는 3천만 뷰를 훌쩍 넘었습니다.

레이 달리오에 필적할 우리나라 주자로 김승호 회장이 있습니다. 실패에 실패를 경험한 끝에 그는 세계 여러 나라에 매장을 운영하는 글로벌 외식 기업으로 우뚝 섰습니다. 그 동력으로 지금은 외식, 출판, 화훼, 유통, 금융, 부동산 등 다양한 분야에서 사업을 합니다(전념). 이후 많은 후배 사업가에게 경영 노하우를 전수하며 '사장을 가르치는 사장'으로 불립니다(전수). 이러한 내용을 책으로 유튜브로 많은 사람들과 공유하지요(전파).

국민강사 김미경 님도 3전 코스 동문입니다. 그는 흔들리고 아프게 40대를 살아내는 동안 자신에게 닥친 여러 문제들을 해결합니다(전념). 그 경험을 토대로한 노하우를 만들어 주위에 알음알음 보급하다가(전수) 자신을 따르는 많은 사람들을 대상으로 유튜브와 책으로 공유합니다(전파).

변호사 이윤규 님도 3전 코스를 밟습니다. 짧은 시간을 들여 공부하여 변호사 시험에 합격합니다(전념). 주위에서 그 공부비법을 물었고 나름의 노하우를 정리하여 알려주다가(전수) 이어 내용을 유튜브와 책으로 만들어 노하우를 퍼뜨립니다(전파).

4050세대의 2막 인생을 위한 콘텐츠를 공급하는 단희TV의 이의상 님도 마찬가지입니다. 자신의 2막 인생을 준비하며 부동산 투자를 시작하여 성공합니다(전념). 이 방법을 유튜브를 통해 공유하다가(전수) 책을 내고 가르칩니다(전파).

13

부자작가가 되는
3전 코스

──────────── 대단한 학벌, 화려한 경력에도 TV, 유튜브
를 장악하고 그 내용을 책으로 출간하며 부자작가로 사는 사람들
이 있습니다. 3전 코스를 수료한 덕분이지요.

연세대 김주환 교수는 '인지심리학이 실생활에 적용되어 더 나은
세상 만들기에 기여하는가'를 연구하는 동안 자기 자신의 내면과 소
통하는 것이 중요함을 깨달았죠(전념). 학생들에게 자신의 내면과 소
통하는 방법을 가르칩니다(전수). 이런 과정을 통해 다듬은 솔루션을
유튜브와 책으로 보급하고요(전파).

예일 대학교 안우경 교수는 심리학 수업을 듣는 학생들의 메타인

지능력이 공부하는 성과에 미치는 영향을 연구합니다(전념). 이 성과와 메타인지능력을 키우는 노하우를 학생들에게 전합니다(전수). 이런 내용을 책으로 펴내 보다 널리 공유합니다(전파).

결혼과 육아로 인해 경력이 단절된 빅씨스 님은 언어발달 장애를 가진 아이를 돌보는 힘든 시기를 운동으로 견뎌냅니다(전념). 건강이 좋아지고 마음에도 긍정적인 변화가 일어나는 것을 경험한 그는 다른 사람과도 이러한 기분을 나누고 싶어 큰 언니(빅씨스)처럼 조언을 해주는 운동 프로그램을 만들지요(전수). 유튜브로 이 운동법을 공유합니다(전파).

커리어 액셀러레이터로 일하는 김나이 님. 현대카드, 한국투자증권, JP모건 등 금융계에서 경력을 쌓는 동안 좋은 직장에서 높은 연봉, 고속승진의 재미에 빠져 살았다지요. 그러던 어느 순간 일하는 재미도 느끼지 못하고 회의가 들기 시작했답니다. '이 회사를 나가면 뭘 할 수 있지?', '지금의 명함에서 회사 명칭을 지웠을 때 나는 누구지?'를 설명할 자신이 없더랍니다. 그러자 잘하는 일을 재미있게 하면서도 오래오래 하고 싶다는 갈망이 생겼다고 해요. 그러다 자신의 경험으로 할 수 있는 일을 찾았고 회사를 그만둡니다(전념). 세계적인 기업들에서 일한 경험을 바탕으로 산업과 기업의 최신 동향을 분석해 거시적인 시각에서 개인의 커리어를 설계해주는 일을 시작, 1:1로 4천여 명 문제를 해결합니다(전수). 《자기만의 트랙》, 《이기는 취업》 책을 내고 보다 많은 사람들에게 커리어에 액셀러레이터를 다는 노하우를 보급합니다(전파).

정리왕 이지영 님. 지금은 한국의 곤도 마리에라 불리며, 자신의
사업을 운영하지만, 그녀도 한때 경단녀였습니다. 회사에 다니며 정
규직이 되지 못한 계약직의 서러움, 그나마도 지켜내지 못한 억울함,
자신만의 공간을 갖지 못한 아쉬움에 절절 맸습니다. 회사를 그만
두고 오갈 곳 없어 집에만 있자니 자연 마음도 집도 엉망이 되고, 이
때부터 집을 치우고 정리하기 시작합니다(전념). 그러자 주위에서 애
들 키우는 집이 이렇게 단정하냐며 비법을 궁금해 했고, 블로그에
이렇게 저렇게 비법을 공유합니다(전수). 블로그가 방송작가의 눈에
들어 방송을 타게 되었고 문제 많은 공간을 정리하는 그만의 프로
그램을 책과 컨설팅으로 보급합니다(전파).

3전 코스를 거친 이들은 이렇게 하나 같이 부자작가입니다. 어디
에 적을 두든 아니든 자신만의 경험에서 얻어낸 솔루션을 글로 쓰고
말로 퍼뜨리며 경제적 자유와 자아실현을 이룹니다. 억만 조만 장자
도 아무리 큰 사업을 하더라도 개인적으로는 3전 코스를 거쳐 부자
작가라는 라이프스타일을 구가합니다. 서점에 가서 책들을 보세요.
인터넷 서점을 뒤져보세요. 잘 팔리는 책들은 3전 코스를 거친 것들
입니다. 일에서 일상에서 건진 소소한 경험들이 황금씨앗이 되고 빅
아이디어로 만들어져 부자작가로 살게 한 증거들이 차고 넘칩니다.
이렇듯 3전 코스는 부자작가의 필수코스입니다. 글쓰기로 돈을 버는
부자작가로 살자며 고래고래 외치는 나 역시 3전 코스 출신이죠.

나는 책을 씀으로써 회사를 떠난 후 불시착으로 인한 실패를 딛고 재기했습니다(전념).

그 경험을 솔루션으로 만들어 송숙희책쓰기교실을 무료로 운영했습니다(전수).

원조 책쓰기 코치가 만들어내는 다양한 콘텐츠를 책과 강연으로 퍼뜨립니다(전파).

작가가 되고 싶다면
무엇보다 두 가지 일을 반드시 해야 한다.
많이 읽고 많이 쓰는 것이다.
이 두 가지를 슬쩍 피해갈 수 있는 방법은 없다.
지름길도 없다.

– 스티븐 킹 –

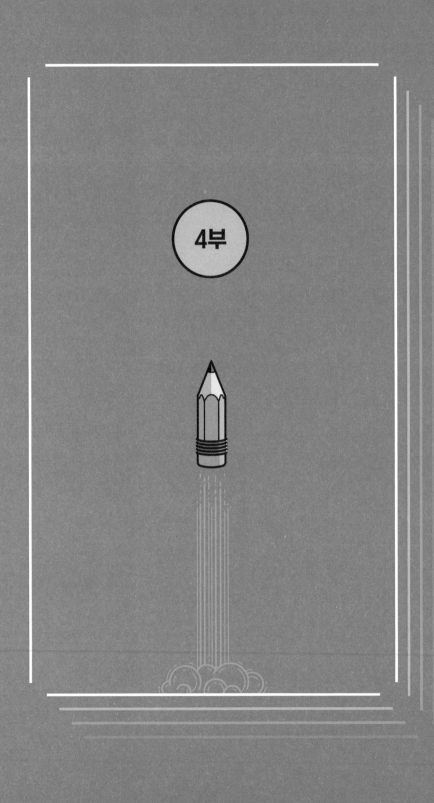

부자작가 평생연금

글쓰기로 부자되는 최단경로,
지금 당장 당신의 책을 가져라

야망
Ambition
잘 팔리는 책쓰기

황금씨앗
평생아이템

행동
Act
돈이 되는 글쓰기

열망
Aspiration
개인브랜드

글쓰기로 부자되는 백만장자 작가공식

01

책 냈을 뿐인데 단숨에 부자작가,
극강의 레버리지

────────── 책을 냈을 뿐인데, 사람들은 나를 작가라 부릅니다. 글 쓰는 사람, 기자에서 글을 짓는 사람, 작가가 되어 버렸습니다. 책을 냈을 뿐인데 놀라운 일이 일어났습니다. 군 기관 – 교육사령부에서 강연을 해달라 하더군요. 군대도 안 간 내가, 금남의 공간에서 난생 처음으로 강연을 합니다. 장교, 부사관을 대상으로 한 강연 제목은 '돈이 되는 글쓰기'였습니다. 강연을 기획한 담당 장교는 '송작가님 책을 보고 우리 간부들에게 꼭 필요한 내용이라 생각했다'고 설명합니다. 놀라운 일은 이어지더군요. 크고 작은 기업들이 직원들에게 글쓰기 교육을 해달라고 합니다. 공공기관, 공기업에서 특강을 청하고 각 단체에서 대중을 대상으로 특강을 하자고 합

니다. 다음 책을 내자는 출판사가 서너 곳 되더니 계약서부터 들이미는 곳도 있더군요. 책을 냈을 뿐인데.

책을 냈을 뿐인데, 나는 세상에 대고 어떤 요청도 하지 않았는데 이런 일들이 기다렸다는 듯 줄줄이 이어졌습니다. 내가 낸 책이 나를 글쓰기로 먹고사는 세계로 불러들였습니다. 카피라이터, 방송작가, 여성지 기자와 편집장, 벤처기업 마케팅 이사, 대기업 팀장… 꽤 괜찮은 직업군을 섭렵했지만 내 책을 가진 출판작가의 매력은 이 모든 것을 합친 것보다 강렬했습니다. 책을 냈을 뿐인데.

얼떨결에 상상조차 하지 못한 작가의 세계를 경험하며 좋은 생각 하나를 떠올립니다. 다른 사람에게도 책을 쓰게 하자, 책을 쓰는 것은 그 자체로도 멋진 일이지만, 책을 내면 어떤 멋진 일들이 저절로 일어나는지 알려주자는 생각이 들었습니다. 첫 책을 내고 작가로 데뷔한 경험에서 노하우를 추출하여 담아낸 두 번째 책이 《당신의 책을 가져라》입니다. 이 책으로 나는 '책쓰기코칭'이라는 사업분야를 창조하고 원조 책쓰기 코치가 됩니다. 이것이 부자작가로 20년 넘게 먹고살아온, 여전히 현역으로 바쁜 나의 현주소입니다. 잘하는 글쓰기로 좋아하는 글쓰기로 홀로 천천히 자유롭게 일하면서 해마다 연수입 최고치를 찍고 그러면서도 내 일상과 삶의 우선순위를 단호하게 지키며 삽니다. 당신도 부자작가 되시라고 외치며 말입니다. 책을 냈을 뿐인데.

돌아보면 책을 내기 전까지 내 인생은 지극히 평범했고, 내 경험은 누구나 다 하는 소소한 것이었습니다. 하지만 그 경험에서 황금 씨앗을 발견하고 빅 아이디어로 발전시켜 솔루션으로 만들고 책으로 써내니 나는 순식간에 내 분야의 1인자가 되었습니다. 그리 크지 않지만 내 영역에서 만큼은 누구도 넘보지 못할 강자가 되었습니다. 책은 내 인생에, 글쓰기로 먹고살아온 내 경력에 극강의 레버리지로 작용했습니다. 책을 냈을 뿐인데.

극강의 레버리지

판매 없는 사업은 없습니다. 글쓰기로 먹고사는 일은 글쓰기로 콘텐츠를 만들어 파는 사업입니다. 그러니 내 글이 팔려야 합니다. 하지만 지금은 디지털 시대, 디지털 모든 곳은 아무나 써낸 글들로 지천입니다. 그래서 사람들은 글이든 책이든 읽기를 결정할 때 누가 쓴 글인가를 봅니다. 아는 사람이 쓴 글이나 책이 아니면 거들떠 보지도 않습니다. 이런 맥락에서 유명인이 쓰면 내용을 차치하고 읽힙니다. 하지만 우리, 보통사람들은 유명하지 않으니 다른 전략이 필요합니다. 레버리지 전략을 택해야 합니다.

레버리지(leverage)란 영어로 지렛대입니다. 지렛대는 무거운 물건을 들기 위해 막대기의 한쪽을 조금만 움직여도 반대쪽이 많이 움직이는 구조를 뜻합니다. 레버리지, 이 말은 지금 부동산 투자에서 전가의 보도처럼 쓰입니다. 빚을 내 아파트에 투자하면 이자지출보다 훨씬 큰 투자수익을 올릴 수 있다며 너도나도 동원하는 전략입니다. 부자작가로 먹고살기에서도 극강의 레버리지 전략을 구사합니다. 베스트셀러 즉, 잘 팔리는 책을 출간하는 것이죠. 이 단출한 목표 하나가 글쓰기라는 좋아하는 일을 하며 경제적 자유와 사아실현을 가능하게 합니다. 잘 팔리는 책을 출간하면 소득 및 수동소득을 발생시키고, 개인브랜딩이 가능하며, 티칭, 코칭 등 돈이 벌리는 기회를 불러 옵니다.

내가 말하는 부자작가되기 레버리지 전략은 부동산 투자 레버리지보다 훨씬 매력적입니다. 잘 팔리는 책쓰기라는 레버리지는 종잣돈이 없어도 되고, 집값 하락, 금리 인상 등 결정적 위험이 없으며, 한 번의 성공으로 평생자산을 만들 수 있습니다. 잘 팔리는 책쓰기라는 레버리지는 '부자작가로 살아가기'라는 목적지에 이르는 최단경로입니다. 잘 팔리는 책쓰기라는 레버리지는 무엇보다 부채 리스크가 없다는 것이 가장 큰 매력입니다. 빚을 내는 레버리지는 리스크가 너무 크지요. 재무상담사로서 오랫동안 수많은 백만장자를 만나온 데이브 램지도 말합니다.

"경제적 독립을 이루려면 주위 사람들과 정반대의 길을 가라. 빚을 레버리지(지렛대)라 포장하는 사람들이 많은데, 신용카드 포인트로 부자가 된 사람은 단 한 명도 없다. 빚부터 없애라."

잘 팔리는 책이라는 레버리지는 당신에게 빚이라는 리스크 대신 빛이라는 광택을 안겨줍니다. 당신 인생에 당신 일에 당신의 이름에.

02

부자작가들만 아는 영업비밀 :
돈벌어주는 희한한 마케팅

MS코리아가 개최한 세미나에서 충격적인 이야기를 들었습니다. 포춘 1,000대 기업 가운데 지난 20년 동안 30%가 대체되었다 합니다. 말이 좋아 대체지 망했다는 것이죠. 발표자가 하고 싶었던 말은 따로 있더군요.

"포춘 1,000대 기업 중 향후 10년간 80%가 대체될 것이다. 앞으로 10년 안에 전체 기업 중 20%만 살아남는다."

발표자의 말을 들으며 나는 이런 질문 하나 떠올립니다.

"지금 다니는 회사가 10년 안에 사라지면 그 회사 직원은 어떻게 될까?"

누가 나에게 그런 질문을 한 것처럼, 나는 싱긋 웃습니다. 22년간 좋아하는 글쓰기로 먹고살아온 나는 10년 후에도 또 그 다음 10년 후에도 끄덕없을 테니까요. 포춘 1,000대 기업씩이나 되는 큰 기업들이 왜 망했을까?는 모르겠고! 적어도 나는 혼자 일하며 22년 동안 어떻게 이것이 가능했나는 말할 수 있습니다. 포춘 1,000대 기업도 10년, 20년을 지나며 사라지는데 일개 개인이 이토록 끈질긴 생명력을 발휘한 결정적 요인이 따로 있거든요.

자전거를 타며 넘어지지 않으려면 페달을 계속 밟아야 합니다. 혼자 일하며 경쟁력 있게 업력을 이어가려면 시장에서 필요로 하는 능력을 시장이 원하는 수준 이상으로 발휘해야 합니다. 더불어 시장이 나를 잊지 않도록 존재감을 계속 어필해야 합니다. 이런 이유에서 적잖은 돈을 들여 자신을 마케팅하는 사람을 많이 보았습니다. 혼자 일하느라 인력도 자원도 녹록치 않은데 무엇보다 효과를 보장받지 못하면서 돈만 쓰다가 그 악영향으로 일까지 접는 그들을 보며 내가 택한 것이 '저서 마케팅'입니다. 책을 출판하여 저자를 마케팅하는 것이 저서 마케팅입니다. 저서 마케팅은 돈을 한 푼 들이지 않을뿐더러 오히려 돈을 벌어주는 희한한 마케팅이죠. 나는 해마다 책을 내며 나를 마케팅하여 존재감을 발휘합니다. 새 책이 출간되면 대형서점에서 내 이름의 책이 신간 진열대에 오릅니다. 베스트셀러

진열대에는 나의 다른 책이 오래 자리를 지킵니다. 서점을 찾은 독자의 눈에 내 책은 여기저기서 발견됩니다. 해마다 책을 내면 출판사들이 내 책을 마케팅하느라 사람을 쓰고 돈을 씁니다. 자연히 내가 노출됩니다. 검색엔진이 나를 찾아 노출해주고 유튜브에서 블로그에서 인스타에서 내 책을 읽고 내 강의를 들은 사람들이 내 책과 내 이름을 경쟁하듯 노출시켜 줍니다. 물론 나는 저서 마케팅에 돈을 1원도 쓰지 않습니다. 아니, 오히려 책 원고를 쓰고 저작권을 출판사에 대여함으로써 저작권료를 법니다.

앞으로도 20년 마케팅하며 돈 벌며

린디 이펙트(Lindy Effect)에 대해 들어보았나요?《블랙 스완》의 저자로 유명한 나심 니콜라스 탈레브가 널리 알린 이론으로 기술이나 사상 같이 소모되거나 닳아 없어지지 않는 것들은 지금까지 버틴 시간 만큼 앞으로 더 버틴다는 것을 말합니다. 즉 오래 버틴 것은 생명력이 높고, 가치가 있을 가능성이 높아 지금까지 20년 버텼으면 앞으로도 20년 더 버틸 가능성이 있다는 것입니다. 시간의 테스트를 거쳐 살아 남는 것이 그만큼 어렵고 또 중요하다는 것입니다.

나는 앞으로도 20년 동안 이름 하나로 글을 쓰고 파는 부자작가로 살려 합니다. 나의 이런 바람의 근거는 내가 부자작가로 살아온 지난 22년에 있습니다. 린디 효과에 따르면 내 콘텐츠는 22년 살아남았으니 앞으로도 22년 살아남을 가능성이 있습니다. 내가 이렇게 큰소리치는 것은 나심 니콜라스 탈레브가 이런 말을 했기 때문입니다.

"〈NYT〉에 논평을 기고할 정도로 유명한 사람이 쓴 책은 출간된 직후에는 실제 원고의 수준보다 높이 평가받으며 인기를 끌 수도 있지만, 그 책이 계속 생존할지 여부는 시간이 흐르면서 결정된다. 일반적으로 그렇게 출간된 책의 5년 생존율은 췌장암 환자의 5년 생존율보다 낮다."

내 책들은 거의 전부 출간되고 5년 이상 살아남았고 10년을 살아남은 것도 적지 않습니다. 실제로 내가 저서 마케팅으로 성공한 것은 내 책들이 거의 전부 5년 생존기한을 지나 개정판을 거듭하며 롱런하고 있기 때문입니다. 그러니 나는 앞으로 20년 쯤 거뜬히 좋아하는 글쓰기로 부자작가로 살 수 있습니다. 내가 롱런하는 책을 지속적으로 써낼 수 있는 것은 나만의 황금씨앗, 오리지널 콘텐츠를 가졌기 때문이죠. 3부에서 살펴본대로 오리지널 콘텐츠는 저서 마케팅의 비법소스입니다.

03

내 인생 최고의 배팅,
당신의 책을 가져라

———————— 오픈AI의 CEO 샘 올트먼은 '챗GPT의 아버지'라 불립니다. 그가 책을 냈지요. 샘 올트먼은 창업가를 키우는 그룹에 참여하여 10년 넘게 스타트업 기업들에게 개별적으로 자문을 해왔는데, 그러는 사이 여러 기업들에게 반복적으로 조언하는 내용이 있다는 사실을 알았습니다. 이 내용을 담은 책이 《샘 올트먼의 스타트업 플레이북》입니다. 서점에서 이 책을 보는데, 문득 이런 생각이 들었습니다.

'이 책은 샘 올트먼의 특선, 오마카세네?'

성공하는 창업을 숱하게 경험하고 그 경험을 창업가들과 공유하면서 그의 내면에 차곡차곡 쌓였을 그 영양가 높은 조언들 가운데, 가장 중요하다고 여긴 것을 자신이 의도한 방식대로 서빙한 것이 그의 책이니까요. 물론 샘 올트먼 쯤 되는 유명인이라면 언론을 통해서도 유튜브를 통해서도 얼마든지 콘텐츠와 사상을 공유할 수 있습니다만, 책 만큼 저자의 의도를 고스란히 담아낼 수는 없습니다. 여러 가지 이유로 편집되니까요. 요리사의 오마카세 서빙을 선택할 때 우리는 요리사의 실력과 감각을 전적으로 믿습니다. 독자가 어떤 작가의 오마카세 - 책을 사서 읽을 때는 작가를 온전히 신뢰합니다.

부자작가의 오마카세, 내 이름 책 한 권

한경기획은 외식 브랜드를 기획, 육성하는 기업으로 대표자의 이름을 따서 지었습니다.

> "결혼하고 살다 보니 내 이름이 사라진 것 같았다. 십여 년을 엄마 아내 며느리로 살았다. 잃어버린 이름을 찾고 싶었다. 이다음에 내가 창업하면, 꼭 내 이름을 넣어야겠다 생각했다."

이 회사 대표 한경민 님이 말합니다. 주부가 아니라도 사회생활을 오래 했더라도 이름 석 자를 앞세워 일하기란 쉽지 않습니다. 작가에게 출판은 이름 석 자로 일한다는 의미입니다. 나는 20대부터 기자로 일하며 잡지에 내 이름으로 글을 써왔습니다. 그런데도 내 이름이 찍힌 첫 책이 출간되어 서점에 진열된 것을 본 순간, 그때의 감흥을 여태 잊지 못합니다. 하나의 작은 세계를 내 것으로 내 이름으로 찜한 느낌이기도 했습니다. 그로부터 십수 년, 내 이름은 영어로 일본어로 중국어로 또 태국어로 그들 나라에서 출간된 내 책에 표기됩니다. 당신의 이름이 찍힌 잘 만들어진 당신의 책이 세상에 나오면 당신이 무엇을 상상하든 그 이상의 경이로운 기적을 경험하게 됩니다.

04

최고 인기직업 의사들이
왜 책쓰기 수업을 들을까?

─────────────── 기업들은 임직원들의 교육을 기획할 때 교육 효과를 극대화하기 위해 외부 전문가를 초청합니다. 어떤 사람이 기업의 신입사원 교육에 초청받을까요? '공인된 전문가'입니다. 유명해서가 아니라 대학교수나 박사여서가 아니라 의도하는 교육 효과를 낼 만한 실무적으로 유능한 전문가인가가 중요하죠. 이런 기준으로 강사를 찾을 때 어떤 근거가 주효할까요? 해당분야에서 전문성, 권위, 신뢰성을 검증하려면 어떤 근거가 필요할까요? 크게는 다음 두 가지입니다.

검색엔진에서 어떤 모습으로 발견되는가?

반향을 크게 일으킨 책을 출간했는가?

책은 당신이 공인된 전문가임을 입증합니다. 공인된 전문가를 인증하는 책은 알아서 영업합니다. TV 라디오 잡지 같은 전통적인 미디어에 기사화되는 일과, 유튜브 같은 뉴 미디어를 통해 수백만 예비독자와 만날 기회를 불러옵니다. 잘 팔리는 책 한 권이 알아서 일을 하고 알아서 영업합니다. 이런 일을 하는 책은 그냥 책쓰기가 아니라 잘 팔리는 책쓰기라야 가능하죠. 결국 잘 팔리는 책을 쓴다는 것은 공인된 전문가로 인증 받고 입증 받고 검증 받는 그리하여 공증 받는 책쓰기를 말합니다. 이런 책을 출간하면 당신 이름을 검색한 검색 결과 페이지는 자동으로 화려해지겠죠?

돈 1원도 들지 않는 개인 마케팅

세계적인 경영 컨설턴트인 짐 콜린스. 그가 책을 먼저 쓰기로 결정한 것은 창업한 컨설팅회사가 한창 뻗어나가던 무렵입니다. 스승인 피터 드러커가 이렇게 권해서지요.

"분별력과 힘을 가진 이들에게 영향을 미치고 싶다면 콘텐츠를 위해 우선 노력하라."

이 말에 자극 받은 그는 컨설팅회사를 접고 책쓰기에 몰두합니다. 이렇게 나온 책이 《좋은 기업을 넘어 위대한 기업으로》입니다. 이

책이 세계적인 베스트셀러가 되면서 저자인 짐 콜린스의 영향력도 세계적인 수준이 되었습니다. 이 책 출간 이후 20년 동안 세계에서 가장 영향력 있는 경제학자이자 비즈니스 및 사회 분야 리더들의 경영 구루 포브스는 짐 콜린스를 '현존하는 가장 위대한 100대 경영인'(100 GREATEST LIVING BUSINESS MINDS)으로 선정했지요. 이렇게 유명한 사람도 혼자 일할 때는 영향력이 중요합니다. 하물며 나같은 평범한 사람에게는 말할 것도 없지요? 그래서 나는 책을 씁니다. 잘 팔리는 책을 쓰려 애씁니다.

《일머리 문해력》 출간 직후 나는 김미경TV에 출연했습니다. 김미경 님은 대놓고 내 책을 전직원에게 읽혀야겠다며 추천하는 말을 합니다. 책이 당연히 많이 팔렸지요. 이런 기회는 출판사가 만듭니다. 영향력 높은 채널을 통해 책과 저자가 자주 노출되어야 책이 많이 팔리니까요. 공공연한 채널을 통해 알려지면 책도 저자도 권위, 신뢰도, 전문성을 크게 인정받습니다. 이렇게 알려지면 교육해 달라, 강연해 달라, 코칭해 달라, 컨설팅해 달라는 제안이 들어옵니다. 나는 나 자신을 마케팅하는 데 1원도 쓰지 않았는데 말입니다. 책이 팔리면 팔리는 만큼 나에게 인세수입이 늘어나고 내 이름과 내 능력과 내 콘텐츠가 널리 알려집니다. 돈 1원도 들이지 않으면서 작가로서 전문가로서 인지도와 주목도가 올라갑니다.

최고 인기직업 의사가 왜 책쓰기를

대기업에서 정년까지 일하는 것이 최고로 여겨지던 때가 있습니다. 지금은 정년까지 가기도 쉽지 않지요. 소프트웨어 개발자들도 돈 많이 버는 직업으로 인정 받습니다. 하지만 개발업무는 연차가 적어도 코딩실력에 따라 상급자를 제칠 수 있기 때문에 정년은 생각지도 못한다고 합니다. 정년 없고, 돈 잘 벌고, 사회적 지위도 상당한 직업으로 의사가 단연 최고로 꼽힌다지요? 그래서 유치원생들을 장차 의대에 보내겠다는 엄마들로 사교육이 전에 없이 호황이라지요. 그런데 왜 이런 직업이 의사 뿐이라 생각할까요? 잘 팔리는 책을 쓰는 작가도 돈 잘 벌고 정년 없고 사회적 지위도 상당합니다. 무엇보다 부자작가는 의사들이 일하느라 저당잡힌 워라밸을 누리며 삽니다. 이러니 내 책쓰기 수업에는 부자작가 라이프스타일을 로망하는 전문의들이 참여합니다. 유튜브가 콘텐츠 가진 사람들의 돈이 되는 성지로 알려져 있지만 책을 출간한 사람들은 책출간이 유튜브보다 7배는 낫다고 입을 모읍니다. 나도 그런 사람 중의 한 명인데 내가 주장하는 근거들은 이러합니다.

유튜브보다 7배, 책출간이 좋은 이유 7가지

부자작가 마스터키

좋아하는 글쓰기로 돈 버는 방법은 오만 가지나 있습니다. 그러나 글쓰기로 돈 버는 방법 중에 잘 팔리는 책을 출간하는 것만큼 효과적인 방법은 없습니다. 단언컨대 책 출간은 부자작가로 사는 세상의 문을 여는 마스터키입니다.

마케팅 핵무기

책을 출간하여 잘 팔리면, 진짜 '무기'입니다. 판매가 필요 없고 마케팅도 필요 없는 핵무기입니다. 핵무기처럼 작가를 한 방에 띄웁니다. 핵무기처럼 작가를 한 방에 죽게 합니다. 게다가 책출간이라는 마케팅은 돈을 한 푼도 들이지 않으면서 돈을 벌어 주기까지 합니다.

공작새 깃털

책을 읽지 않는 시대, 책이 팔리지도 않는 때에 출판사의 투자와 헌신을 끌어낸 증거가 책 출간입니다. 그럴 정도의 실력과 시장성을 갖췄다는, 공작새 깃털 같은 증거지요. 책은 쓰기 쉽지 않고 잘 팔리기는 더욱 어렵습니다. 그러니 잘 팔리는 책을 출간하는 것은 자기 분야에서 1인자임을, 그러한 격에 맞게 권위와 전문성과 신뢰도를 갖췄음을 인증합니다.

거룩한 명함

어떤 명함이 잘 만들어진 책을 대신 할 수 있을까요? 회사 이름? 직급? 그런 것을 필요 없게 합니다. 게다가 책이라는 명함은 돈까지 벌어준다니까요? 어떤 모임이나 자리에서 당신을 ○○책을 쓴 작가라고 소개하면 거기 모인 사람들은 당신을 다시 한번 쳐다 볼 겁니다.

거대한 자석

책은 저 혼자 일하여 다양한 비즈니스 기회를 끌어옵니다. 알아서 찾아온 기회이니 당신에게 더없이 유리합니다. 책이 끌어온 양질의 기회는 당신을 갑으로 만들고 당신이 선택할 수 있습니다.

법적인 보호

책으로 펴낸 당신의 황금씨앗은 지식재산권으로 보호 받습니다. 우리나라 지식재산권법은 작가측의 별도 조치 없이도 출간된 그날 부터 콘텐츠를 보호합니다.

원소스 멀티콘텐츠

책에 담아낸 내용은 유튜브 등 영상콘텐츠로 강연, 교육 등 다양 한 교육용 콘텐츠로 만들어 팔 수 있습니다. 책은 출판사의 엄격한 검증을 거친 콘텐츠라 품질도 보장됩니다.

05

인터넷 멘토 세이노는
왜 종이책을 냈을까?

───────── 시간이 돈이라는 백만장자들이 왜 책을 읽을까? 왜 책 읽어주는 비서는 없을까?

어느날 문득, 이런 궁금증이 떠올랐습니다. 궁금증을 파고 든 끝에 부와 성공을 이루기 위한 책읽기 기술을 전수하는 《부자의 독서법》을 출간했습니다. 이 책을 읽은 독자들이 나에게 이런 질문을 합니다.

"그러면 백만장자들은 왜 책을 쓸까요?"

진짜, 왜 이렇게 많은 백만장자들 아니 억만, 조만장자들이 책을 쓸까요? 워런 버핏, 레이 달리오 같은 전설의 부자, 빌 게이츠, 제프 베이조스, 하워드 슈워츠, 필 나이트 같은 신흥 부자들, 그리고 김봉진 같은 벤처 창업자들은 어째서 그 바쁜 와중에 책을 쓸까요? 돈을 벌기 위해서라는 이유는 이들에게 해당되지 않습니다. 유명해지고 싶어서 또한 아닙니다. 이들은 이미 유명하고 이미 돈이 많기 때문이죠.

책을 쓰는 시간에 돈을 버는 것이 이들에겐 훨씬 남는 장사이지만 이들이 책을 쓰는 이유는 이러합니다. 어떤 부자는 책쓰기가 주는 성취감 때문에 책을 씁니다. 자신의 생각과 아이디어를 글로 써내는 것을 즐기느라 책을 씁니다. 또 어떤 백만장자는 지식과 경험을 공유하려는 욕구에 책을 씁니다. 성공한 경험을 묻는 많은 이들에게 지식과 통찰력과 비법들을 일일이 답을 할 수 없어 책으로 쓰기도 합니다. 자신의 전문성을 어필하여 개인브랜드를 확고히 하고 싶은 백만장자도 책을 씁니다.

잭 웰치, 이나모리 가즈오, 권오현, 신수정, 고동진, 황창규

이들도 책을 쓰고 강연하는 부자작가입니다. 이들은 그들만의 세계에서 명성이 자자한 전문경영인입니다. 전문경영인들은 또 왜 책을 쓰는 걸까요? 책이 잘 팔려봐야 돈이나 명성에 큰 영향이 없을 텐데요.

우리가 알고 있는 진화상식에 따르면 살아남기에 적합한 동물만

생존합니다. 적의 눈에 띄기 쉬운 크고 화려한 생김새를 지닌 동물은 가장 먼저 멸종되었어야 마땅하다는 얘기죠. 그래서 흔히 공룡의 멸종을 언급합니다. 그런데 딱히 그렇지도 않다고 합니다. 숫공작새는 깃털이 아주 크고 화려하니 진화론식 생존방식에 따르면 치명적인 걸림돌이죠. 하지만 실상은 이 깃털이 우수한 유전자를 퍼뜨리며 생존에 기여한다고 합니다. 숫공작새의 생존방식에 호기심을 느끼고 연구한 이스라엘의 생물학자 아모츠 자하비 박사는 '핸디캡 원칙'이란 것을 발표합니다.

"치장과 그를 위한 행동은 자원을 낭비하는 게 아니라 절대로 위조될 수 없는 확실한 신호를 주변에 보내기 위해 필요하며 이런 신호는 '강자'만이 가능하다."

핸디캡은 강자의 상징이라는 건데요. 백만장자들이 책을 내는 이유도 아모츠 자하비 박사가 말하는 '강자의 법칙 – 핸디캡' 때문입니다. 읽지 않고 팔리지 않고 쓰기도 쉽지 않은데 책을 출간한다면 그 책은 숫공작의 깃털이 아닐지요. 결론적으로 잘 팔리는 책을 출간하고 잘 팔리는 것은 강자가 아니면 하지 못하는 일입니다. 전문경영인도 벤처 창업자도 전설적인 부자도 신흥 부자도 앞다투어 책을 출간하는 것은 강자이기 때문입니다. 그 상징인 공작새 깃털이 필요해서입니다.

왜 종이책이어야 했을까?

그러면 또 궁금해집니다. 인터넷 멘토로 유명한 세이노는 왜 종이책을 냈을까요? 나도 세이노 작가의 팬입니다. 온라인으로 공짜로 만난 그의 글을 자주 읽고 많이 퍼뜨렸습니다. 나처럼 많은 사람들이 그랬을 겁니다. 이미 오랫동안 온라인에서 공짜로 누구나 볼 수 있고 널리 유포되었는데, 또 요즘엔 책을 잘 읽지 않는데, 그 글들을 종이책에 담았습니다. 과연 종이책은 어땠을까요?《세이노의 가르침》이라는 제목의 종이책은 출간되자 마자 모든 대형서점과 인터넷서점 베스트셀러 상위에 랭크되었지요.

《세이노의 가르침》이 종이책으로 출간되어 그토록 잘 팔리는 이유는 눈에 잘 띄기 때문입니다. 전자책이 쉽고 빠르고 값 싸지만 눈에 띄기 힘들죠. 전자책의 많은 장점이 종이책 장점 중의 하나인 눈에 보이고 손에 잡힌다는 물리적 특성을 능가하지는 못합니다. 이런 이유 때문에 유튜브로 SNS로 스타가 된 사람들이 굳이 종이책을 내는 것입니다.

눈에 잘띄고 금방 기억나는 종이책

내가 진행하는 책쓰기 수업에도 수십만 구독자를 거느린 유튜버들이 참여합니다. PDF나 전자책을 출간하여 이미 작가인 사람들도 많습니다. 온라인에서 이미 스타이고 이미 돈을 많이 버는 데도 끙끙대며 종이책을 출간하겠다고 합니다. 온라인 활동만으로는 성에 차지 않는다고 합니다. 내 분야의 1인자로 각인하는 것도 쉽지 않고요. 그래서 온라인으로 성공한 사람이, 전자책, 유튜브 등으로 히트한 사람들이 종이책에 도전합니다. 고만고만한 전문가들 사이에 내가 겨냥한 고객에게 나를 어필하려면 온라인 버전보다 실물, 종이책이 훨씬 유리하니까요.

아마존 애플 구글 인터넷 공룡기업은 신속하게 메시지를 뿌리는 마케팅 전략을 구사할 때 종이우편물을 제작합니다. 미국 직장인은 평균 일주일에 840통 이상의 이메일을 받죠. 일주일에 그들의 우편함에 도착하는 종이우편물은 18개라고 합니다. 어느 쪽이 받는 사람의 관심을 받을 확률이 높을까요? 우편물 발송에 드는 비용과 수고가 만만치 않지만 소비자 관심을 끌 가능성은 이메일보다 월등하게 높습니다. 우편물이 노출 확률 높아 오히려 투자수익률이 높다는 결론입니다. 이런 맥락에서 종이책은 전자책에 비해 가시성, 가용성, 가성비 면에서 뛰어납니다. 가용성이란 머릿속에 쉽게 떠오르는 정도인데요, 독자고객이 쉽게 떠올릴수록 영향력이 큽니다.

눈에 보이고 손에 만져지는 종이책의 특성에다 검색 결과 페이지에 책을 출간한 저자로 검색되면 작가로서의 영향력이 아주 커집니다. 가시성은 잠재적인 독자가 내 책을 얼마나 쉽게 발견하고 볼 수 있는지를 말합니다. 빨리 눈에 띄고 오래 기억나게 하고 바로 떠올리게 하는 정도입니다. 종이책을 출간하면 이러한 가시성, 가용성을 발휘하는 데 따로 돈이 들지 않습니다. 그러니 가성비 또한 엄청 높지요. 잘 팔릴 만한 책 원고를 쓰면 모든 비용을 출판사에서 부담하여 책을 낼 수 있으니까요. 또한 글쓰기로 만들어내는 원고를 제작하는 데는 따로 비용이 들지 않으니까요.

이제, 시간이 돈인 백만장자들이 굳이 책을 내는 이유, 인터넷 멘토로 유명한 세이노의 글이 굳이 종이책으로 출간된 이유에 대해 충분한 설명이 되었으리라 생각합니다.

금쪽 같은 내 독자,
무슨 문제든 해결하는 '해결책'

─────── 《트렌드 코리아》 시리즈로 해마다 베스트셀러 저자가 되는 서울대 김난도 교수는 베스트셀러 저자답게 책을 내는 것은 참 쉽다고 주장합니다.

"제 주변의 CEO나 퇴직자도 책 내고 싶어 하는 분들이 많아요. 저한 테 조언을 구하면 제가 그러죠. 책 내는 건 쉬워요."

누구나 솔깃할 만한 얘기죠? 더 들어봅니다.

"인생 정리하고 싶다거나 지인들에게 나눠주고 싶은 거라면 마음대로 쓰라고 해요. 하지만 파는 게 어렵죠. 팔고 싶다고 하면 첫마디가 이 거예요. 독자를 알아야 상품이 된다."

내 책을 사줄 딱 한 명, 독자가 일구는 기적

'○○만 구독자 유튜버'라는 수식어는 잘 팔리는 책의 수식어가 되었습니다. 책을 쓰려면 유튜브 채널부터 열어야 한다는 주장도 당연시되고 있습니다. 하지만 내 책쓰기 수업에는 스타 유튜버들이 찾아옵니다. 이미 한 번 이상 책을 낸 사람도 적지 않습니다. 스타 유튜버들은 몰래 고민을 털어놓습니다. "내 유튜브 채널 구독자가 그렇게 많은데 왜 책은 잘 팔리지 않을까요?" 이 질문에 대한 답은《부의 추월차선》이라는 책으로 억만장자된 작가 엠제이 드마코에게 들을 수 있습니다. 그는〈추월차선 포럼〉을 운영합니다. 이곳에서 많이 받는 상위 질문이 읽어야 할 책을 추천해 달라는 것입니다.

"(시간이 돈이니) 문제를 해결해 주는 책을 읽어라. 당신을 가로막는 문제가 무엇이든 그것을 해결해 주는 책을 읽어라. 당신이 찾는 해법은 책에 있다."

문제 해결책을 담은 책은 이렇듯 많은 사람들이 추천하고 필요로 합니다. 수요가 보장됩니다. 책을 아무리 읽지 않아도 아무리 사지 않아도 자신의 문제를 해결하려는 독자는 해결'책'을 삽니다. 누가 쓴 책이든 해결'책'이 아니면 팔리지 않습니다. 그런가 하면 해결책이라며 팡파레를 울리는 데도 팔리지 않는 경우도 허다합니다. 누구의 어떤 문제를 해결하는가가 분명하지 않은 책은 팔리지 않습니다. 해결책의 탈을 썼을 뿐이기 때문입니다.

유명하거나 유능하거나

TV나 유튜브나 SNS를 누비는 스타들은 둘 중 하나입니다. 유명하거나 유용하거나. 유명한 사람들은 유명세를 돈으로 바꿉니다. 유명하지 않은 사람들이 돈을 벌려면 유용한 콘텐츠를 제공해야 합니다. 유용한 콘텐츠란 문제를 해결하는 것입니다. 백종원, 오은영, 강형욱은 대한민국이 알아주는 문제해결사로 유명인이 된 사례입니다. 이 해결사들은 TV에 나와 한 번에 한 시청자의 문제를 해결합니다. 그러면 전국의 많은 사람들은 자신의 문제를 해결하듯 TV에 집중합니다. 그리고 SNS에 말하고 쓰며 소문냅니다. 잘 팔리는 책을 쓰려면 스타 해결사들이 하듯 독자 한 명의 문제를 속시원히 해결해 주어야 합니다. 여기서 한 명이란 비슷한 문제를 가진 만 명이 아니라 특정한 문제를 가진 독자를 말합니다. 그래야 문제를 쉽고 빠르게 해결할 수 있고 자신을 이 독자와 동일시 하는 사람들이 책을 삽니다. 잘 팔리는 책을 쓰려면 다음 질문에 망설임 없이 답할 수 있어야 합니다.

누구에게 팔 건가?
이 책은 누구의 어떤 문제를 해결하는가?
그렇게 말하는 이유와 근거는 무엇인가?

누구에게 팔 것인가 하는 질문에 대한 답이 특정되지 않으면 다음 질문에 답할 수 없습니다. 미국의 스타트업 인큐베이터 사업을 하는 폴 그레이엄은 스타트업 실패 이유 중 최고가 특정 사용자를 염두에 두지 않는 것이라고 단언합니다. 22년 책쓰기 코칭을 경험한 나 역시 단언합니다. 독자 한 명을 위해 쓰면 그 독자가 100명, 만 명, 십만 명 아니 백만 명까지 확장된다고.

금쪽이 해결사의 비결

우리 독자는 TV에 나오는 금쪽이와 같습니다. 급히 해결해야 할 문제를 안고 있습니다. TV에서 오은영 해결사는 금쪽이의 문제적 일상을 유심히 관찰합니다. 그리고 문제를 콕 집어 해결합니다. 우리도 금쪽같은 독자의 문제를 들여다보고 파악해야 합니다. 그러면 이런 질문이 생깁니다.

어떻게 하면 될까?

어떤 성과나 성취를 가로막는 기본적인 문제에 관한 내용입니다. 겉으로 드러나는 문제입니다.

왜 안 되지?

문제 해결 과정에서 생겨나는 문제에 관한 것입니다. 노하우대로 하는데도 결과가 신통치 않을 때, 문제해결을 가로막는 다른 문제에 관한 것입니다. 겉으로는 보이지 않는 문제입니다.

더 잘 하는 방법은 없을까?

앞서 다룬 문제와 관련하여 특별한 비법에 관한 것입니다. 특정 문제를 해결하는 일반적인 해결책을 넘어 더 쉽게 더 빨리 더 근사하게 해결하고 싶을 때, 제기하는 문제입니다.

해결책은 이 셋 중의 하나이거나 모두이거나 입니다. 내가 쓴 책을 예로 들어봅니다. 왜 나는 책읽기에 서툴까, 부자되려면 많이 읽어야 한다는데 어떻게 하면 될까? 이런 질문이 《부자의 독서법》을, 책을 많이 읽는데 왜 나는 일머리 좋다는 소리를 못 듣지?가 《일머리 독서법》을, 글쓰기를 쉽게 하는 방법이 없을까?는 《150년 하버드 글쓰기 비법》이 되었습니다.

07

자는 동안에도 돈이 벌리는
잘 팔리는 책쓰기

───────────── 내가 진행하는 책쓰기 수업은 희망자를 거릅니다. 면접하듯 신청자를 선별하는 것이 아니라 취미형 책쓰기, 기념품 책쓰기를 바라는 사람은 아예 문턱조차 넘을 수 없습니다. 글쓰기로 돈을 벌자는 데 글쓰기를 좋아하는 수준으로는 곤란하니까요. 부자작가로 데뷔하는 데 취미형 책쓰기로는 턱도 없으니까요. 책쓰기 수업 내내 나는 이 말을 되풀이 합니다.

"그냥 쓰지 마시라. 제발!"

이어 이런 말을 보탭니다.

"쓰고 싶은 대로 그냥 쓰면 당신의 책이 잘못될 가능성 99%다."

내가 하고 싶은 말은 이것입니다.

"잘 팔리는 책을 쓰시라."

책 한 권 내면, 인생이 바뀐다고들 합니다. 단연코 그렇습니다.

취미형 책쓰기 vs 부자형 책쓰기

내가 책쓰기 코치가 된 이유도 책을 내고 내 삶이 순식간에 바뀌는 경험을 했기 때문입니다. 책을 내고 작가가 된다는 것은 경제적 자유를 얻고 내가 원하는 방향으로 내 삶을 사는 자아를 실현하고 내가 하는 일을 내 방식대로 내가 결정하는 작가의 삶을 살게 되는 것임을 알게 되었기 때문입니다. 나는 글쓰기를 좋아하는 사람들이 나처럼 글쓰기로 돈을 버는 작가로 살기를 권하느라 책쓰기 수업도 합니다. 그런데 주의해야 합니다. 아무 책이라도 내기만 한다고 이런 결과를 가져오는 건 아닙니다. 어렵사리 책을 내고도 원하는 변화는커녕 책을 내느라 들인 시간, 돈, 에너지에 대한 수익을 얻기는커녕 손해만 보는 이들이 수두룩합니다. 책을 '그냥' 썼기 때문입니다. 잘 팔리는 책을 쓰지 않았기 때문입니다. 취미로 기념이 필요하여 한 번 써본 책이기 때문입니다. 그러니 팔릴 리 없죠. 그러니 사업기회도 없고 돈이 벌릴 리도 없습니다.

취미형 책쓰기	부자형 책쓰기
쓰고 싶은대로	읽기 쉽게
쓸 수 있는대로	사서 읽고 싶게
취미형	생계형
아웃풋 : 기념물	아웃컴 : 상품
자비출판	상업출판
→ 팔리지 않는	→ 잘 팔리는
→ 쓸수록 손해	→ 책쓰기로 돈버는

단숨에 부자작가로 데뷔하는 잘 팔리는 책쓰기

글쓰기를 좋아하는 사람에서 부자작가로 순간변신하게 만드는 것이 책출간이지만 조건이 있습니다. 잘 팔리는 책을 내야 합니다. 잘 팔리는 책이란 책이 잘 팔리고 책을 쓴 작가가 잘 팔리고 책에 담아낸 솔루션이 잘 팔리는 것을 통털어 의미합니다.

잘 팔리는 책은 잘 나가는 작가, 부자작가임을 인증합니다. 작가도 책도 콘텐츠도 잘 팔리는 책은 작가 개인이 아니라 출판사와 전국 서점이 협업하여 만듭니다. 내가 원고를 쓰면 출판사가 온 열과 성을 다해 책으로 만들고 기를 쓰고 홍보 마케팅하고, 서점이 악착같이 팔고, SNS에서 또 유튜버가 다투어 소개하고, 기업이 교육 요청하고, TV에서 신문에서 소개합니다.

그 결과 내가 겨냥한 많은 독자들이 책을 사서 읽고, 그 여파로 교육 강연 코칭 컨설팅 요청이 쇄도하는 결과를 부릅니다. 잘 팔리는 책은 책이 알아서 일하고 책이 알아서 영업하고 책이 알아서 돈

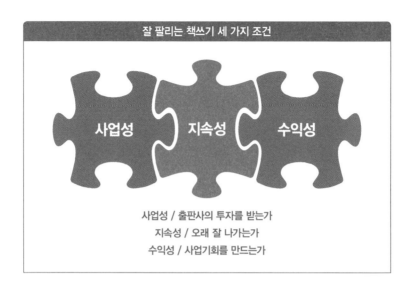

잘 팔리는 책쓰기 세 가지 조건

사업성 / 출판사의 투자를 받는가
지속성 / 오래 잘 나가는가
수익성 / 사업기회를 만드는가

을 벌어줍니다. 잘 팔리는 책은 스스로 이러한 동력을 발휘합니다. 잘 팔리는 책은 당신을 글로소득의 세계로 인도합니다.

잘 팔리는 책은 독자들이 사서 읽고 싶어하는 책입니다. 책을 출간하여 돈을 버는 생계형 글쓰기지요. 그러면 어떤 책이라야 결과적으로 잘 팔리는 책이라 할 수 있을까요? 단숨에 부자작가로 데뷔하는 잘 팔리는 책은 다음 세 가지 조건을 충족해야 합니다.

사업성 : 출판사의 투자를 받는가

출판을 사업으로 전개하는 출판사는 철저한 검증작업을 거쳐 책을 출판합니다. 출판사의 선택을 받아 내 책을 출판한다는 것은 책으로 쓰려는 내용의 시장성을 인정받았다는 증거이며 이에 대한 증표로 출판사가 돈까지 투자한다는 의미입니다. 그러니 잘 팔리는 책을 내려면 반드시 유력한 출판사의 선택을 받아 상업출판해야 합니다. 유력한 출판사에서 책을 내면 사업성 높은 콘텐츠를 가진 유능한 사람이라는 것을 출판사가 인증한 셈입니다. 그러니 강연, 교육, 자문업 분야에서도 콘텐츠 사업을 하자고 줄섭니다. 같은 이유로 나는 자비출판은 생각지도 말라고 조언합니다. 자비출판은 책 한 권 내봤어라는 만족감 외에 어떤 사업적인 성취도 끌어내지 못하니까요. 상업출판을 통해 나온 잘 팔리는 책은 자는 동안에도 돈을 벌어들이는 연금 만큼 믿을 만한 평생자산입니다.

지속성 : 오래 잘 나가는가

지속가능한 경영이 화두입니다. 작가 또한 글쓰기로 먹고살려면, 부자처럼 생활하려면 지속적으로 잘 나가야 합니다. 요즘처럼 책이 팔리지 않는 시대에 책 한 권 출간되어 5년 내내 잘 팔리는 것은 거의 기적입니다. 대부분의 책은 5년 내내 잘 팔리기는커녕, 출간되기 무섭게 행방불명됩니다. 서점에서는 자리만 차지한다고 반품되고, 인터넷 서점에서는 노출될 길이 없으니 있으나 마나입니다. 최소 5년은 팔린 지속적인 성과를 내는 책인가를 살피는 방법은 개정판 출간 여부를 보는 것입니다.

출간되고 5년 후 개정판이 또 나온다는 것은 지속적으로 잘 팔린다는 명백한 증거입니다. 당신이 잠자는 동안에도 골프를 치는 동안에도 부부싸움을 하는 동안에도 책이 팔리고 돈이 벌리는 것을 말합니다.

수익성 : 사업기회를 만드는가

잘 팔리는 책은 작가를 대신하여 스스로 일합니다. 강연, 교육, 컨설팅, 코칭의 기회를 만듭니다. 부자작가에게는 잘 팔리는 책이 영업사원입니다. 이 영업사원은 365일 내내 24시간 일하면서도 군소리 한 번 없고 수당을 주지 않아도 됩니다.

책쓰기 수업에 참여하는 예비작가들 가운데 처음부터 전자책이나 자비출판을 목표하는 사람이 점점 늘어납니다. 1인 출판사를 열어 책을 내겠다는 이도 많아집니다. 이유를 물어보면 상업출판으로 책을 내는 기회를 얻기가 너무 힘들다는데 굳이 그렇게까지 할 필요가 있겠는가라고 반문합니다. 이유를 들은 나는 작정하고 뜯어말립니다.

"전자책, 자비출판으로 책을 내면 내 돈 들이는 만큼 출간의 문턱을 넘기는 쉽겠지만 만족할 만한 결과와는 점점 멀어진다. 당신이 원래 의도한 책을 출간하여 능력과 가치와 존재감을 인정받고 독자에게 영향력을 미치는 삶은 아예 불가능하다. 무엇보다 전자책, 자비출판도 원고를 쓰는 데 들이는 공력은 상업출판 원고 못지 않다."

그러니 기왕이면 상업출판하라고 간곡하게 권합니다. 나는 압니다. 대충 쓰고 대강 출간한 책은 멋진 책을 가질 기회조차 앗아갑니다. 책 한 권을 대충 쓰고 출간하면 당신의 글쓰기 수준이 그에 맞춰집니다. 그러면 더 좋은 글 더 멋진 책을 출간할 기회는 점점 멀어지지요. 그저 좋은 것은 진짜 좋은 것의 적이니까요.

08

스티븐 코비처럼
30년 넘게 잘 팔리는 책을 쓰는 비결

———————— 세계적인 투자가 중의 한 사람인 버크서 헤
서웨이 찰리 멍거 부회장은 어느 강연에서 이런 질문을 합니다.

"연 300% 수익을 올릴 수 있다면서 왜 책을 팝니까?"

멍거 부회장은 트레이딩으로 돈 버는 방법을 가르쳐주겠다는 사
람이 흔하다며 이들의 행위가 젊은이들에게 마약을 권하는 행위에
해당한다고 단언합니다.

"정말 멍청한 짓입니다. 이미 부자라면서 왜 사람들에게 트레이딩을

가르쳐주면서 돈을 벌려고 할까요?"

멍거 부회장은 TV에 출연해서 "연 300% 수익을 올리는 방법이
이 책에 들어 있다. 주문하면 곧바로 보내드린다"는 사람들을 겨냥
하여 이렇게 말합니다.

"실제로 연 300% 수익 비법을 발견했다면 왜 책을 팔려고 하겠는가,
말도 안 되는 일이고 얄팍한 상술에 불과하다."

잘 팔리는 책을 쓰면 부자로 살 수 있다고 장담하는 나에게, 당신
도 이런 질문을 할는지 모릅니다.

"당신은 책을 내고 부자작가로 살 수 있다고 주장한다. 당신은 책을
냈고 부자로 살면 됐지 왜 강연을 하나? 왜 코칭을 하나?"

내 답은 이렇습니다.

"책을 내고 부자되는 이유가 책이 팔려 받는 인세 때문만은 아니
다. 책을 읽지 않고 사지 않는 시대니까. 내가 주장하는 부자작가는
우선 잘 팔릴 만한 책을 출간하고, 책에 쓴 내용으로 강연하고 코칭
하고 컨설팅하고 기업교육하며 다각적인 수입원을 가동함으로써 가
능한 목표다."

아는 사람은 다 압니다. 소설을 쓰든 자기계발서를 쓰든, 책이 팔려 받는 인세만으로 먹고사는 작가는 거의 없습니다. 책 외에 강의, 교육, 컨설팅, 상담 등 다양한 채널로 수입을 올립니다.

당신의 연수입을 네 배 더 올리는 잘 팔리는 책쓰기

부자작가는 펜 하나로 아니 키보드 하나로 돈을 법니다. 원가가 거의 들지 않으니 적게 벌어도 많이 남습니다. 그런데 왜 책을 쓰고 부자작가로 사는 이들은 흔치 않을까요? 키보드 하나면 된다는 부자작가의 최고 장점이 치명적 단점으로도 작용하기 때문입니다.

글쓰기, 책쓰기로 먹고사는 부자작가 되기, 진입장벽이 없어 누구나 시도하지만 그렇게 일단 뛰어들고 보는 것으로는 성공하기 쉽지 않습니다. 그냥 뛰어 들어 그냥 글 쓰고 자비로 책을 출간하는 식으로는 사업성, 지속성, 수익성을 확보하지 못하기 때문입니다. 대부분의 책은 출간되고 1년을 못버팁니다. 그런데 어떤 책은 출간된 지 30년이 지나도 잘 팔립니다. 저자가 고인이 되었어도 여전히 잘 팔리는 책이 있습니다. 그 중 하나가 스티븐 코비의 《성공하는 사람들의 7가지 습관》입니다. 2017년, 출판사는 이 책의 '25주년 뉴에디션'을 출간했습니다. 이후 벌써 6년이 지났으니 이 책은 31년째 잘 팔리는 책입니다. 경영전문가 짐 콜린스는 이 책을 '영원한 고전'이라 추켜세우며, 여기에는 네 가지 요소가 작용했다고 설명합니다.

1. 탄탄한 개념틀을 힘있는 글쓰기로 구현하여 독자들이 쉽게 다가가게 한다.

2. 단순한 기법이나 일시적 유행이 아닌 영원불변의 원칙들에 초점을 맞추었다.

3. 성공이 아니라 좋은 성품을 기르는 것에 중점을 둔다.

4. 자신의 부족함을 솔직하게 고백하며 배운 것을 폭넓게 공유했다.

이 네 가지 요소는 잘 팔리는 책쓰기 요소 그대로입니다. 이 요소를 당신의 책쓰기에 반영하면 다음과 같은 지침이 나옵니다. 이 지침대로 쓴다면 우리의 책도 잘 팔리는 책, 최소한 5년은 팔리는 책이 될 수 있습니다.

매혹적인 아이템을 발견하라

3부에서 짚었지요? 내가 아니면 안 되는 내가 잘할 수 있는 황금 씨앗을 발견하여 빅 아이디어로 발전시키고 책 아이템으로 개발하기가 가장 중요합니다. 3부로 돌아가 눈이 잘 뭉쳐지고 눈밭이 길어 오래오래 돈을 벌 수 있는, 워런 버핏의 스노볼 같은 아이템을 확인하세요.

변하지 않을 원칙들에 초점을 맞추어라

당신이 찾아내고 발전시킨 당신의 아이템은 일시적인 흥미와 관심으로 탄생한 것이 아닙니다. 지금까지 당신의 생애가 만들어낸 것입니다. 그러니 앞으로도 지속 가능합니다. 그때그때 베스트셀러를 장식하는 일시적인 주제로는 책을 내 봤자 1년도 못버팁니다. 아니 쓰는 동안 유행이 지나고 트렌드가 식으니 출간되기도 힘듭니다. 잘 팔리는 책은 10년이고 30년이고 변하지 않을 주제를 다룹니다.

독자의 문제를 해결하고 독자를 도와라

앞의 두 가지 조건을 충족하는 멋드러진 책이라도 내용이 유용하시 않으면 독자는 외면합니다. 앞의 두 가지 조건은 저자인 당신에게 중요하지 독자는 독자의 이유로 책을 삽니다. 인터넷에 좋은 글들이 차고 넘치는데도 책을 사는 이유는 그렇게라도 해결하고 싶은 문제가 있기 때문입니다. 당신의 책은 독자가 해결하고 싶어 몸부림치는 그 문제에 대한 해결책을 담고 있어야 합니다. 그러면 독자는 팬이 됩니다.

독자와 진심을 공유하라

독자의 문제를 해결하는 내용을 책으로 쓴다하여 작가인 당신이 해당 문제에 통달한 것은 아닙니다. 하지만 당신은 누구보다 해당 문제에 대한 이해가 깊고 그 문제를 해결하려 애써왔고, 그러한 경험을 해결책으로 제시하는 것입니다. 문제해결사로서 당신의 부족함, 문제를 해결함에 있어 어려움 등을 고백하고 독자와 함께 한다면 독자는 당신과 당신의 책을 더욱 자주 구매합니다.

이러한 네 가지 조건을 충족한 콘텐츠라야 책으로 출간되어 잘 팔립니다. 사업성, 지속성, 수익성을 인증받으며 다양한 채널로 다양하게 응용되어 팔려 나갑니다. 이런 콘텐츠를 나는 캐시 콘텐츠라고도 하는데 이 개념은 《무자본으로 부의 추월차선 콘텐츠 만들기》에서 소개했습니다.

CASH

Cashable 돈이 되는
Audience 타겟 고객에 맞춤한
Solution 독자의 문제를 해결하는
Hooky 독자의 관심을 충족하는

09

유명인은 아니지만
책 *써서* 먹고삽니다

──────────── 이미 충분히 많은 부를 가지고 영향력을 누리며 사는 백만장자들도 책쓰기로 자신이 공작새처럼 생태계의 강자임을 드러내고 싶어합니다. 그들처럼 충분한 부를 가지지도 못했고 영향력도 없다면, 그런 우리야말로 책을 써야 하지 않을까요? 책을 통해 자신의 콘텐츠를 널리 알리고 해당 부분 전문가로서 명성을 높일 수 있으니까요. 업계 울타리를 떠나 대중적인 인지도를 확보할 수 있으니까요. 책을 내면 언론이 소개하고 유튜버가 홍보해주니 영향력이 확대되니까요. 결과적으로 잘하는 일 좋아하는 일로 자신의 메시지를 퍼뜨릴 수 있고 그리하여 사람들에게 영감을 주고 사회에 긍정적인 변화를 일으킬 수 있습니다. 퇴사를 준비한다고요? 퇴직을 앞두

었다고요? 하지만 계속 현역이고 싶다고요? 그러면 책을 쓰세요. 책을 쓰는 한 현역이니까요. 작가의 세계에 은퇴란 말은 없으니까요.

"책쓰기 코치라면서 당신은 책 쓰고 돈 좀 벌었나요?"

나는 이런 질문을 종종 받습니다. 책을 출간하면 곧 부자되고 곧 유명해지고 곧 성공하리라 믿기 때문일테죠? 책쓰기 프로그램들이 그렇게 홍보하고 마케팅해서지요. 실제로 그럴까요? 네, 내가 경험하기로 그렇습니다. 책을 쓰면 부자되고 유명해지고 성공합니다. 억! 소리날 만큼 엄청난 돈을 버냐고요? 물론 그 정도는 아닙니다.

그럼에도 나는 앞서 밝힌 부자들이 말하는 부자의 조건 - 경제적 자유, 자기결정권, 자아실현 - 을 다 갖춘 부자작가라고 자부합니다. 먼저 경제적 자유로 글쓰기로 돈을 버는 나의 연수입은 해마다 경신됩니다. 해마다 나는 생애 최고의 돈을 벌거든요. 버는 돈보다 더 값어치 있는 것은 내 삶이 누리는 자유입니다. 나는 일도 삶도 기울지 않게 삽니다. 필요할 때마다 일과 삶에서 우선순위를 가려 하는 자기결정권을 누립니다. 일하기 싫을 때 일하지 않고 일하기 싫은 사람과 일하지 않으며 스트레스와 번아웃을 모르고 삽니다. 내가 좋아하는 글을 쓰며 내가 잘하는 글쓰기 책쓰기 코칭을 하며 삽니다. 그리고 내 분야에서 좀 알려졌습니다. 하지만 다른 면에서 보면 나는 꽤 부자이고 꽤 유명합니다. 해마다 더 좋은 내용의 책을 출간하고 그 책들이 영어판, 일어판, 중국어판으로 수출되고 앞으로 쓰기로 한, 출판사와 계약한 책들이 2년치나 되니까요. 성공했냐고요? 10년이나 어린 후배들이 퇴직하고 소일거리를 찾는 마당에 아직 내 이름으로 활동하고 정년 없이 일을 계속 할 수 있으니, 하는 만큼 나는 더 많이 벌고 더 알려질테니, 나는 좀 성공했다고 자부합니다.

또한 이런 것이 성공이라면 나는 명백하게 성공했습니다. 내가 아니면 안 되는 것을 내가 써야 할 것을 쓰고 돈을 번다는 것, 그 책들이 독자의 손에 들어가 독자의 일과 삶에 보탬이 되고 그가 원하는 변화를 꾀하도록 기여한 것, 이를 위해 한 줄 한 줄 독자에게 수혈하듯 돕고 싶은 마음을 내는 것, 내가 쓰고 싶은 것에 그만한 시간과 에너지를 투입하는 것, 내가 무엇을 쓰고 싶은지 내 온 마음으로 들어주는 것, 그것을 한 줄 한 줄 끄집어 내도록 기회를 주는 것, 자료를 찾아 정리하며 자료처럼 차곡차곡 뿌듯함을 쌓는 것, 안풀리는 내용에 속상함을 안고 잠들었다가 꿈결에 생각나 자다가 메모하며 잠결에 싱긋 웃은 경험들, 그 집중력, 결국 원고 말미에 '끝' 하고 쓰며 또 흡족해하는 것, 불확실함과 싸워낸 분투력, 그만 하고 싶은 마음을 이겨낸 것, 원고 파일 열기 전에 드라마 보고 싶은 유혹을 견딘 것, 그러면서 다진 자기조절력, 이런 것들은 책이 잘 팔려 받는 보상에 더해지는 아주 큰 보너스입니다.

당신의 직업인생에 날개를 달아줄 잘 팔리는 책쓰기

스톡홀름 경제학교 연구진이 발표한 연구결과에 따르면 상품이든 광고든 창의성이 뛰어날수록 52%의 사람들은 그 기업이 소비자들을 위해 더 노력한다고 생각합니다. 69%가 더 그 회사가 똑똑하다고 여기며, 50%가 더 가치 있는 상품을 개발했다고 봅니다. 또 83%가 더 문제 해결 능력이 뛰어나다고 생각하며, 88%가 더 그 회사의 제품이 높은 품질일 것 같다고, 88%가 더 관심가질 가치가 있다고 믿고, 73%가 더 그 회사의 상품을 구입할 가치가 있을 거라 믿는다 합니다. 창의성은 이렇게나 힘이 셉니다.

이 연구결과를 당신의 책에 적용하면 이렇습니다. 당신이 어딘가에 쓴 글이 창의성이 뛰어나 읽을 만하고 퍼뜨릴 만하다면, 그 글을 읽은 사람들은 당신이 독자를 위해 더 노력한다고, 그런 당신이 정말로 똑똑하다고, 그런 당신이 책을 쓰면 매우 가치 있을 것이라 믿으며, 그런 당신이라면 독자의 문제를 해결하는 데 뛰어나다고, 그래서 당신이 쓴 책과 당신이 제공하는 서비스가 다른 누구의 것보다 퀄리티가 뛰어나다고 생각합니다. 이런 모든 것을 종합할 때 당신을 더 자주 더 비싸게 소비하게 될 것이라는 예측이 가능하지요. 그러니 우리, 잘 팔리는 책을 쓰시자고요.

그러면 이제, 잘 팔리는 책쓰기에 도전할까요? 책을 한 번도 써본 적 없는 당신이 잘 팔리는 책쓰기라는 멀고 먼 목적지까지 안전하게 도달하도록 당신을 돕겠습니다. 운전연수강사처럼 당신 조수석에 앉아 잘 팔리는 책 아이디어를 만들고 책쓰기를 기획하고 원고를 쓰고 출판사에 팔기까지 전 과정을 돕겠습니다. 내가 송책교 책쓰기 수업에서 가르치고 코칭하는 20개의 미션을 담아 소개합니다.

부자작가 MBA코스

핵심수업

글쓰기로 돈 버는
부자작가 최단경로
미션 20

따라하면 책이 되는 미션 20가지 템플릿

아이디어 기획에서 기획안 작성하기, 목차 구성, 원고 구성,

집필 계획 세우기, 원고 쓰기, 편집하기, 출판사와 계약하기까지

준비하기										책쓰기					출간하기				
1	2	3	4	5	6	7	8	9	10	11	12	13	14	15	16	17	18	19	20

준비하기	책쓰기	출간하기
A. 아이디어 기획 1. 샘플도서 따라쓰기 2. 내 책 독자 특정하기 3. 내 책 경쟁력 알아보기	**D. 초고 쓰기** 11. 서문 쓰기 12. 본문 쓰기 체크업	**G. 출판방법 결정** 16. 완전원고 만들기
B. 자료수집/R&D 4. 자료수집, 정리, 정돈 5. 아이디어 확정하기 6. 책쓰기 설계도 만들기	**E. 고쳐쓰기** 13. 고쳐쓰기	**H. 출판사 물색** 17. 출판사에 출간 제안하기 18. 출판권 계약하기
C. 책쓰기 기획 7. 목차 만들기 8. 샘플원고 만들기 9. 글쓰기 스타일 정하기 10. 집필 계획 세우기	**F. 편집하기** 14. 표지 카피라이팅 15. 저자 프로필 만들기	**I. 판매지원** 19. 제작 지원하기 20. 사전 홍보하기

샘플도서 따라쓰기

준비하기	책쓰기	출간하기
1 2 3 4 5 6 7 8 9 10	11 12 13 14 15	16 17 18 19 20
A. 아이디어 기획 **1. 샘플도서 따라쓰기** 2. 내 책 독자 특정하기 3. 내 책 경쟁력 알아보기	**B. 자료수집/R&D** 4. 자료수집, 정리, 정돈 5. 아이디어 확정하기 6. 책쓰기 설계도 만들기	**C. 책쓰기 기획** 7. 목차 만들기 8. 샘플원고 만들기 9. 글쓰기 스타일 정하기 10. 집필 계획 세우기

당신이 책을 쓰는 동안 내내 참고할 샘플도서 따라쓰기부터 시작
합니다. 샘플도서 따라쓰기는 '나도 이런 책을 쓰고 싶다'는 생각이
드는 책(샘플도서)을 골라 그 책의 스타일을 그대로 따라하는 것입니
다. 물론 언어표현에서 내용은 내 것이어야 하고 형식만 따라하는 것
입니다. 샘플도서를 고르세요. 표지, 서문, 목차, 본문 1~2편을 쓰인
대로 하나하나 따라쓰기 하세요. 이 간단한 작업만으로도 내가 좋
아하는 책 한 권이 어떤 구성으로 어떤 방식으로 쓰였는지를 이해하
게 됩니다. 결과적으로 내가 쓰려는 책의 얼개를 짐작하게 됩니다. 멘
토북 따라쓰기를 할 때, 표지나 저자 프로필처럼 간단한 것은 템플릿
에 목차나 서문 등 많은 분량은 노트나 워드파일에 정리합니다.

샘플도서 따라쓰기, 이렇게 하세요.

1. '나도 이런 책을 쓰고 싶다'는 생각이 드는 책을 골라 멘토북(샘플도서)으로 정합니다.

2. 책 제목, 저자 이름, 출판사 등 　 샘플도서의 정보를 정리하세요.	
3. 이 책을 샘플도서로 고른 이유는 무엇입니까?	
4. 이 책에서 가장 매력적인 부분은 　 어떤 것인가요?	
5. 이 책처럼 당신의 책을 매력 있게 쓰기 위해 　 준비해야 할 것이 무엇입니까?	
6. 이 책의 표지를 따라쓰기 하세요. 　 표지, 표지날개, 뒷표지를 모두 따라쓰기 합니다.	
7. 이 책의 목차를 따라쓰기 하세요.	
8. 이 책의 서문을 따라쓰기 하세요.	

내 책 독자 특정하기

준비하기	책쓰기	출간하기
1 2 3 4 5 6 7 8 9 10	11 12 13 14 15	16 17 18 19 20
A. 아이디어 기획 1. 샘플도서 따라쓰기 2. **내 책 독자 특정하기** 3. 내 책 경쟁력 알아보기	**B. 자료수집/R&D** 4. 자료수집, 정리, 정돈 5. 아이디어 확정하기 6. 책쓰기 설계도 만들기	**C. 책쓰기 기획** 7. 목차 만들기 8. 샘플원고 만들기 9. 글쓰기 스타일 정하기 10. 집필 계획 세우기

　잘 팔리는 책을 쓰려면 책을 만들어 파는 출판사처럼 생각해야 합니다. 가령 당신이 완성한 책 원고를 본 출판사에서는 이런 질문부터 합니다.

　"이 원고가 책이 된다면 누가 살까?"

　출판사처럼 생각해 볼까요? 내가 책을 내면 누가 돈을 내고 사 볼까? 책쓰기에서 가장 중요한 것은 내 책을 사서 읽을 독자를 특정하는 것입니다. 독자를 정하지 않고 쓰는 책은 취미형 책이지요. 출판사의 투자를 끌어낼 리 없습니다. 책이 출간되더라도 잘 팔릴 리 만무합니다. 누가 당신의 책을 사서 읽을까요? 당신의 책은 누구의 어떤 문제를 해결하나요? 그 사람은 인터넷에 무한히 제공되는 그 많은 공짜 정보를 제치고 왜 당신의 책을 사서 읽을까요? 옆페이지의 미션 템플릿으로 당신의 독자를 특정해 보세요.

1. 내 책을 사 볼 독자는 이런 사람들이다.	
2. 이 사람들이 내 책을 사 볼 이유는 이런 것이다.	
3. 내 책이 독자에게 전하려는 메시지는 이것이다.	

4. 내 책이 약이라면…
   내가 처방한 이 약은
   이런 증상을 가진 사람을 위한 것이다.	

5. 내 책이 이런 증상에 잘 듣는 이유는 이것이다.	

내 책 경쟁력 알아보기

준비하기										책쓰기					출간하기				
1	2	3	4	5	6	7	8	9	10	11	12	13	14	15	16	17	18	19	20

A. 아이디어 기획	B. 자료수집/R&D	C. 책쓰기 기획
1. 샘플도서 따라쓰기 2. 내 책 독자 특정하기 3. 내 책 경쟁력 알아보기	4. 자료수집, 정리, 정돈 5. 아이디어 확정하기 6. 책쓰기 설계도 만들기	7. 목차 만들기 8. 샘플원고 만들기 9. 글쓰기 스타일 정하기 10. 집필 계획 세우기

서점에는 이미 많은 책들이 출간되어 각축을 벌입니다. '내가 쓰려는 책'과 비슷한 내용의 책도 차고 넘칩니다. 내 책의 독자로 특정한 이들과 출판사는 이미 이런 책들을 잘 알고 있기 때문에, 내가 쓰려는 내용으로 책을 내려면 접근 방법이 달라야 합니다. 그러려면 앞서 출간된 책들이 어떤 것들인지, 그 책을 분석해야 합니다. '내 책의 경쟁도서 분석하기'가 반드시 선행되어야 합니다. 이 작업은 내가 쓸 책이 경쟁도서를 능가하려면 무엇을 피하고 무엇을 해야 하는지 방향성을 명확하게 해줍니다. 내 책 경쟁력을 살피는 작업을 소개합니다. 경쟁도서를 살필 때 가급적 서점에 나가 책을 펼쳐 보며 작업하기를 권합니다.

내 책 경쟁력 알아보기, 이렇게 하세요.			
책 제목+부제	저자+간단한 소개	이 책 독자층	이 책의 특장점
내 책 경쟁력을 점검한 결과 정리하기			

자료수집, 정리, 정돈

준비하기	책쓰기	출간하기
1 2 3 **4** 5 6 7 8 9 10	11 12 13 14 15	16 17 18 19 20
A. 아이디어 기획 1. 샘플도서 따라쓰기 2. 내 책 독자 특정하기 3. 내 책 경쟁력 알아보기	**B. 자료수집/R&D** **4. 자료수집, 정리, 정돈** 5. 아이디어 확정하기 6. 책쓰기 설계도 만들기	**C. 책쓰기 기획** 7. 목차 만들기 8. 샘플원고 만들기 9. 글쓰기 스타일 정하기 10. 집필 계획 세우기

미션 1, 2, 3을 거치면 내가 쓰게 될 책의 방향성이 어렴풋하게 드러납니다. 이제 본격적으로 내 책을 기획합니다. 내 책의 아이디어와 설계도를 만들려면 사전작업이 중요합니다. 내가 쓸 주제와 관련된 내용을 샅샅이 뒤져 읽고 분석하고 정리합니다.

이 과정을 나는 '주제의 산에 오르기'라 합니다. 주제의 산, 꼭대기에 올라 내려다보면 내 주제를 다룬 콘텐츠들 사이에 빈틈이 보입니다. 그 빈틈이 바로 내가 공략할 지점이지요. 주제의 산을 오르며 정리한 자료들은 책을 쓸 때도 요긴하게 사용됩니다. 자료 수집과 정리, 정돈 작업을 충실하게 하면 내 책쓰기의 5부 능선을 넘은 것이나 다름없습니다.

1. 내 책 주제와 관련된 모든 것을 채집합니다.
2. 미션4 템플릿을 이용하여 채집한 자료를 정리하고 정돈합니다.
3. 각각의 자료는 T&D패턴을 이용하여 논리적으로 정돈합니다.

책을 통해 주장하고 싶은(what) 그러한 주장에 대한 이유(why) 주장을 실현하는 방법(how), 이 세 가지를 논리적으로 정돈합니다. 자료를 제목과 내용으로 구성하면 필요할 때 바로바로 써먹을 수 있고 검색하기도 쉽습니다.

자료수집, 정리, 정돈, 이렇게 하세요.			
구분	제목	내용	저자와 출처
What			
Why			
How			

아이디어 확정하기

준비하기										책쓰기					출간하기				
1	2	3	4	5	6	7	8	9	10	11	12	13	14	15	16	17	18	19	20

A. 아이디어 기획	B. 자료수집/R&D	C. 책쓰기 기획
1. 샘플도서 따라쓰기 2. 내 책 독자 특정하기 3. 내 책 경쟁력 알아보기	4. 자료수집, 정리, 정돈 5. 아이디어 확정하기 6. 책쓰기 설계도 만들기	7. 목차 만들기 8. 샘플원고 만들기 9. 글쓰기 스타일 정하기 10. 집필 계획 세우기

드디어, 당신이 쓰게 될 책의 아이디어를 정리합니다. 당신이 쓰게 될 책은 무엇에 대한 내용인가요? 당신이 책을 쓰면 누가 읽으려 할까요? 당신의 아이디어는 독자의 어떤 문제를 해결해 주나요? 당신의 책이 다룰 내용은 기존의 책에서 다룬 내용과 어떻게 다른가요? 이런 내용들과 저자인 당신은 어떤 관련성이 있나요? 이런 요소들을 하나씩 정리하다보면 당신 머릿속에서 당신이 쓰게 될 책의 이미지가 확연해집니다. 미션 5 템플릿은 잘 팔리는 책쓰기 킬러문항입니다.

1. 나는 이런 내용의 책을 쓰려 한다.	
2. 이 책의 독자는 이런 사람이다.	
3. 이 책은 독자에게 이런 혜택을 제공할 것이다.	
4. 나는 이런 점에서 이 책의 저자로 적합하다.	

잘 팔리는 책쓰기
미션 6

책쓰기 설계도 만들기

준비하기	책쓰기	출간하기
1 2 3 4 5 6 7 8 9 10	11 12 13 14 15	16 17 18 19 20
A. 아이디어 기획 1. 샘플도서 따라쓰기 2. 내 책 독자 특정하기 3. 내 책 경쟁력 알아보기	**B. 자료수집/R&D** 4. 자료수집, 정리, 정돈 5. 아이디어 확정 **6. 책쓰기 설계도 만들기**	**C. 책쓰기 기획** 7. 목차 만들기 8. 샘플원고 만들기 9. 글쓰기 스타일 정하기 10. 집필 계획 세우기

아이디어가 특정되면 책이라는 매체를 통해 구현될 아이템을 설계합니다. 이때 흔히 출간기획안이라고 불리는 아이템 설계도가 필요합니다. 출판원고를 만드는 데 반드시 필요한 밑그림이죠. 책은 아이디어를 세부적으로 풀어낸 한 편 한 편의 글을 5~60편 모은 것이니 더욱 탄탄한 설계가 필요합니다. 출판사에서도 책을 출간하려면 기획안을 만듭니다. 출판사 입맛에 맞게 책을 쓰려면 출판사가 기획안에 담아내는 요소들을 점검하여 설계도를 만들어야 합니다. 미션 6 템플릿 항목을 하나하나 채워보세요. 어느새 꽤 멋진 내 책 설계도가 마련됩니다.

책쓰기 설계도 만들기, 이렇게 하세요.

1. 카테고리 / 내 책이 서점에 진열된다면 어느 분야일까요? 인터넷 서점 카테고리 분류를 참고하세요.	
2. 제목 / 독자가 보자마자 이거 나를 위한 책이네? 하는 마음이 드는 제목이어야 합니다.	
3. 저자 소개글 / 이 책을 쓰는 나는 무엇을 하는 사람인가요?	
4. 독자 특정 / 내 책이 나오길 기다렸다는 듯 사서 읽어줄 사람은 누구인가요?	
5. 컨셉 / 내가 쓴 책은 이미 출간된 유사한 내용의 책과 무엇이 어떻게 다른가요? 이 책만의 남다른 특징을 써주세요.	
6. 메시지 / 독자에게 보내는 매혹적인 제안을 만들어 보세요. "~하려면 ~하라" 문장으로 만들면 쉬워요.	
7. 내 책이 잘 팔릴 것 같은 이유 / 출판사가 내 책을 출간하고 싶게, 이유를 써보세요. 구체적인 근거를 밝히면 설득력이 높아집니다.	
8. 주요 목차 / 내 책이 담아낼 세부 주제를 만들어 보세요. 초보작가는 7~10개의 세부 주제가 쓰기 편합니다.	

목차 만들기

준비하기	책쓰기	출간하기
1 2 3 4 5 6 7 8 9 10	11 12 13 14 15	16 17 18 19 20
A. 아이디어 기획	**B. 자료수집/R&D**	**C. 책쓰기 기획**
1. 샘플도서 따라쓰기 2. 내 책 독자 특정하기 3. 내 책 경쟁력 알아보기	4. 자료수집, 정리, 정돈 5. 아이디어 확정 6. 책쓰기 설계도 만들기	7. 목차 만들기 8. 샘플원고 만들기 9. 글쓰기 스타일 정하기 10. 집필 계획 세우기

　한 권의 책은 하나의 아이디어를 구현하지만, 독자들이 읽기 쉽게 전달하기 위해 내용을 체계적으로 구성합니다. 보통의 책은 7~10개의 챕터로 구성되고 나뉩니다. 챕터는 책의 최소단위인 섹션 즉 한 편 한 편의 글로 구성됩니다. 출판계에서 '꼭지'라 불리는 한 편의 글은 책 아이디어를 구성하는 가장 세분화된 주제들로, 한 번에 하나씩, 독자가 이해하기 쉬울 만큼 작은 조각으로 나눠 쓴 것입니다. 책의 목차는 이 꼭지들의 조합이죠.

　목차를 구성할 때는 당신의 책을 읽을 예비독자와 함께 작업하세요. 예비독자에게 당신의 책 아이디어를 설명하고 궁금해하는 것을 주요 요소별로 정리하면 목차가 완성됩니다. 따라쓰기로도 목차를 구성할 수 있습니다. 샘플도서를 포함, 다른 책들을 살펴 내가 쓰려는 내용을 담아내기 적합하다 싶은 목차구성을 찾으세요. 목차를 따라쓰기 한 다음 뼈대만 남기고 내용을 내 것으로 갈아끼웁니다. 그런 다음, 내 책 내용에 맞게 목차를 더하거나 빼거나 하여 완성합니다.

목차 만들기, 이렇게 하세요.		
파트(부)	챕터(장)	세션(꼭지)
Why 독자는 왜 이 책을 읽어야 하는가?	1. 2. 3. 4. 5.	
What 이 책은 무엇에 관한 것인가?	6. 7. 8. 9. 10.	
How 그것을 어떻게 하면 되는가?	11. 12. 13. 14. 15.	

샘플원고 만들기

준비하기										책쓰기					출간하기				
1	2	3	4	5	6	7	8	9	10	11	12	13	14	15	16	17	18	19	20

A. 아이디어 기획	B. 자료수집/R&D	C. 책쓰기 기획
1. 샘플도서 따라쓰기	4. 자료수집, 정리, 정돈	7. 목차 만들기
2. 내 책 독자 특정하기	5. 아이디어 확정	8. 샘플원고 만들기
3. 내 책 경쟁력 알아보기	6. 책쓰기 설계도 만들기	9. 글쓰기 스타일 정하기
		10. 집필 계획 세우기

샘플도서를 펴보세요. 내용이 아니라 형식을 살펴보세요. 한 편한 편의 글들이 일정한 요소와 포맷으로 작성되었는데, 보이나요? 독자가 내용읽기에 집중하도록 그리하여 작가의 메시지가 쉽고 빠르게 전달되게끔 각각의 요소를 적절하게 배치하여 페이지를 디자인한 결과입니다. 꼭지(한 편 한 편의 글)마다 요소가 들쭉날쭉이고 배치가 제각각이라면 지면이 어수선하여 독자의 몰입을 방해합니다. 이런 원고라면 출판사에서도 눈여겨 볼 리 없습니다. 책에 실리는 한편의 글은 크게는 제목과 본문으로 나뉘고 제목과 본문에는 세부항목이 곁들여집니다. 제목에는 설명을 곁들인 부제가 붙을 수 있고, 제목 밑에 내용과 관련된 유명한 어록이 포함되기도 합니다. 본문은 세부제목이 포함되어 읽기를 도와줍니다. 멘토북이나 다른 책을 참고하여 샘플원고를 만듭니다. 가장 일반적인 샘플원고 템플릿을 소개합니다. 이 템플릿을 목차 수만큼 복제하여 사용하면 책쓰기가 훨씬 수월합니다.

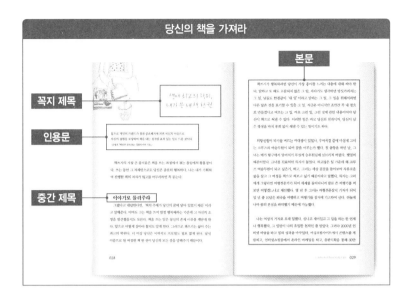

나는 책쓰기 최종단계인 원고를 쓸 때 워드파일을 책의 한 쪽처럼 보이게 포맷하여 사용합니다. 시중에서 판매되는 책들은 크기가 정해져 있고, 내 책이 속한 카테고리의 책들 사이즈를 살펴 원고를 포맷합니다. 샘플도서를 정해 그 책 한 페이지를 꼼꼼히 분석합니다. 한 줄이 몇 자나 되는지, 한 페이지에 몇 줄이나 들어가는지를 감안하여 딱 그대로 워드파일 페이지 여백을 설정합니다. 이렇게 하면 그 페이지에 담은 내용이 한 눈에 쏙 들어옵니다. 마치 책을 보듯 편합니다.

나는 집필과정에 돌입한 책쓰기 수업 예비저자에게 서식을 설정한 원고파일을 선물합니다. 원고파일 첫 페이지에는 이런 가이드라인도 담습니다.

서식	용도	단축키
송숙희책쓰기교실	칼럼 타이틀	Ctrl+2
1. 송숙희책쓰기교실	챕터 타이틀	Ctrl+3
가. 송숙희책쓰기교실	강조문구	Ctrl+4
1) 송숙희책쓰기교실	파트 타이틀	Ctrl+5
송숙희책쓰기교실	본문	Ctrl+1

서식사용법

내가 쓰는 글(예를 들어 '송숙희책쓰기교실')이 칼럼 타이틀이면 쓰기 전 Ctrl+2을 누릅니다. 그러면 **송숙희책쓰기교실**로 표현됩니다.

이 파일에는 본문 기준 700자가 들어갑니다. 700자는 책 한쪽에 실리는 본문의 분량입니다. 출간된 책을 보시면 대부분 한 쪽에 평균 700자가 들어갑니다(여기에 제목, 이미지, 표 등이 들어가면 글잣수는 줄어들지요). 즉 이 파일의 1쪽은 인쇄된 책 1쪽 쯤으로 생각하시면 됩니다.

	샘플원고 만들기, 이렇게 하세요.	
1. 꼭지 요소 파악하기	여러 권의 책에서 한 꼭지마다 어떤 요소들로 구성되었나 살핍니다.	
2. 꼭지 요소 분석하기	꼭지별 기본 요소는 꼭지 제목, 본문, 그리고 본문 내용을 대표하는 중간 제목입니다.	
3. 꼭지 포맷 만들기	워드 파일에 샘플원고를 만듭니다. 기본적인 꼭지 요소에 내가 쓰려는 책의 아이디어와 메시지에 맞는 요소를 더하거나 빼거나 합니다.	
4. 요소별 서식 설정하기	각 요소별로 각기 다른 폰트와 크기를 정해 서식을 설정하면 쓰기가 훨씬 수월합니다.	
5. 원고파일에 꼭지 수만큼 복제하기	샘플원고를 꼭지 수만큼 복제하여 원고파일에 붙이고 내용을 갈아끼우기 하면 원고쓰기가 훨씬 쉽습니다.	

글쓰기 스타일 정하기

준비하기	책쓰기	출간하기
1 2 3 4 5 6 7 8 9 10	11 12 13 14 15	16 17 18 19 20
A. 아이디어 기획 1. 샘플도서 따라쓰기 2. 내 책 독자 특정하기 3. 내 책 경쟁력 알아보기	**B. 자료수집/R&D** 4. 자료수집, 정리, 정돈 5. 아이디어 확정 6. 책쓰기 설계도 만들기	**C. 책쓰기 기획** 7. 목차 만들기 8. 샘플원고 만들기 9. 글쓰기 스타일 정하기 10. 집필 계획 세우기

　말을 할 때 보통 상대에 따라 말투가 달라집니다. 책을 쓸 때도 독자가 누구인가에 따라 어떤 톤으로 또 어떤 방법으로 단어를 사용하고 문장을 만드는가가 결정됩니다. 이러한 책쓰기 스타일은 독자의 몰입을 불러내는 데 아주 중요하게 작용합니다. 예를 들어 친근하게 쓴다, 재밌게 쓴다, 단호하게 주장한다, 권위가 느껴지게 쓴다, 이런 것이 책을 쓸 때 필요한 글쓰기 스타일입니다. 또한 설명하듯이 타이르듯이 대화하듯이 등과 같이 내용을 전개하는 방식도 글쓰기 스타일입니다. 글쓰기 스타일은 책의 목적, 주제, 독자 그리고 독자와 당신과의 관계가 어떠한가에 따라 달라집니다. 한 번 설정한 스타일은 책 전체에 걸쳐 일관성 있게 유지되어야 하고 책의 전체적인 분위기와 흐름에 맞아야 합니다. 요컨대 책이 되는 글, 글쓰기 스타일은 독자를 대하는 당신의 태도를 말합니다. 미션 9 템플릿을 통해 하나씩 점검하다보면 당신의 글쓰기 스타일이 어떠해야 할지 감이 잡힙니다.

글쓰기 스타일 정하기, 이렇게 하세요.

1. 책은 어떤 형식인가요?	에세이? 설명문? 편지글? 자기계발?
2. 독자는 누구인가요?	책을 자주 읽나? 전문적인 내용을 읽는 데 무리 없나? 짧은 글만 주로 읽나? 3줄 요약이 필요한가?
3. 내용을 어떻게 전할 것인가요?	공감형? 설득형?
4. 독자는 작가인 나를 어떤 상대로 인식할까요?	동료? 친구? 선생님? 전문가?
5. 표현 지침	직설적으로? 살갑게? 간결명료 정확하게? 조곤조곤 친절하게?
6. 문장구조	단문, 복문, 미려한 문장? 단문위주의 심플한 문장?
7. 경어체 평서체 정하기	평어체 – 속도감 경어체 – 친절함
8. 독자를 어떻게 지칭할 것인가요?	여러분? 독자님? 당신?

집필 계획 세우기

준비하기										책쓰기					출간하기				
1	2	3	4	5	6	7	8	9	10	11	12	13	14	15	16	17	18	19	20

A. 아이디어 기획	B. 자료수집/R&D	C. 책쓰기 기획
1. 샘플도서 따라쓰기 2. 내 책 독자 특정하기 3. 내 책 경쟁력 알아보기	4. 자료수집, 정리, 정돈 5. 아이디어 확정 6. 책쓰기 설계도 만들기	7. 목차 만들기 8. 샘플원고 만들기 9. 글쓰기 스타일 정하기 10. 집필 계획 세우기

출판사와 계약한 다음 책쓰기에 돌입한다면 마감시간이 정해져 있어 억지로라도 그에 맞추게 됩니다. 하지만 원고부터 쓰는 경우라면 임의로 집필 계획을 세워 진행해야 합니다. 무한정 시간을 들인다고 반드시 원고가 좋아진다는 보장은 없습니다. 오히려 한도 끝도 없이 질질 끌면 긴장감이 없어 싫증나기 쉽습니다. 책쓰기는 준비단계와 쓰기, 고쳐쓰기 세 단계로 나뉩니다. 초보작가라면 책쓰기 준비단계를 거쳐 초고를 3개월 안에 완성하고, 이어 2~3개월 고쳐쓰기에 투자하는 식으로 집필에 걸리는 시간을 6개월 이내로 제한하는 것이 좋습니다.

3개월 동안 초고를 쓰려면 우선 한 편의 글을 완성하는 데 들이는 시간을 계산해야 합니다. 한 편의 글을 완성하는 데 3시간 걸리는데 써야 할 글이 총 60편이라면, 하루 책쓰기에 3시간을 할애하여 매일 한 편씩 쓰면 60일이 걸립니다. 다음 고쳐쓰기 단계에서도 같은 식으로 하루에 한 편 쓰기를 목표하여 진행합니다. 초보작가의 경우 고쳐쓰기에 들이는 시간은 초고 쓰기 때와 거의 같습니다. 이렇게 계산하면 초고 쓰기 3개월, 고쳐쓰기 3개월, 총 6개월 만에 원고 쓰기를 완성할 수 있습니다. 다만 이 계산은 초고 쓰기에 필요한 만반의 준비를 거쳤을 때의 예시입니다.

집필 계획 세우기, 이렇게 하세요.	
1. 책 한 권에 들어가는 꼭지 수	
2. 한 꼭지 글쓰기에 걸리는 시간	
3. 전체 소요시간(꼭지 수×꼭지별 소요시간)	
4. 원고쓰기에 할애할 시간대	
5. 원고 쓰는 장소	

서문 쓰기

준비하기										책쓰기					출간하기				
1	2	3	4	5	6	7	8	9	10	11	12	13	14	15	16	17	18	19	20

D. 초고 쓰기	E. 고쳐쓰기	F. 편집하기
11. 서문 쓰기 12. 본문 쓰기 체크업	13. 고쳐쓰기	14. 표지 카피라이팅 15. 저자 프로필 만들기

모든 책은 서문으로 시작합니다. 들어가는 글, 시작하기, 프롤로그 등으로 표현합니다. 독자는 표지를 보고 흥미가 생기면 표지날개에 실린 저자 프로필을 살핍니다. 이어 목차를 보고 서문을 읽은 다음 사거나 말거나 합니다. 서문은 분량 면에서는 책 전체의 5%도 안 되지만 독자가 '책을 사겠다, 말겠다'를 결정하는 마스터키 같은 역할을 합니다. 그러니 서문은 책을 사서 읽고 싶게끔 작성해야 합니다. 영화 포스트처럼 책을 읽고 싶게 유혹하되 책 내용을 미리 다 보여주어서는 안 되겠죠? 서문 쓰기에 꼭 필요한 요소를 담은 미션 11 템플릿으로 매혹적인 서문을 작성해 보세요.

서문 제목	거절할 수 없는 매혹적인 메시지나 충격적인 내용을 담습니다.
첫 단락	독자를 사로잡을 흥미로운 사례나 뜻밖의 연구결과, 독자를 깜짝 놀라게 할 대화나 어록으로 서문을 시작하면 독자는 서문 속으로 빠져들어갑니다.
내 책 소개	책 소개를 합니다. 누구를 위한 어떤 내용을 다루는지 간략하면서도 임팩트 있게 설명합니다. 책이 파트별로 무슨 내용을 다루는지 소개하면서 파트 간의 연관성을 짚어주면 독자는 친절하다는 인상을 받습니다.
작가 소개	이 책을 쓸 만한 사람이라는 인상을 주게끔 작가를 소개합니다. 책을 쓰게 된 계기나 해당 주제에 관련한 경험, 에피소드를 소개하면 독자는 작가에게 호기심을 갖습니다.
독자 특정 및 혜택 언급	내 책을 읽으면 좋을 독자가 누구인지 내 책이 그러한 독자에게 어떤 도움을 줄 수 있는가를 언급합니다.
책의 주요 내용 소개	서문 앞에 목차가 위치하므로 세부적인 책 소개보다는 독자에게 가장 어필하는 내용 위주로 소개하는 것이 좋습니다.
감사의 말	저자에게는 중요하나 독자에게는 사족입니다. 굳이 해야 할 필요가 있다면 한두 줄로 간단하게 하는 것이 좋습니다.

본문 쓰기 체크업

준비하기			책쓰기			출간하기		
1 2 3 4 5 6 7 8 9 10			11 **12** 13 14 15			16 17 18 19 20		
D. 초고 쓰기 11. 서문 쓰기 12. 본문 쓰기 체크업			**E. 고쳐쓰기** 13. 고쳐쓰기			**F. 편집하기** 14. 표지 카피라이팅 15. 저자 프로필 만들기		

이제 한 편 한 편 본문을 쓰는 긴 여정을 시작합니다. 다른 모든 일처럼 준비가 탄탄할수록 여정이 가뿐합니다. 미션 12는 집필에 돌입할 준비가 되었는지 체크하기입니다. 체크에 필요한 리스트를 소개합니다.

본문 쓰기 체크업, 이렇게 하세요.	
준비하기	책쓰기 아이디어는 확정되었나?
기획하기	독자가 특정되어 뇌리에 심어졌나?
	기획안은 작성했나?
자료준비	샘플도서는 선정했는가?
	자료는 차고 넘치게 준비했는가?
	자료는 필요할 때 바로 찾아 쓸 수 있는가?
	목차는 확정되었나?
원고작업	샘플원고는 만들었나?
	원고의 포맷을 설정했는가?
	글쓰기 스타일을 정했는가?
	서문을 쓰며 원고 방향을 확인했는가?
글쓰기 관련	의도한 대로 한 편 한 편 쓰기에 문제 없는가?
	표절, 도용을 예방하는 인용의 기술을 익혔나?
실제작업 체크	원고집필에 할애할 시간은 얼마인가?
	초고 쓰기, 고쳐쓰기에 충분한 시간을 확보했는가?
	원고 쓸 시간은 확보했는가? 어느 시간대?
	그 시간이 원고쓰기에 적합한지 검증했는가?
	원고작업에 전적으로 몰입하기 위해 일정, 일과를 조정했나?
	원고에 집중하기 위해 충동조절, 산만극복 대책을 마련해두었나?

고쳐쓰기

준비하기										책쓰기					출간하기				
1	2	3	4	5	6	7	8	9	10	11	12	13	14	15	16	17	18	19	20

D. 초고 쓰기	E. 고쳐쓰기	F. 편집하기
11. 서문 쓰기 12. 본문 쓰기 체크업	13. 고쳐쓰기	14. 표지 카피라이팅 15. 저자 프로필 만들기

　작가는 원고를 쓰고 출판사는 원고를 책으로 만들고 서점은 책을 팝니다. 원고란 특정 주제에 대해 책으로 내기에 적합하게 쓰인 한 편의 글입니다. 한글파일 100여 장 가량의 롱폼이죠. 출판사에서 편집, 디자인, 제작 등의 작업을 하려면 원고의 품질이 '상품'으로 만들어지도록 수준을 갖춰야 합니다. 원고는 전적으로 작가의 몫이고, 원고를 출판사에 보낼 때는 출판사가 원하는 수준으로 완성도를 높여야 합니다. 여러번 고쳐쓰기를 통해 첫독자인 출판사 편집자의 마음에 들어야 합니다. 고쳐쓰기는 지-바-고해야 합니다. 불필요한 것을 지우고, 문법에 맞게 바꾸고, 읽기 쉽게 고쳐보세요. 각 항목을 체크하며 그에 맞게 고쳐쓰기 할 수 있도록 리스트를 공유합니다.

불필요한 것 지우기 – 읽고 싶도록	독자가 읽고 싶겠는가? 내용과 무관한 그저 채우기용 내용, 표현 지우기 – 글이 일리 있고 조리 있고 짜임새가 있는지 – 너무 일반적이거나 사적인 내용이 아닌지 – 흔하고 뻔한 내용이 아닌지 – 설득력 있게 썼는지 – 읽기를 방해하는 요소들은 없는지
바꾸기 – 이해하기 쉽도록	독자가 이해하기 쉽겠는가? 글 쓴 의도를 독자가 정확히 이해하지 못할 것 같은 부분 바꾸기 – 주제와 글감이 일치하는지 – 논리적인 공감대가 형성되는지 – 글쓴이의 의도가 정확하게 표현되었는지 – 제목과 서문, 목차는 솔깃한지 – 독자가 누구인지 명확히 드러나며 그의 독해력을 감안한 글인지 – 독자가 요청하는 내용이 확실한지
고치기 – 읽기 쉽도록	독자가 읽기 쉽겠는가? 모호한 문장, 어려운 문장, 헷갈리는 문장 고치기 – 의도와 다르게 표현된 단어나 문장은 없는지 – 문장 표현에 무리는 없는지 – 바르게 썼는지 – 빨리 잘 읽히고 쉽게 이해되는지

표지 카피라이팅

준비하기										책쓰기					출간하기				
1	2	3	4	5	6	7	8	9	10	11	12	13	**14**	15	16	17	18	19	20

D. 초고 쓰기	E. 고쳐쓰기	F. 편집하기
11. 서문 쓰기 12. 본문 쓰기 체크업	13. 고쳐쓰기	**14. 표지 카피라이팅** 15. 저자 프로필 만들기

책은 표지가 일을 다 합니다. 표지는 제목이 거의 전부입니다. 일단 제목에 꽂혀야 다음 과정이 있습니다. 제목은 일차적으로는 출판사 편집자를 사로잡아야 하고 그 다음이 독자입니다. 책이 출간되지 못하면 독자에게 선보일 기회가 없으니까요. 대부분의 제목은 부제를 동반합니다. 제목이 단숨에 독자를 사로잡게끔 하는 역할이라면 부제는 책 아이디어를 핵심만 간단명료하게 정리한 문장으로 책이 누구를 위한 어떤 내용인가를 단도직입적으로 보여 줍니다. 표지카피는 타겟+키워드+약속+범주어 공식으로 만들 수 있습니다.

타겟 / 독자를 특정합니다.

키워드 / 독자의 어떤 문제를 해결하는지

약속 / 독자에게 어떤 가치를 제공하는지

범주어 / 책의 정체성을 드러냅니다.

범주어란 내 책이 속하는 영역이자 책의 정체성을 단적으로 설명하는 도구, 기술, 연습, 훈련, 힘, 능력, 역량, 지능, 비밀, 비법, 습관, 방법, 방식, 프로그램, 활용법, 사용법, 생각, 탐색, 지침, 보고서, 상담, 멘토링, 코칭, 전략, 전술, 무기 등의 단어를 말합니다.

표지 카피라이팅, 이렇게 하세요.	
독자타겟	무슨 글이든 쉽게 잘 쓰고 싶은 사람
키워드	하버드생처럼 논리적 글쓰기
약속	오레오 공식으로 글을 쉽게 쓸 수 있다.
범주	비법
제목	150년 하버드 글쓰기 비법

저자 프로필 만들기

준비하기			책쓰기		출간하기			
1 2 3 4 5 6 7 8 9 10			11　12　13　14　15		16　17　18　19　20			
D. 초고 쓰기			**E. 고쳐쓰기**		**F. 편집하기**			
11. 서문 쓰기			13. 고쳐쓰기		14. 표지 카피라이팅			
12. 본문 쓰기 체크업					**15. 저자 프로필 만들기**			

독자는 책을 살 때 누가 썼는가를 먼저 봅니다. 그러므로 작가 프로필은 '이런 사람이 쓴 책이니 읽어야 해' 하는 생각이 들게 써야 합니다. 그냥 교사, 그냥 코치, 그냥 주부, 그냥 학생, 그냥 취준생, 그냥 전문가가 아니라 책에서 다룬 주제에 대한 전문가임을 어필하세요. 당신이 다룬 주제에 대해 누구보다 근사하게 썼을 것이라는 인상을 주어야 합니다. 유명인이 아닌 작가는 독자에게 초면이니 당신이 누구인지 단번에 알게 해야 하죠. 한마디 프로필이 필요합니다.

전한길 님은 사교육 강사입니다. 메가스터디 수능 강사, EBS 교육방송 강사, 윌비스 고시학원 강사, 한국사 강사… 그가 쓴 책에 실린 작가 프로필은 한마디로 그를 이렇게 부르죠. '인생 일타강사.' 개그맨 출신의 외식사업가 고명환 님을 출판사는 이렇게 한마디로 설명합니다. '자기계발의 아이콘이자 이 시대 최고의 동기부여 전문가'. 김미경TV의 김미경 님은 한마디로 어떻게 설명할까요? 그가 쓴 책에는 이렇게 나옵니다.

　김미경 / 30년간 기업과 방송 등 강의 무대에서 활약해온 대한민
국 최고의 자기계발 강사

　나는 글을 쓰는 사람이고 쓰게 하는 사람이죠. 이런 나에 대해
내 책에서는 이렇게 한마디로 어필합니다.

　송숙희 / 대한민국을 대표하는 글쓰기 전문가, 22년 경력의 돈이
되는 글쓰기 코치

　자, 당신도 스스로를 어떻게 말할지 한마디 프로필을 만들어 보
세요.

저자 프로필 만들기, 이렇게 하세요.	
이름	
한마디 프로필	
간단한 이력	
책 아이디어 연구 경력	
주제관련 업적 성취 자랑	
핫라인	

완전원고 만들기

준비하기	책쓰기	출간하기
1 2 3 4 5 6 7 8 9 10	11 12 13 14 15	16 17 18 19 20
G. 출판방법 결정	H. 출판사 물색	I. 판매지원
16. 완전원고 만들기	17. 출판사에 출간 제안하기 18. 출판권 계약하기	19. 제작 지원하기 20. 사전 홍보하기

작가가 원고를 쓰면 출판사에서 책이 되게 디자인하고 편집하고 인쇄하여 상품으로 만듭니다. 출판사에서는 원고를 건네 받을 때 손 댈 게 없을 만큼 완성도 높은 최종 버전을 요구합니다. 담당하는 편집자에 따라 원고를 수정하기도 하지만 작가의 손을 떠나 출판사로 건너가는 원고는 누가 봐도 책으로 제작하는 데 모자람이 없어야 합니다. 원고를 출판사에 보내기 전 다음 항목을 점검하세요.

원고분량

책마다 다르지만 250쪽 내외의 책은 원고분량이 15~20만 자 가량됩니다.

완성한 원고의 분량을 확인하여 이보다 20~30% 이상 많거나 적을 경우 분량을 맞춰야 합니다.

원고량이 많을 경우, 비슷한 내용이나 중복되는 부분, 없어도 되는 내용 위주로 삭제하거나 표시하여 편집자에게 귀띔합니다. 원고

량이 적을 경우, 무조건 채워야 합니다. 편집과정에서 불필요하다 싶은 내용이 잘려나가면 원고가 더욱 부족해질 수 있기 때문입니다.

이미지 자료 원본 첨부

도표나 밴다이어그램, 사진이나 그림 등의 이미지 자료를 챙겨 원본을 첨부합니다.

팩트 체크

원고 작업을 한 시간이 많이 지났다면 그 사이 팩트가 변한 것이 있을 수 있습니다. 예를 들어 해마다 1월 1일자, 7월 1일자로 정책이나 법률 등이 바뀌기도 하므로 완전원고 단계에서 반드시 다시 확인해야 합니다.

편집자에 전하는 당부

독자에게 최대한 잘 어필되는 책을 만든다는 목표 아래 원고는 편집자의 재량에 맡겨집니다. 저자로서 편집 관련 아이디어나 당부의 의견이 있을 경우 메모하여 전합니다. 의도와 내용을 명확히 전달하면, 납득할 만한 의견일 경우 편집자는 최대한 반영합니다.

표제부분	제목	
	저자 이름	
	목차	
	서문	
	추천사	
	주요 인용문	
	감사인사(선택)	
	헌사(선택)	
본문	본문	
	본문에 들어간 표나 이미지	
권말부분	참고문헌, 찾아보기, 주석, 연표나 용어해설 등	

출판사에 출간 제안하기

준비하기		책쓰기		출간하기	
1 2 3 4 5 6 7 8 9 10		11 12 13 14 15		16 **17** 18 19 20	
G. 출판방법 결정		H. 출판사 물색		I. 판매지원	
16. 완전원고 만들기		17. 출판사에 출간 제안하기		19. 제작 지원하기	
		18. 출판권 계약하기		20. 사전 홍보하기	

출판은 작가와 출판사와 서점 그리고 독자의 연대입니다. 이 연대로 인한 성과는 출판사가 좌지우지합니다. 유능하고 유력한 출판사에서 책을 출간하면 좋겠지만 초보작가에게는 이런 행운이 좀처럼 오지 않습니다.

초보작가의 첫 책은 책을 잘 만드는 곳으로 고르는 게 좋습니다. 그래야 다음 기회가 올 테니까요. 출판사를 고를 때는 내 책 주제를 잘 담아내는 곳, 내가 즐겨읽는 책을 내는 출판사를 염두에 두고 잘 팔리는 책을 지속적으로 내는가를 봅니다. 그런 출판사에서 출간한 책이나 블로그 통해 편집자 이메일 계정을 확보하여 이메일을 보냅니다.

원고와 함께 이메일을 보낼 때는 이메일 한 통이 컷오프 통과를 결정하는 만큼 성의 있게 써야 합니다. 편집자가 첨부한 원고나 샘플원고를 열어보고 싶은 마음이 들게끔 출간제안을 해야 합니다. 의도를 명확하게 전달하는 간결한 문장, 뛰어쓰기나 맞춤법에 오류 없는 단정한 글을 써야겠지요. 원고는 하나의 파일에 담아 별첨합니다. 원고를 완성하기 전이라면 주제를 드러내기에 적합한 두세 편의 샘플원고를 보냅니다. 출판사의 홈페이지에 자체 제안서 및 기획서 양식을 제공하는 곳이 있습니다. 이럴 경우 그 양식을 다운로드 받아 사용하는 것이 좋습니다.

출간제안 메일에 들어갈 내용은 간략한 책 소개, 작가 소개, 책의 핵심 내용과 출간 배경, 독자 타겟, 책의 특장점 그리고 원고가 작성 중인지 완성되었는지를 포함합니다. 운영하는 SNS채널이 있다면 링크를 걸어 보냅니다.

출판사에 출간 제안하기, 이렇게 하세요.	
간략한 책 소개	
작가 소개	
핵심 내용	
출간 배경	
독자 타겟	
책의 특장점	
SNS채널 링크	
원고 작업 단계	
연락처	

출판권 계약하기

준비하기	책쓰기	출간하기
1 2 3 4 5 6 7 8 9 10	11 12 13 14 15	16 17 18 19 20
G. 출판방법 결정 16. 완전원고 만들기	**H. 출판사 물색** 17. 출판사에 출간 제안하기 18. 출판권 계약하기	**I. 판매지원** 19. 제작 지원하기 20. 사전 홍보하기

　출판사에서 당신의 제안을 수락하면 계약을 합니다. 출판사에서 계약서 초안을 작성하여 당신에게 검토해 달라고 합니다. 인세율, 인세 지급 기준, 계약 기간, 귀책 사유, 원고 인도일 등을 확인하여 이의가 있을 경우, 수정을 요청합니다. 대부분의 출판사는 한국출판문화진흥원에서 제시한 표준계약서나 이에 준하는 계약서 양식을 사용합니다. 이런 계약서에 준한 계약이라면 그리 문제될 상황은 없습니다. 만일 계약서 내용을 교묘하게 속이는 출판사라면 책을 잘 만들 리 없을테니 계약하지 않는 게 좋습니다.

출판권 계약하기, 이렇게 하세요.	
계약 당사자 확인	
인세율	
인세 지급 기준	
계약 기간	
귀책 사유	
특약 확인	
원고마감 및 출간일	

제작 지원하기

준비하기	책쓰기	출간하기
1 2 3 4 5 6 7 8 9 10	11 12 13 14 15	16 17 18 **19** 20
G. 출판방법 결정 16. 완전원고 만들기	**H. 출판사 물색** 17. 출판사에 출간 제안하기 18. 출판권 계약하기	**I. 판매지원** **19. 제작 지원하기** 20. 사전 홍보하기

    계약이 체결되면 출판사에서는 작가가 보낸 원고를 책으로 만드는 작업에 돌입합니다. 담당 편집자가 원고 파악 후 방향을 잡습니다. 편집자는 작가의 원고를 독자가 읽고 싶게, 읽기 쉽게 정리하고 정돈하는 역할을 합니다. 따라서 원고 상태에 따라 부분적인 또는 전면적인 수정이나 보완을 요구합니다. 이는 작가가 누구든 편집자가 어떤 사람이든 거의 예외 없습니다. 출판사에서 내 원고를 편집하는 동안 나는 대기합니다. 수정이나 사실관계 확인 등을 요청하면 지체하지 않고 바로바로 응대하기 위해서입니다. 그러면서 책 속에 든 사례를 최신 것으로 바꾸거나 표현이 미흡한 부분을 찾아 고쳐 쓰기 하여 편집자에게 보내기도 합니다.

사전 홍보하기

준비하기										책쓰기					출간하기				
1	2	3	4	5	6	7	8	9	10	11	12	13	14	15	16	17	18	19	20

G. 출판방법 결정	H. 출판사 물색	I. 판매지원
16. 완전원고 만들기	17. 출판사에 출간 제안하기 18. 출판권 계약하기	19. 제작 지원하기 **20. 사전 홍보하기**

    출판사에서 편집 작업을 끝내면 제작단계에 들어갑니다. 이때부터 2주일 내에 책이 출간되고 늦어도 3주 안에는 서점에 배본되어 본격적으로 팔립니다. 이 단계에서 작가는 자신의 블로그나 SNS에 책 출간 소식을 알리며 분위기를 띄웁니다. 책이 독자의 손에 들어가 SNS에 리뷰글이 올라오면 답글을 다는 등, 책이 잘 팔리도록 작가 몫의 홍보와 마케팅을 지원합니다.

잘 팔리는 책쓰기 질문 6

책쓰기가 버킷리스트 0순위로 부상한지 제법 되었습니다. 내 이름으로 된 책을 출간하는 것만으로도 매혹적인데, 그 책 한 권이면 부자 작가로 살 수 있다니, 말만 들어도 설렌다는 분들이 참 많습니다. 그러다보니 궁금한 것도 많을 수밖에요. 그동안 받은 질문들 가운데 가장 많은 유형을 골라 내 책을 쓰고 또 책쓰기를 코칭한 오랜 경험을 바탕으로 답안을 공유합니다.

질문 1

나도 책을 쓸 수 있을까요?

지금은 베스트셀러 작가에 유력한 책쓰기 코치지만 나 역시 첫 책을 쓸 무렵, 이런 질문을 했어요.

"나보고 책을 쓰라고요? 내가 책을 쓸 수 있을까요?"

나에게 책쓰기를 권한 당시 담당 편집자는 이렇게 답하더군요.

"왜 안 되는데요?"

당신도 누군가 콕 집어 답해주길 바라시나요? 그렇다면 제가 해드리죠.

"당신이 책을 쓰면 왜 안 되는데요?"

질문 2
내가 책을 잘 쓸 수 있을까요?

예비작가라면 누구나 꼭 한 번 이렇게 물어보고 확답을 받고 싶을 겁니다. 그런데요, 그건 아무도 모르지요. 당신이 아직 아무 것도 쓰지 않았으니까요. 하지만 이것 하나는 분명합니다. 당신이 책을 쓰겠다고 마음 먹으면 온 우주가 당신의 책쓰기를 도울 겁니다. 당장, 이 책만 해도 당신의 책쓰기와 부자작가 데뷔를 돕지요.

질문 3
글을 잘 쓰지 못하는데 괜찮을까요?

이 질문에 대한 나의 답은 두 가지입니다. "글을 잘 쓰지 못해도 책 쓰고 부자작가가 되는 것은 가능하다." 글을 잘 쓰지 못해도 책 쓰고 부자작가가 되기 가능하다는 답은 세계 최고의 투자가 워런 버핏이 한 말에 기초합니다. 그는 말하지요.

"셰익스피어처럼 글을 잘 쓰지 못해도 괜찮다. 고객에게 좋은 정보를 주고 싶은 마음이면 된다."

이 말은 글쓰기만큼 중요한 것이 글로 쓰려는 내용이라는 것입니다. 그런데요, 내가 하는 말을 독자가 빠르게 잘 받아들이길 바라는 마음이라면 글쓰기에 대한 노력을 게을리 할 것 같지 않아요. 글쓰기를 질한다는 것에 너무 큰 부담을 갖지는 마세요. 언어예술하자는 게 아니잖아요? 하고 싶은 말이 무엇인지 명료하게 다듬어 핵심을 전달하는 연습만 하면 됩니다.

질문 4
책 한 권 쓰는 데 시간은 얼마나 걸릴까요?

'정답 없음'이 정답입니다. 얼마나 준비했는지가 책쓰기 시간을 좌우하니까요. 즉 쓸거리가 분명한지, 준비는 충분한지, 글쓰기는 문제 없는지…. 책 쓰는 데 들이는 시간을 견적낼 때 고려해야 할 요소가 많기 때문입니다. 그러나 이것 하나만은 분명합니다. 초고는 딱 3개월 안에 쓰셔야 한다는 것입니다. 초고를 위한 준비나 초고 이후의 과정은 당신의 역량에 달렸지만요.

질문 5
전자책도 괜찮죠?

이런 질문 참 자주 받습니다. 전자책은 종이책 만큼 팔리지 않고, 교보나 영풍 같은 대형서점에서 발견되지 않고, 예스24나 알라딘 같은 인터넷서점에서도 눈에 잘 띄지도 않는데 – 그러니 독자에게는 없는 책이나 다름없는데, 왜 전자책 전자책 하는 걸까요?

전자책은 내기 쉬워서 그렇다는 말이 있습니다. 원고를 완성한 상태라면 전자책 플랫폼에서 업로드하기 쉽습니다. 디지털 시대에 종이책보다 낫다는 견해도 있습니다. 디지털 시대라도 종이책이 팔리는 이유는 인터넷이 따라오지 못할, 종이책만의 경쟁력 때문이죠. 전자책은 이런 경쟁력이 없습니다. 전자책 내면 종이책 출판사에서 연락올 것이라는 기대도 상당하다 합니다. 하지만 팔려야 연락이 오지요. 종이책은 서점에 진열되면 그곳을 오가는 출판사 에디터들의 눈에 우연히 띄기라도 하지만 전자책은 존재를 알기 전까지는 클릭될 리 없잖아요? 전자책 제작비가 싸기 때문이라는 이유도 들었습니다. 아무리 전자책이라도 콘텐츠가 별로라면 제작비도 못뽑죠.

전자책도 괜찮냐는 질문에 나는 이렇게 답합니다.

"종이책이든 전자책이든 자비출판이든 상업출판이든 책 한 권 쓰는 데 드는 품은 같습니다. 시간도 에너지도 노력도 똑같습니다. 기왕에 에너지와 시간을 들일 바에는 잘 팔릴 원고를 쓰세요."

그러면 종이책 출판사에서 계약서를 들이밀 겁니다. '출판권 설정 계약서'인데요. 인쇄물, 디지털 파일 등을 통털어 당신의 원고를 사용하여 돈을 벌고 수익을 배분할 것이라는 내용이 담겨 있습니다. 이 말은 당신은 원고만 쓰면 되고 이후 모든 작업은 출판사가 다 알아서 한다는 것입니다. 그러니 당신은 계약서에 사인만 하면 됩니다. 심지어 외국 출판사에서 당신의 책이 출간되게 하는 작업도 출판사가 알아서 합니다. 이렇게 쉽고 간단한 방법을 두고 왜 전자책이니 자비출판이니 하는 방법에 돈 들이고 시간 들이는 지 모르겠습니다. 쉬워서라고요? 그렇게 쉬운 일이 당신이 기대하는 그런 멋진 일일까요?

질문 6
책쓰기, 그래서 무엇부터 할까요?

원고를 쓰고, 그것을 출판사가 선택하고, 책으로 만들어 출간하는 과정은 벤처기업이 제품 출시 전 투자유치를 받은 것과 같습니다. 벤처캐피털이나 자산운용사, 혹은 지명도가 높은 엔젤투자사가 참여했다는 사실만으로 회사에 대한 평가가 달라지니까요. 벤처캐피털들이 투자할 회사를 고르기에 엄격하듯 투자할 원고를 감별하는 출판사의 기준 역시 더없이 까다롭습니다. 그래서 나는 블로그를 먼저 하시라고 권합니다. 책으로 쓸 주제를 블로그에 연재하면 책으로 낼 만한 콘텐츠를 찾는 게 일인 출판사의 눈에 들기 쉽고 그러면 투자를 받아내기 훨씬 유리하기 때문입니다. 돈 들지 않고 하기 쉽다고, 블로그도 '그냥' 하지 마세요. 책쓰기를 기획하고 그에 맞춰 포스팅하세요.

무엇을 쓰든 짧게 써라. 그러면 읽힐 것이다.

명확하게 써라. 그러면 이해될 것이다.

그림같이 써라. 그러면 기억 속에 머물 것이다.

− 조지프 퓰리처 −

5부

부자작가 평생기술

책이 되는 글쓰기 특단의 비법,
당신의 글에 투자하라, 인공지능과 함께

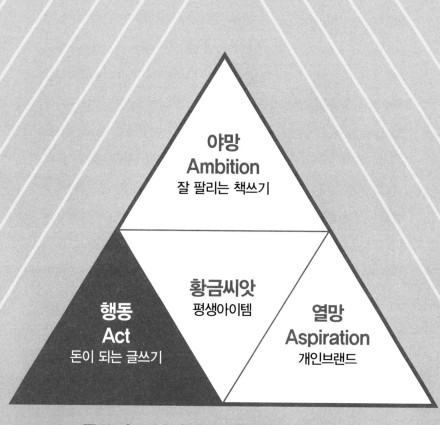

야망
Ambition
잘 팔리는 책쓰기

황금씨앗
평생아이템

행동
Act
돈이 되는 글쓰기

열망
Aspiration
개인브랜드

글쓰기로 부자되는 백만장자 작가공식

01

부자작가 되는 단 하나의 핵심 행동 :
돈이 되는 글쓰기 기술

유튜브 채널을 운영하세요? 소문대로 돈을 많이 버나요? 실제로 유튜브로 먹고사는 이는 소수입니다. 자료들을 종합하면 유튜버의 수입은 구독자 1,000명일 때 평균 월 6만 원, 시급으로는 500원 정도라고 합니다. 좋아서 하는 일이라도 이 정도 시급으로는 양질의 콘텐츠를 지속적으로 제공하기 불가능하겠죠? 부자작가는 글쓰기로 콘텐츠를 만듭니다. 숙련된 글작가는 1시간 들여 20만 원 고료 받는 사보 원고를 쓸 수 있어요. 그렇다면 그의 시급은 20만 원입니다. 단순 비교만으로 글작가는 유튜버보다 시급이 400배나 많습니다. 유튜브는 마이크, 카메라, 삼각대 세 가지만 가지고 누구나 시작할 수 있다고 꾑니다만, 중고시장에 가장 많이 나오는 것도 이 세 가지 장비라지요. 글쓰기는 카메라, 마이크, 삼각대마저도 필요 없습니다. 컴퓨터 한 대 쯤 집집마다 다 있으니 비용 들일 게 없습니다.

"유튜브나 인스타그램이 유행이다. 글쓰기 콘텐츠는 유행이 지난 것 같다." 글쓰기 특강에서 이런 염려 섞인 질문을 받곤 합니다. 나는 단호하게 대답하지요. "글쓰기는 바퀴벌레다." 어떤 대체제가 나와도 텍스트 콘텐츠가 사라지기는커녕 더욱 번성하는 것이 바퀴벌레 속성과 비슷하기 때문이죠. 생성형 인공지능이 텍스트로 서비스되는 것만 봐도 글쓰기의 위력을 짐작할 수 있습니다. 글쓰기로 만든 텍스트 콘텐츠는 가장 보편적이고 정확하고 전달이 빠르다는 특장점을 자랑합니다. 때문에 영상이나 이미지 콘텐츠가 아무리 극성을 부려도 텍스트 콘텐츠는 제자리를 굳건히 지킵니다. 영상이나 이미지로 갈아탄 크리에이터들도 텍스트 콘텐츠로 귀환하거나 병행합니다. 네이버 프리미엄 콘텐츠, 카카오뷰처럼 거대 포털사이트에서 텍스트 콘텐츠로 유료구독 사업화를 추진하는 것만 봐도 롱블랙, 퍼블리, 폴인, 얼룩소 같은 텍스트 콘텐츠 플랫폼이 성업 중인 것도 텍스트 콘텐츠의 생명성과 위력을 짐작하게 합니다.

부자작가 결정적 기술

부자작가는 글쓰기로 돈을 법니다. 글쓰기로 만든 텍스트 콘텐츠는 책이며 전자책 같은 제품으로도 강연, 교육, 코칭이나 컨설팅 같은 조언 서비스로도 가공되어 돈을 법니다. 부자작가에게 글쓰기는 콘텐츠 생산수단이면서 고객과 소통하는 수단이고 서비스하는 수단입니다. 부자작가에게 글쓰기는 집중해야 할 단 하나, '더 원씽(the one thing)'입니다. 부자작가의 핵심 행동이죠.

부자작가가 되는 결정타는 잘 팔리는 책을 쓰는 것입니다. 잘 팔리는 책을 쓰는 데 필요한 것은 글쓰기, 글쓰기로 의미 있는 콘텐츠를 만들어내는 능력이고요. 책이 되는 글쓰기는 블로그나 문자메시지나 이메일로 쓰는 글과는 차원이 다릅니다. 책을 사서 읽도록 독자들이 필요로 하는 내용을 기획하고 그 내용을 A4용지 100매 이상되는 '롱폼'으로 써야 합니다.

이런 글쓰기 기술이 있어야 공짜글이 지천인 시대에 독자들이 사서 읽고 소장하는 책을 쓸 수 있습니다. 그러니 책을 출간하고 작가가 된다는 것은 인터넷 상에서 글을 쓰는 어떤 사람보다 신뢰할 만하고 해당분야에 대한 전문성과 권위를 가진 것으로 간주됩니다.

유튜브 시청 5천 원 VS 책읽기 21만 원

신문을 읽다가 재미난 계산을 보았습니다. 책을 사서 읽고 세워서 꽂아둔다면 차지하는 단면은 대략 0.006m^2. 익숙한 단위로 환산하면 약 0.002평. 서울의 아파트 평당 분양가가 3,000만 원을 넘어섰다 하니 책꽂이에 꽂아놓기만 해도 비용이 6만 원 더 발생합니다. 직장인으로 평균적 삶을 사는 A님이 책 한 권 사서 읽으면 같은 내용을 저자의 유튜브, 블로그로 볼 때와 드는 비용에서 얼마나 차이

날까요? A님 시급을 평균시급에 가까운 20,000원 선으로 하여 계산해봅니다.

책을 산다 : 책값 (17,000원 가정, 10% 할인)　　= 15,300원

책을 읽는다 : 1일 1시간×7일×20,000원 = 140,000원

책을 보관한다 :　　　　　　　　　　 = 60,000원

책 사서 읽고 보관한다 :　　　　　　총 215,300원

유튜브로 만든 내 콘텐츠를 본다　　　　 = 4,950원

유튜브 동영상 15분 내외 / 15분×330원　 = 4,950원

블로그 글 한 편 읽는다　　　　　　　 = 990원

블로그 글 한 편 읽는데 3분 / 3분×330원　 = 990원

　내 독자가 내 콘텐츠에 들이는 비용인즉 책이라면 약 21만 원, 유튜브라면 5천 원, 블로그라면 1,000원입니다.

　이 금액은 내 콘텐츠를 소비하는 고객이 나에게 보여주는 로열티의 척도로 볼 수 있습니다. 이 계산으로 책쓰기가 유튜브보다 45배가량, 블로그보다 200배 이상 로열티 높은 독자를 확보할 수 있다는 것을 알게 합니다. 이런 계산을 해보고 나서 알았습니다. 돈이 되는 글을 쓰는 능력이 부자작가에게 가장 크게 요구되는 단 하나의 기술이자 핵심 행동임을 거듭 확인합니다.

02

독자를 움직이게끔 하는
글쓰기 기술

──────────────── 누구나 책을 쓰고 아무나 출간할 수 있다
는 말은 참으로 매력적이죠. 책쓰기를 해보고 싶어하는 이들의 귀에
는 이런 말이 자주 들립니다.

책을 쓰면 전문가가 된다고?
글쓰기 뭐 어렵냐고?
일단 쓰기 시작하라며?

이 말들은 알라바바의 주문처럼 아무나 누구나 워드파일을 열게
합니다. 워드파일을 열었으니 호기롭게 한 줄 한 줄 씁니다. 이어서

한 줄 한 줄, 어쩌다 A4 한 쪽을 쓰고 또 어쩌다 한 쪽, 하지만 3쪽 쯤 쓰면 더 쓸 말이 없을 겁니다. 그러면 바로 지루해지죠. 여기서 그만둘 수는 없지 싶어, 한 3일 더 붙잡고 기를 써봅니다만, 진전은 없습니다. 이런 유형이 책쓰기에 도전만 하나 실패하는 '일단 저질러 파'입니다.

다음으로 많은 '아무말 대잔치파'는 여기저기 눈에 보이는대로 좋다는 말을 가져다 짜깁기하여 씁니다. 이런 아무말 대잔치 원고를 출판해줄 출판사는 없지요. 일단 저질러파와 아무말 대잔치파가 책 출간이라는 야망을 이루지 못하는 것은 그냥 쓰기 때문입니다. 책이 되는 글을 쓰려면, 그에 맞는 원칙과 규칙이 있는데 그것을 외면한 채로 막 쓰고 보기 때문입니다.

"글쓰기가 어려운 이유는 그저 글을 쓰는 것이 아니라 자신이 의도하는 글을 써야 하기 때문이며, 독자에게 그저 영향을 주는 정도가 아니라 엄밀하게 자신이 원하는 쪽으로 행동하도록 영향을 미쳐야 하기 때문이다."

《보물섬》을 쓴 로버트 루이스 스티븐슨이 한 말인데요. 내가 접한 글 잘쓰기에 관한 조언 중 이를 능가하는 것이 없습니다. 부자작가 로 살고 싶다면 그저 글을 쓰는 것이 아니라 의도하는 글을 써야 합 니다. 독자에게 그저 영향을 주는 정도가 아니라 당신이 의도한 방 향으로 독자가 움직이게끔 써야 합니다. 당신이 그냥 글을 쓰면 - 의 도한 것도 없이 생각 나는대로 아무 말이나 쓰는 당신에 대해 독자는 어떤 평가를 할까요? 전하려는 의도에 맞게 의식적으로 써야 의미 있는 글이 나옵니다. 의식의 흐름대로 생각이 흐르는대로 주워담듯 문장으로 표현하는 글로는 잘 읽히는 책, 잘 팔리는 책을 만들 수 없습니다. 글쓰기로 돈을 벌려면 부자작가로 최고의 인생을 살려면 그냥 쓰기부터 멈춰야 합니다.

이기는 책쓰기 이기적인 책쓰기

책의 종류는 셀 수 없이 많겠지만, 내 눈에는 이기는 책쓰기와 이기적인 책쓰기, 두 종류뿐입니다. 이기는 책쓰기는 독자에게 유용한 내용을 읽고 싶게 읽기 쉽게 전달하여 의도한대로 독자를 반응하게 만드는 것입니다. 이기적인 책은 저자의 욕심만 채운 내용이라 독자의 선택을 받지 못합니다. 이기는 책을 쓰는 사람은 독자를 먼저 생각합니다. 독자가 시간과 관심, 돈을 투자하여 읽을 만한 글을 씁니다. 이기는 책쓰기는 독자가 해결하고 싶어하는 문제에 집중합니다. 독자가 알고 싶어하는 해결책을 제공합니다. 그 결과 독자를 자신이 원하는 쪽으로 행동하게 만듭니다.

03

장사천재 백사장처럼!
책쓰기 천재들의 책쓰기

―――――――――― 교수에서 사업가, 학생, 식품회사까지, 다이어트 방법에 대한 책을 쓰는 사람은 많습니다. 요란한 그들의 책 가운데 얼핏, 조용조용한 입소문 덕에 베스트셀러가 되는 책이 있습니다. 《나는 매일 더 가벼워지고 있습니다》도 그런 책들 중 하나입니다. 이 책에는 작가가 3년 동안 68kg을 뺀 과정이 담겨 있습니다. 건강한 식단에 익숙해지는 법, 무리하지 않고 운동량 늘리는 법 등 일상 속에서 살이 빠지는 습관을 제시합니다. 하지만 이 책이 알려주는 것은 단순히 살을 빼기 위한 방법이 아니죠. 작가가 진심으로 전하고자 하는 것은 '건강을 되찾는 방법'입니다. 건강하지 못한 습관을 탈피하고 몸과 마음의 상태를 회복할 수 있는 새로운 생활 방식

을 제안합니다. 이러한 작가의 열망이 책에 드러나 입소문의 근원이 됩니다.

이른 나이에 남들이 부러워하는 성공을 했음에도 그것들을 내려놓고 숲속으로 들어가 17년 동안 수행한 이가 있습니다. 수행을 하는 동안 삶과 죽음의 경계를 경험하고 많은 것을 깨닫습니다. 이 경험은《내가 틀릴 수도 있습니다》라는 책을 통해 독자에게 전달됩니다.

경기도 어느 외지마을 작은 가게. 이곳에서는 막국수를 팝니다. 외식사업을 하며 이런 저런 메뉴를 시도하고 실패한 이야기, 막국수를 이리저리 개발하느라 애쓴 이야기, 물어물어 막국수 맛보러 찾아온 고객들이 고마워 이래도저래도 해본 이야기 등을 담아《작은 가게에서 진심을 배우다》라는 책을 썼습니다.

세 책 모두 개인의 경험을 담은 책들입니다. 경험 자체를 전하는 것이 아니라 특정한 문제를 해결한 경험을 해결책으로 만들어 공유합니다. 그동안은 어떤 문제를 해결하는 글이나 책을 쓰는 이는 주로 그 방면의 전문가였습니다. 예를 들어 증여세를 이렇게 절세하라는 내용이라면 세무사가 쓰기 마련이었습니다. 이제는 직장에 다니며 혹은 주부가 증여세를 줄여 납부한 자신의 경험을 차근차근 쓴 글이 더 인기 있습니다. 글쓴이와 읽는이의 눈높이가 그리 차이나지 않아 공감도가 높기 때문입니다. 글쓰기로 돈을 버는 부자작가들은 자신이 어떤 문제를 해결한 경험에서 재주를 추출하고 강화하여 주위 사람에게 전수하고 나아가 전파하는 3전 코스를 따른다고 3부

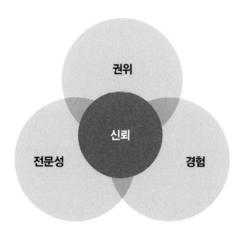

에서 소개했습니다. 이것이 바로 경험에 기반한 솔루션 콘텐츠입니다. 경험 기반 솔루션 콘텐츠는 구글이 검색 결과 상위페이지에 노출시켜주는 기준이기도 합니다. 구글은 그동안 전문성, 권위, 신뢰성이라는 기준으로 콘텐츠를 평가했는데 여기에 직접 경험한 것인지, 경험에 자신의 생각과 통찰을 녹여 냈는지라는 기준을 하나 더 보탰습니다. 이를 E-E-A-T(경험, 전문성, 권위, 신뢰성) 기준이라 합니다. 이 기준은 출판사에서 책을 출간할 원고를 검토하는 기준과 같습니다.

책쓰기 천재는 문제해결 콘텐츠

장사천재 프로그램을 진행하는 백종원 님은 베스트셀러를 여러 권 출간한 책쓰기 천재이기도 합니다. 그는 해결책 콘텐츠를 만듭니다.

요리를 잘하려면? 이렇게 해봐요.

요리할 때 이런 문제 있어요? 비법과 팁을 알려드리죠.

외식사업, 실패하지 않으려면 이것부터 정리하세요.

초보저자의 책은 자기만 아는 체험담을 담아내기 바쁩니다. 그러니 그의 책은 '체험수기'로 전락하고 상품성이 없으니 출판사에서 출간할 이유가 없지요. 책쓰기 천재는 자신의 문제를 해결한 경험에서 출발하여 독자의 문제를 해결하는 '해결책'을 씁니다.

04

당신의 글이 오래오래 잘 팔리는 비결, 오레오 비법

———————— 말콤 글래드웰은 세계적인 베스트셀러 작가입니다. 뉴욕타임스 베스트셀러에 400주 동안 자리 지킨 《티핑 포인트》도 그가 쓴 책입니다. 이렇게 잘 팔리는 책을 쓰는 비결이 뭘까요? 그의 글쓰기 패턴을 분석한 것을 보았습니다. 즉, 이렇게 쓰면 베스트셀러는 따논당상이라는 것이죠.

사례와 연구결과를 적절히 섞는다.

사례를 흥미진진하게 표현한다.

복잡한 개념을 단순하고 쉽게 전달한다.

딱딱한 데이터를 저녁 식사 중에 활용할 만한 정보로 바꾼다.

당신이 잘 팔리는 책을 쓰려면 말콤 글래드웰처럼 써야 합니다. 네이버 구글이 인증하는 경험 기반 콘텐츠여야 하고, 백종원 님처럼 노하우와 팁을 전수해야 하고… 그뿐인가요? 책이 되는 글은 논리정연해야 하고, 일목요연해야 하며, 결론부터 써야 하고, 독자를 설득해야 하며… 이런 조건을 충족해야 합니다. 그러나 우리는 초보작가. 이런 글쓰기 노하우, 기술, 규칙을 따르려다가는 시작도 할 수 없습니다. 주구장창 글쓰기를 배우기만 하는 늪에 빠져들고 맙니다.

그래서 나는 책쓰기 수업시간에 초보작가를 위해 비장의 무기를 선물합니다. 잘 팔리는 책을 쉽고 빠르게 쓰는 비법이자 공식입니다. 오레오 공식이면 앞서 말한 잘 팔리는 책이 되는 글쓰기의 모든 조건이 충족됩니다. 나는 글쓰기 코치로 일하며 설득하는 글쓰기 공식을 보급했고, 이러한 경험을 토대로 《150년 하버드 글쓰기 비법》을 완성했습니다.

오레오 공식으로 논리적이고 설득력 강한 글을 쓰려면 먼저 O-R-E-O, Opinion(의견 주장하기), Reason(이유 대기), Example(사례 들기), Offer(해법 제시하기) 네 줄로 내용의 뼈대를 만듭니다. 다음과 같은 칸을 만들어 채우면 더욱 쉽습니다.

Opinion	의견 주장하기
Reason	이유 대기
Example	사례 들기
Offer	해법 제시하기

첫 칸에서 핵심의견을 주장을 하고 나머지 칸에서 주장을 논리적으로 증명합니다. 각 칸마다 한 줄씩으로 네 줄의 문장을 만들고, 각 한 줄의 문장은 세부적인 내용을 곁들여 단락으로 만듭니다. 그런 다음 단락을 연결하면 한 편의 논리정연한 에세이가 완성됩니다. 이렇게만 해도 충분하지만 네 개의 단락 가운데 독자들이 가장 흥미를 느낄 만한 부분을 글 맨 앞에 내세우면 더욱 잘 읽히는 글이 탄생합니다.

논리적이면서 설득력 강한 글쓰기 포맷인 오레오 공식을 이해하고 활용할 줄 알면 글쓰기가 수월하고 책 한 권 쓰기도 어렵지 않습니다. 오레오 공식으로 아이디어 만들기부터 내용 구성하기까지 도움받을 수 있습니다. 오레오 공식으로 책 아이디어를 만들어볼까요?

오레오 공식은 책 한 권의 아이디어도 뚝딱 만들어냅니다. 당신이 읽는 이 책의 아이디어도 오레오 공식으로 단번에 정리됩니다.

Opinion	의견 주장하기
인생후반전을 멋지게 살고 싶다면 부자작가로 데뷔하라.	
Reason	이유 대기
글쓰기로 돈을 버는 부자작가가 되면 경제적 자유, 자아실현, 워라밸을 즐기며 인생후반전을 살 수 있다.	
Example	사례 들기
팀 페리스도 일주일에 4시간씩 일하며 산다. 송코치는 22년 부자작가로 산 증인이다.	
Offer	해법 제시하기
부자작가로 데뷔하려면 잘 팔리는 책을 쓰는 것이 먼저다. 잘하는 일 좋아하는 일로 당신의 책을 가져라.	

책은 하나의 큰 아이디어를 이야기합니다. 이 아이디어는 독자를 대신하여 하나의 큰 질문으로 시작하고 그에 대한 답을 내용으로 담아냅니다.

내 독자의 문제를 해결하려면 어떻게 하면 될까?

이것이 책 아이디어를 만들어내는 질문이고 이 질문에 대한 답이 책에 들어갈 내용입니다. 결국 책 한 권에 담기는 내용은 '독자의 문제를 해결하려면 이렇게 하라'는 해결책이지요. 해결책을 제시할 때는 논리정연하게 설득해야 합니다. 그래야 독자가 해결책을 신뢰하고 납득하니까요. 이때 필요한 것이 오레오 공식입니다. 해결책을 독자에게 전달할 때는 독자 입장에서 이해하고 실행하기 쉽게 단계적으로 세부적으로 나누어 설명해야 합니다. 한 권의 책은 해결책을 보통 50여 가지의 세부적인 실행방안으로 제시하는데 50여 가지의 실행방안을 50개의 오레오 공식으로 담아내면 됩니다. 오레오 공식을 자유자재로 다룰줄 알면 책쓰기가 이렇게 수월해집니다.

05

절대 피해야 할
글쓰기 실수 여섯 가지

글을 잘 쓰려면? 이 질문에 답하려면 석달 열흘은 걸릴 겁니다. 쓰기 기술도 규칙도 법칙도 원칙도 수만 가지나 되니까요. 이 책은 글쓰기 책이 아니어서 세부적인 글쓰기 기술을 소개하지 않습니다. 무엇보다 수만 가지나 되는 글쓰기 기술, 규칙을 배워야 잘 쓰게 된다면 우리는 시작도 할 수 없습니다. 글쓰기를 좋아하는 당신이라면 글쓰기에 대한 감각이 남다를테니 아마추어처럼 보이게 하는 글쓰기를 피할 수 있으면 그것으로 충분합니다. 문장 한 줄, 단어 사용 솜씨가 척 봐도 아마추어 같다면 내용이 그럴듯하여도 글 전문성이나 신뢰성, 권위에 치명적입니다. 당신을 아마추어처럼 보이게 만드는 글쓰기 실수 여섯 가지만 피해가세요.

실수1. 아무 말 대잔치 – 무의식이 시키는대로

'아무말 대잔치'는 챗GPT를 조롱하는 말입니다. 뭔가 일을 시키면 후다닥, 짐짓 그럴 듯하게 답을 써내기는 하나, 들여다보면 금방 탄로납니다. 아무 말이나 했네. 당신이 아마추어임을 대놓고 폭로하는 글쓰기 실수는 아무 말이나 쏟아내는 것입니다. 뭔가 쓰기는 했는데 무슨 말인지 모르겠는 것, 읽으면 읽을수록 더 모르겠는 글을 쓰면 안 됩니다. 책으로 전하려는 핵심적인 내용을 쓴 것이 아니라 아는 것을 쏟아 내거나 의식이 흐르는 대로 몽롱한 상태에서 문장의 꼬리에 꼬리를 물고 써내려간 증거가 아무말 대잔치입니다. 이런 글은 도입부가 장황하지요. 본론으로 좀체 들어가지 않아요.

아무말 대잔치 실수를 하지 않으려면

독자가 읽기 시작하여 이 글 아니다, 싶은 판단을 하기까지 0.0017초 걸린다 합니다. 이 말은 무조건 결론부터 말해야 한다는 것입니다. 횡설수설하지 말고 독자가 읽어야 할 핵심을 빠르게 전하세요. 핵심을 전하려면 오레오 공식으로 쓸거리를 정리한 다음 쓰세요. 한 편의 글에 하나의 내용만 담으세요. 의식이 흘러가는 대로 두지 말고 의식적으로 의도한 것에 대해 쓰세요.

실수2. 잘난 척 대잔치 – 이런 거 알아? 나는 알지!

가능한한 일찍 돈 벌어 은퇴하여 삶을 즐기자는 파이어족에 대해 쓴 글을 보았습니다. 무슨 신세계라도 발견한 듯 호들갑 떨며 파이어족이 되라고 권합니다. 이런 글을 읽으면 독자는 헛웃음이 나옵니다. 파이어족에 대한 관심이 한때 뜨거웠으나 곧 잦아들었거든요. 그럼에도 저 혼자 아는 척, 잘난 척하는 모습이 독자를 실소하게 합니다. 잘 모르는 것은 쓰지 마세요. 지구와 국가와 인류의 문젯점을 들먹이는 것도 잘난 척 대잔치에 속합니다. 이렇게 거대한 주제를 다룬 내용을 보통의 독자는 좋아하지 않습니다. 정당하고 공정하고 이치에 합당한 글도 잘난 척하는 글에 속합니다. 독자가 돈을 내고 읽고 싶어하는 글은 교과서가 아닙니다. 이런 글들은 상투적이고 진부하게 보이기 쉽습니다.

잘난 척 대잔치 실수를 하지 않으려면

독자를 특정하고 그 독자의 문제를 해결하는 나만의 방법에 대해 쓰세요. 당신이 얼마나 많이 알고 있는가는 독자에게 중요하지 않아요. 독자는 자신이 갖고 있는 문제와 이유로 돈과 시간과 에너지를 들여 책을 읽기 때문이에요. 아는 것이 아니라 독자들이 문제를 해결하기 위해 알아야 할 것들에 대해 쓰세요. 지금까지 나온 것들(당신이 알고 있는) 말고 당신이 제안할 수 있는 해결책을 쓰세요.

실수 3. 남의 말 대잔치 – 좋은 글 짜깁기

남의 말 대잔치는 아무말 대잔치 실수와 결이 거의 같습니다. 자기 것이라곤 글쓴이 이름 석 자 밖에 없으니까요. 세상에 좋다는 내용과 문장을 싹 다 긁어모아 배열하여 만든 글입니다. 한 줄 한 줄 모든 글에 다른 사람의 그림자가 어른거리는 꼴입니다. 이런 글은 읽힐 리 없지만 설령 독자가 읽는다 하더라도 필자인 당신이 하는 말이 전달되지 않습니다. 당신이 끌어다댄 수많은 멋진 내용의 주인공만 독자의 뇌리를 차지합니다. 이런 글은 지식재산권에도 저촉되니 피해야 합니다.

남의 말 대잔치 실수를 하지 않으려면

당신이 무슨 글을 누구에게 왜 쓰려고 하는지, 무슨 내용으로 어떤 메시지를 전하려고 하는지 확인해야 합니다. 기획단계로 돌아가 꼼꼼하게 아이디어를 버리세요. 어디서 들은 것 말고 어디서 읽은 것 말고 당신의 말을 하세요. 당신의 글을 쓰세요. 일하고 살면서 당신이 경험한 것을 독자를 위한 해결책으로 제안하세요. 여러 곳에서 보고 듣고 읽은 것들은 당신의 필터로 걸러내 당신의 문장으로 전달하세요.

실수4. 뻔한 말 대잔치 – 한 번 써보고 싶었어

어떤 글은 다음에 나올 내용을 뻔히 알게 합니다. 무슨 공식처럼 뻔한 짝짓기를 하기 때문이죠. 예를 들어 자아실현이란 단어가 나오면 심리학자 매슬로우의 욕구 5단계 이론이 등장합니다. 무슨 일이든 하다보면 잘할 수 있다는 문장 뒤에는 어김없이 《1만 시간의 법칙》이 등장합니다. 잘난 척 대잔치 실수와 비슷한 뻔한 말 대잔치입니다. 당신은 처음 사용하는 것이라고 변명하고 싶겠지만 독자는 특히 책을 많이 읽는 출판사 편집자는 이런 표현에 너무도 익숙합니다. '향긋한 커피 냄새를 좋아한다'와 같은 진부한 표현도 뻔한 말 대잔치에 속합니다. 표현이 진부하면 내용도 김이 샙니다. 곧바로 흥미가 식어버리죠.

뻔한 말 대잔치 실수를 하지 않으려면

많이 읽어야 남이 자주 사용하는 뻔한 말을 피할 수 있습니다. 가능한한 많이 읽어 어떤 표현이 진부한지 어떤 인용이 뻔하게 느껴지는지 스스로 알아차리는 감각을 길러야 합니다. 진부한 표현과 인용을 피하려고 의도적으로 노력해야 합니다.

실수5. 무슨 말 대잔치 – 내가 무슨 말 했더라?

독자가 '무슨 말이지?'하며 반문하는, 가장 흔한 글쓰기 실수가 무슨 말 대잔치입니다. 무슨 말을 하는지 분명하지 않을 때 벌어지는 실수로 일그러진 문장쓰기가 원인입니다. 내용이 근사해도 문장의 기본이 갖춰져 있지 않으면 의미 전달이 되지 않습니다. 문법에 어긋나는 비문(非文) 가득한 글은 끝까지 읽히지도 않습니다.

무슨 말 대잔치 실수를 하지 않으려면

의미전달이 분명한 글을 쓰려면 문장 기본기를 갖추면 됩니다. 문장을 이루는 성분(주어, 술어, 목적어 등)을 제대로 갖춰 쓰는 것이지요. 그리고 문장은 짧게, 한 문장에 하나의 의미만 담아내야 의미가 명확하게 전달됩니다.

실수 6. 잡동사니 대잔치 – 없어도 되는 것이 잔뜩

아마추어들이 쓴 글은 애매하고 모호합니다. 글에, 문장에 잡동사니들이 가득 차서 그렇습니다. 잡동사니란 없어도 되는 부사, 추임새나 감탄사 같은 필러워드를 말합니다. 필러워드는 의미전달에 기여하지 않는 구절이나 단어를 말합니다. 쓸데없이 여백을 채운다 하여 필러(Filler)라 불리죠. 옷 밖으로 삐져나온 군살처럼 눈에 거슬리고, 읽는 데 거슬리고, 의미전달도 가로막는 '군글'이 필러입니다.

잡동사니 대잔치 실수를 하지 않으려면

필러워드는 미련 없이 삭제하세요. 문장이 순식간에 간결하고 명료해집니다. 있어야 할 이유가 없는 것은 쉼표, 부호 하나라도 쓰지 마세요. 그래야 독자가 몰입하여 읽는 글을 쓰게 됩니다.

이미 다 아시리라 생각합니다만, 엄청나게 많은 기업들이 너나 할 것 없이 코로나 팬데믹 동안 원격근무를 시행했습니다. 언제나 그렇듯이, 이런 경우에는 임직원들의 글쓰기 기술이 사사건건 소통을 좌우합니다.

이 문장에서 잡동사니들을 지워봅니다.

아미 다 아시리라 생각합니다만, 엄청나게 많은 기업들이 너나 할 것 없어 코로나 팬데믹 동안 원격근무를 시행했습니다. 언제나 그렇듯어, 이런 경우에는 임직원들의 글쓰기 기술이 사사건건 소통을 좌우합니다.

정리하면 이렇게 간단해집니다.

많은 기업들이 코로나 팬데믹 동안 원격근무를 시행했습니다. 이런 경우에는 임직원들의 글쓰기 기술이 소통을 좌우합니다.

수동적인 표현도 빠른 의미전달을 방해하는 잡동사니입니다.

빈 모니터는 한 줄 한 줄 글로 채워지고 있었다.

이 표현은 수동형으로 기운이 빠져있습니다. 사람을 주어로 하면 문장에 금방 생기가 돕니다.

나는 빈모니터를 한 줄 한 줄 글로 채웠다.

06

7시간 만에 책 한 권 쓰기,
인공지능과 함께

#1. 챗GPT라는 놀라운 인공지능이 선 보인 뒤 반 년만에 미국 할리우드에서는 미국작가조합(WGA)이 파업에 돌입합니다. 파업 철회를 위한 여러 가지 요구조건 가운데 눈에 띄는 것은 작가들의 작품과 관련해 인공지능 도구에 대한 작가들의 전면적 통제 요구입니다. 작가노조는 인공지능을 활용해 새 대본을 작성하거나 작가들이 만든 대본을 인공지능을 이용해 수정·각색해선 안 된다는 것이었습니다. 하지만 디즈니, 소니, 엔비시(NBC) 유니버설, 파라마운트 등 할리우드 대형 영화 제작사들은 이 조건을 거부합니다.

#2. 미국작가조합(WGA) 파업 돌입 두달 쯤 지나 연구결과가 하나 발표됩니다. 대학 교육을 받은 각 분야 전문가 400명을 대상으로 보도자료, 보고서 등 전문적인 글쓰기 작업을 하게 하고 참가자 절반에게는 챗GPT를 이용하도록 합니다. 그 결과 챗GPT를 사용하여 글을 쓴 사람들은 글을 다 쓰는데 16분, 다른 쪽은 27분 걸립니다. 생성형 AI가 작업 시간을 40% 줄여준 것입니다. 그들이 쓴 글을 글쓰기 전문가에게 평가하게 했는데 그 결과도 놀랍습니다. 챗GPT를 사용하여 글을 쓴 사람들의 점수가 18% 더 높았으니까요. 글을 쓰는 기술이 부족한 사람일수록 챗GPT의 도움을 더 많이 받은 것으로 밝혀졌습니다. 연구팀은 글쓰기 능력이 부족한 사람이 챗GPT를 활용하면 글쓰기에 숙련된 사람과 유사한 수준으로 글을 쓰게 될 가능성이 있다고 연구결과를 말합니다.

이 두 사례가 말하는 것은 챗GPT 같은 생성형 AI는 누구든 엄청 쉽고 빠르게 글을 쓰도록 돕는다는 것입니다. 아니, 글쓰기 능력이 부족할수록 도움을 많이 받는다고 합니다.

글못러를 위한 특급조수 : 생성형 AI

챗GPT 공짜서비스가 시작된 이후, 나는 조수에게 일 시키는 것으로 하루를 시작합니다.

논리적으로 글을 잘 쓰기 위해 사람들은 어떤 노력을 하는지 조사해줘.

네가 책쓰기 코치라 가정하고 초보작가에게 단 하나의 조언을 한다면?

최근에는 마이크로 소프트에서 생성형 AI를 검색엔진 빙에 탑재하여 서비스하고, 한국 생성형 AI 뤼튼도 가세하는 바람에 한꺼번에 세 조수를 부려먹고 있습니다. 이들 조수를 부려먹는 방법도 어찌나 간단한지 검색박스에 검색하려는 단어나 문구를 입력하듯 궁금한 것을 명령박스에 써넣기만 하면 됩니다. 번역 AI 파파고를 활용하면 해외 전문자료를 찾아 즉석에서 번역된 글로 볼 수 있으니, 신세계가 따로 없습니다. 나는 영문, 일문 자료를 번역전문가에 맡겨 번역문을 받아보기를 즐겼는데, 이제 돈 한 푼 들이지 않고 조수에게 시킬 수 있습니다. 이 친구들이 창작분야도 대체한다느니 어쩌니 말들이 많지만 이 친구들을 조수로 부려먹어본 경험으로 보건대, 그런 일은 없을 것이라 장담합니다. 조수는 일을 시키는 사수가 일을 시켜야만 존재하기 때문입니다.

백만장자에게 대필작가, 우리에겐 AI특급조수

챗GPT가 선보인 이후 반년도 안 되어 구글, 마이크로 소프트와 같은 거대기술기업은 물론 우리나라 대표 IT기업인 네이버, 다음에서도 생성형 AI를 선보입니다. 생성형 AI 뤼튼은 한국어로 서비스됩니다. 뤼튼은 이런 일도 할 수 있다고 자랑합니다.

흥미를 유발하는 서론을 작성해 보세요.

유의어를 활용해 표현을 다채롭게 해 보세요.

글의 중간에 들어갈 본론 문단을 작성해 보세요.

원하는 글의 내용을 핵심만 간추려서 요약해 보세요.

앞 내용에 이어질 문장을 빠르게 작성해 보세요.

긴 문장을 짧은 문장 여러 개로 나눠 보세요.

자기소개서를 써 보세요.

네이버는 아예 블로그 서비스에 AI라이터 기능을 탑재합니다. 이 버튼만 누르면 AI가 다 써줍니다. 이젠 놀랍지도 않습니다. 어떤 기업에서 어떤 형식으로 어떤 AI서비스를 출시하든 우리는 이 친구들을 맘껏 써먹기만 하면 됩니다.

한 출판사에서는 챗GPT가 저자인 책을 출간했습니다.《삶의 목적을 찾는 45가지 방법》이란 책인데, 챗GPT가 쓰고 번역 AI 파파고가 한국어로 옮기고 AI 기반 한국어 맞춤법 문법 검사기로 교정·교열을 봤고, 표지 디자인은 셔터스톡 AI를 활용했다고 합니다. 출판사에 따르면 책 제작시간이 100분의 1로 줄어 7시간 만에 책 한 권을 내용을 집필했답니다. 불과 7일 만에 책이 서점에 깔렸고요.

책쓰기에 필요한 일들을 인공지능에게 시키고, 우리는 인공지능이 시킨대로 일을 제대로 했나, 감수하고 검수하는 일만 하면 됩니다. 인공지능이 생성한 글이 정확한가 모니터링하여 수정하고 보완하며 출처를 찾아 표기하는 등의 일입니다. 당신의 이름으로 쓴 글은 모든 책임이 당신에게 있으니 생성된 글을 당신의 책쓰기에 이용하려면 사실관계 여부를 확인하고 출처와 필자를 일일이 표기하는 성의를 보이면 됩니다. 이 작업은 독자가 당신의 글을 신뢰하게 만드는 데도 중요한 작업입니다. 백만장자에게 대필작가가 있다면 우리에겐 책GPT 특급조수가 있습니다. 뭘 망설이세요? 지금 바로 특급조수를 불러내세요. 그리고 일거리를 주세요.

챗GPT 인기가 떨어졌다는데요? 맞아요. 하지만 꽃샘추위와 상관없이 봄은 오듯이 챗GPT 트래픽은 꺾여도 생성형 AI와 함께 할 우리의 미래는 이미 옆에 와 있습니다. 인공지능은 오히려 더 빠르고 더 정확하고 더 다루기 수월한 형태로 발전될 테니 당신은 특급조수 생성형 AI와 함께 써낼 책 내용에만 집중하면 됩니다. 말은 잘 하지만 글쓰기에 취약한 사람은 책을 쓰기가 더욱 고역이죠. 이런 경우에도 인공지능 조수를 활용하세요. 포털사이트에서 무료로 제공하는 인공지능(AI) 음성 - 텍스트 변환 서비스를 활용하면 거뜬합니다.

생성형 AI를 조수처럼 부려먹는
명령어 글쓰기 법칙 6

"제가요?", "지금요?", "왜요?"

이 말을 입에 달고 사는 MZ세대 직원들 때문에 부장님, 상무님들이 꽤 골치 아파한다는 소문을 들었습니다. 제 아들도 바로 이 세대인이고 글쓰기 수업에서도 자주 만나는 친구들이죠. 하지만 집 안팎에서 내가 겪은 MZ세대들은 대하기가 오히려 편합니다. "제가요?", "지금요?", "왜요?" 이 세 가지를 간결하고 분명하게 정리하여 일을 맡기면 군말이 없습니다.

하라는대로 뭐든 바로바로 결과물을 가져오기로 치면 생성형 AI를 당해낼 수 없지요. 특급조수 생성형 AI에게 일을 시킬 때도 MZ세대에게 하듯 하면 됩니다. 당신이 원하는 것을 생성형 AI가 찾고 조립하여 결과물을 내도록 명확하게 일을 시키면 됩니다. 글쓰기든 책쓰기든 생성형 AI를 활용할 때 일을 돕는 특급조수가 되는지 일을 망치는 엉터리 조수가 될는지는 당신에게 달렸습니다. 대부분의 경우, 생성형 AI가 일을 돕기는커녕 일을 어렵고 복잡하게 만들어 결국 일을 망치게 하는 것은 당신이 명령어를 제대로 쓰지 않았기 때문입니다.

특급조수 생성형 AI를 100% 활용하도록 명령어 박스에 명령어 쓰기 노하우를 안내합니다. (여기에 나온 명령어 입력 사례들은 챗GPT를 대상으로, 지면을 고려 100자 단어로 작성하기를 기본값으로 합니다. 영어로 묻고 영어로 결과물을 얻어 번역 AI 파파고에 번역을 맡겼습니다. 번역물의 내용이나 문장을 그대로 실었습니다.)

명령어 글쓰기 법칙1. CTA 의도하는 목표 확인하기

명령어 글쓰기 법칙2. Contens 구체적인 내용 제공하기

명령어 글쓰기 법칙3. Context 맥락 제공하기

명령어 글쓰기 법칙4. Condition 바라는 답변 내용, 형식 요구하기

명령어 글쓰기 법칙5. Confer 답변자 역할 부여하기

명령어 글쓰기 법칙6. Concisely 간결하고 명료하게 표현하기

명령어 글쓰기 법칙1.

CTA 의도하는 목표 확인하기

CTA은 call to action의 약자로, 생성형 AI가 내 의도에 부합하는

결과물을 만들도록 정확하게 요청하는 것을 말합니다. 생성형 AI는 당신이 명령하는 수준 만큼 일하고 딱 그 수준 만큼 결과물을 제출합니다. 명령이 모호하면 결과물도 모호합니다. 명령이 애매하면 답도 애매합니다. 명령어 박스에 명령어를 써넣기 전 확인하세요. 당신은 생성형 AI가 어떤 결과물을 내주길 바랍니까?

의도한대로 결과물을 만들게 하려면 명령의 범위를 좁히는 것이 중요합니다.

명령어

책을 잘 쓰려면?

이렇게 막연하게 질문하면, 결과물 또한 일반상식 수준입니다.

책을 잘 쓰기 위해서는 스토리텔링 기술에 몰입하세요. 깊이와 성장으로 매력적인 캐릭터를 만들고, 독자를 사로잡는 활기찬 세계를 구축합니다. 긴장, 갈등 및 해상도의 균형을 유지하는 플롯을 짜서 독자들이 처음부터 끝까지 참여할 수 있도록 합니다. 이야기가 탄력을 유지하면서 자연스럽게 전개되도록 하면서 페이싱에 주의를 기울입니다. 독자들의 마음속에 생생한 그림을 그리며 묘사적인 언어의 기술을 마스터하세요. 무자비하게 편집하고, 명료함과 우아함을 위해 산문을 다듬습니다. 취약성과 신뢰성을 수용하여 모든 단어에 목소리를 불어넣습니다. 마지막으로 위대한 책들은 헌신과 사랑에서 태어난다는 것을 알고 열정과 끈기로 글을 쓰십시오.

원하는 결과를 얻으려면 구체적으로 명령해야 합니다.

수정 명령어

잘 팔리는 논픽션 책을 쓰려고 해. 무엇부터 해야할지 7단계로 나눠 설명해 줘. 참고로 나는 책을 쓴 적이 없어.

수정된 명령어에 따라 생성형 AI는 이렇게 답을 합니다.

주제 파악 : 당신이 알고 있고 열정적인 주제를 선택하세요. 시장 동향과 독자의 관심사를 조사하여 인기의 매력과 잠재력을 확인합니다.

대상 고객 정의 : 누가 당신 책의 혜택을 받을지 결정합니다. 그들의 인구 통계, 관심사, 그리고 당신의 글을 조정하고 그들과 효과적으로 연결하기 위한 필요성을 이해하세요.

컨텐츠 계획 : 책의 구조를 형성할 주요 주제, 장 및 하위 주제의 개요를 설명합니다. 생각을 정리하고, 자료를 수집하고, 글쓰기 여정의 로드맵을 작성합니다.

철저한 조사 수행 : 책, 기사, 인터뷰 및 평판이 좋은 출처에서 관련 정보를 수집하여 주제를 깊이 파고드십시오. 당신의 책이 잘 조사되고 독자들에게 귀중한 통찰력을 제공하도록 하십시오.

고유한 관점을 개발 : 당신의 책을 차별화하는 당신의 독특한 각도나 관점을 찾으세요. 청중을 사로잡을 새로운 통찰력, 새로운 연구 또는 개인적인 경험을 제공합니다.

쓰기 시작 : 여러분 책의 분위기를 결정하는 관심을 끄는 소개로 시작하세요. 당신의 개요를 따르고 매일 특정 단어수나 총페이지를 목표로 하여 일관되게 쓰십시오. 당신의 진정한 목소리를 받아들이고 당신의 열정이 빛나게 하십시오.

편집 및 세분화 : 초안을 다 작성했으면 작업 내용을 수정하고 다듬습니다. 명확성, 일관성 및 흐름에 주의를 기울입니다. 불필요한 정보를 배제하고 아이디어가 잘 정리되었는지 확인합니다. 당신의 원고를 더욱 개선하기 위해 베타 리더나 전문가들로부터 피드백을 구하세요.

기억하세요, 책을 쓰는 것은 훈련, 인내, 그리고 헌신을 필요로 합니다. 집중력을 유지하고, 글쓰기 루틴을 유지하며, 이 흥미로운 여정을 시작할 때 최종 목표를 염두에 두십시오.

명령어 글쓰기 법칙2.

Contens 구체적인 내용 제공하기

직원을 유능하게 키워내는 상급자는 자세하게 업무지시를 합니다. 생성형 AI를 특급조수로 만드는 작가는 관련 정보와 데이터를 함께 제공하며 자세하게 명령합니다. 그러면 생성형 AI는 명령의도에 꼭

맞는 결과물을 만듭니다. 명령어를 대충 입력하면 답변도 맹탕으로
나옵니다.

명령어

책쓰기를 권해줘.

구체적 내용이 없으면 이렇듯 일반론이 나옵니다.

현실과 신비로움이 뒤엉킨 세상에서 '보이지 않는 이들의 메아리'는 독자들을
시와 공간을 통해 매혹적인 여정에 오르게 합니다. 잊혀진 영역 안에 숨겨진
수수께끼 같은 비밀을 풀어나가는 용기 있는 주인공을 따라갑니다. 이 매혹
적인 이야기는 마법, 모험, 그리고 자기 발견의 요소들을 매끄럽게 엮어 첫 페
이지부터 독자들을 사로잡습니다. 고대의 예언들이 살아나고, 평범한 개인들
이 그들 안에서 비범한 힘을 발견하는 영역을 탐구하세요. '보이지 않는 사람
들의 메아리'는 독자들이 상상력의 힘을 받아들이고 미지의 세계로 잊지 못할
문학적 항해를 시작하도록 초대합니다.

반면, 구체적인 내용을 포함하여 명령합니다.

수정 명령어

100살까지 수명이 늘어났는데, 50세가 되기 전에 퇴사하는 사람이 대부분이
야. 남은 50년 동안 소득을 발생시키고 워라밸을 실현하는 수단으로 책쓰기
를 권하는 글을 써줘. 책을 출간하면 인세, 강연, 교육 등 다양한 수입원이 가

능하다는 것을 강조해줘.

명령어에 맞게 구체적인 결과물이 나옵니다.

번영의 길을 열어가는 것

작가가 되어 여러분의 삶을 변화시킴으로써 남은 50년의 잠재력을 풀어보세요. "번영의 길을 열다"에서 책을 쓰는 것이 어떻게 수입을 창출하고 일과 삶의 균형을 회복할 수 있는지 알아보십시오. 기대수명이 100세가 되면, 여러분의 지혜와 경험을 활용하여 독자들을 사로잡는 매력적인 이야기를 만들어 보세요. 출판된 책은 로열티, 수익성이 높은 연설 약속 및 교육 기회와 같은 다양한 수익 흐름에 대한 문을 엽니다. 당신의 말의 힘을 받아들이고 당신을 재정적으로 지탱할 뿐만 아니라 지속적인 유산을 남기는 성취감 있는 여행을 시작하세요. 창의력을 발휘하고, 이야기를 나누고, 놀라운 성공의 장을 시작하십시오.

명령어 글쓰기 법칙3.

Context 맥락 제공하기

의도에 꼭 맞는 만족도 높은 답변을 얻으려면 명령에 대한 배경과 목적을 설명하고, 맥락을 제공해야 합니다. 생성형 AI는 명령이 완벽하든 아니든 되물을줄 모릅니다. 그러니 명령이 구체적이지 않으면 부실한 답변이 나올 밖에요.

명령어

문해력을 향상하는 방법 알려줘.

이떤 맥락도 제공하시 않고 명령하니 결과물도 이러합니다.

읽고 쓰는 능력을 향상시키기 위해서, 유아 교육의 우선순위를 정하고 집에서 독서를 장려하세요. 잘 갖춰진 도서관을 설립하고 연령에 맞는 책에 대한 접근을 제공합니다. 효과적인 리터러시 교육 기법에 초점을 맞추어 교사 교육 프로그램을 강화합니다. 읽기, 쓰기, 말하기 및 듣기 기술을 통합하는 포괄적인 리터러시 프로그램을 구현합니다. 커뮤니티 이니셔티브, 북클럽, 스토리텔링 이벤트를 통해 긍정적인 독서 문화를 육성합니다. 교육용 앱과 디지털 리소스를 활용하여 기술을 수용합니다. 부모, 보호자 및 커뮤니티 조직과 협력하여 지원적인 학습 환경을 조성합니다. 사회적, 경제적 장벽을 해결하여 교육에 대한 동등한 접근을 보장합니다. 데이터 중심 통찰력을 바탕으로 리터러시 프로그램을 지속적으로 평가하고 개선합니다. 개인의 성장, 고용 기회 및 사회에 대한 적극적인 참여를 위한 리터러시 기술을 가진 개인에게 권한을 부여합니다.

맥락을 부여하여 명령을 수정합니다.

수정 명령어

나는 글쓰기 코치야. 문해력을 향상하기 위한 방법으로 글쓰기 연습이 좋다는 것을 강조하려고 해. 논리적으로 설명 부탁해.

그러면 내가 원하는 것을 더욱 정확하게 만들어줍니다.

글쓰기 연습은 문맹퇴치 발달의 필수적인 구성 요소입니다. 글쓰기를 통해 개인들은 그들의 읽기 이해 능력을 적용하고, 어휘를 확장하고, 문법과 구문을 다듬습니다. 글쓰기 연습은 비판적인 사고, 창의성, 그리고 생각의 조직을 장려합니다. 그들은 개인이 자신의 생각을 효과적으로 표현할 수 있도록 자기 표현을 촉진합니다. 규칙적인 글쓰기 연습은 유창함, 자신감, 그리고 언어 구조에 대한 더 깊은 이해를 길러줍니다. 맞춤법과 구두점을 개선하여 전반적인 필기 커뮤니케이션 능력을 향상시킵니다. 개인이 정보를 일관성 있게 구성해야 하기 때문에 글쓰기는 문제 해결과 분석적 사고를 촉진합니다. 또한 반성과 자기 평가를 장려하여 학습자가 개선해야 할 부분을 파악할 수 있도록 합니다. 글쓰기 연습을 강조함으로써, 문해 교육은 포괄적인 언어 능력을 기르는 총체적인 접근법이 됩니다.

명령어 글쓰기 법칙4.

Condition 바라는 답변 내용, 형식 요구하기

당신이 원하는 결과물의 형식을 미리 알려주면 생성형 AI가 형식에 맞춥니다. 만족도가 높습니다. 원하는 응답의 유형을 알려주고 예시를 보여주면 생성형 AI는 근접한 결과물을 만들어냅니다. 키워드를 제공하고 내용면에서 주제와 맥락을 제시하고 형식면에서 분량과 포맷을 제공하면 더욱 마음에 드는 답변을 받아볼 수 있습니다.

명령어

크리스마스야. 고객에게 전하는 인사를 써줘.

친애하는 고객님,

휴가철이 다가옴에 따라 우리는 잠시 시간을 내어 여러분에게 가장 따뜻한 소망을 전하고 싶었습니다. 우리는 이번 크리스마스가 당신에게 기쁨과 평화의 순간을 가져다 주기를 바랍니다. 한 해 동안 귀하의 지원에 매우 감사드리며, 귀하를 고객으로 맞이하게 되어 감사드립니다. 귀하를 모시게 된 것을 기쁘게 생각하며, 내년에도 계속해서 귀하에게 훌륭한 서비스를 제공할 수 있기를 기대합니다. 당신의 크리스마스가 웃음, 사랑, 소중한 추억으로 가득하기를 바랍니다. 저희를 선택해 주셔서 감사드리며, 즐거운 휴가철이 되시기를 기원합니다.

여기에 여러 조건을 걸어 명령합니다.

수정 명령어

크리스마스를 맞이하여 고객에게 전하는 인사를 써줘. 페이스북에 올릴 거야. 할인행사도 알려줘. 자상한 톤으로 이모지를 넣어 써주길 바래.

🎄🎁 우리의 소중한 고객들 모두에게 메리 크리스마스! 🎁🎄

힘든 한 해 동안 여러분의 지속적인 지원과 충성에 감사드립니다. 여러분이 저희가 가능한 한 최고의 제품과 서비스를 제공하기 위해 노력하는 이유입니다.

여러분이 사랑하는 사람들과 함께 이 축제의 계절을 축하하면서, 우리는 여러분이 기쁨과 평화와 행복을 찾기를 바랍니다. 또한 제한된 기간 동안만 이용할 수 있는 크리스마스 특별 행사와 할인을 즐기시기 바랍니다.

저희를 선택해 주셔서 감사드리며 새해에도 여러분을 모시기를 기대합니다.

안전하게 지내시고 멋진 휴일 보내세요. 🤶🎅

명령어 글쓰기 법칙5.

Confer 답변자 역할 부여하기

생성형 AI에게 역할을 부여하면 결과물이 더욱 충실해집니다. 생성형 AI가 특정 역할자의 입장에서 데이터를 찾아 정리해주거든요.

명령어

은퇴를 앞둔 사람에게 책을 쓰라고 권하는 글을 써줘.

여러분이 이 흥미진진한 은퇴의 장을 시작할 때, 저는 여러분이 책을 쓸 기회를 잡기를 권합니다. 여러분의 경험, 지혜, 그리고 독특한 관점이 페이지에 생생하게 나타나도록 하세요. 여러분의 삶을 형성하고 다른 사람들에게 영감을 준 이야기들을 공유하세요. 글쓰기를 통해, 여러분은 다음 세대에 걸쳐 지속적인 유산을 남길 수 있습니다. 은퇴가 가져다주는 자유를 받아들여 당신의 문학적 열망을 깊이 파고들 충분한 시간을 허락하세요. 여러분의 말은 사람들을 즐겁게 하고, 교육시키고, 마음을 감동시키는 힘을 가지고 있습니다. 이 창의적인 여정을 받아들이고, 여러분이 쓰는 모든 단어로 여러분의 이야기가 펼쳐지도록 하세요. 행복한 글을 쓰고 은퇴를 축하합니다!

생성형 AI에게, 네가 ○○라고 가정하고… 하는 식의 역할을 부여하여 명령합니다.

수정 명령어

너는 책쓰기 코치이고 퇴사준비생에게 퇴사 전에 책을 출간하라고 권할 거야. 책을 쓰는 것이 다른 퇴사 준비보다 탁월하다는 것을 강조하는 글을 써줘. 책을 쓰는 데 드는 비용이 0원이라는 것을 강조해줘.

그만두기 위한 준비의 영역에서, 한 가지 방법은 책을 쓰는 것입니다. 책을 쓰는 코치로서, 저는 여러분이 경제적 부담 없이 이 혁신적인 노력을 시작할 것을 초대합니다. 값비싼 세미나나 강좌와는 달리, 책을 쓰는 예술은 오직 헌신과 창의력만을 필요로 합니다. 쓰여진 단어를 통해, 여러분은 여러분의 생각을 발굴하고, 열정을 드러내며, 여러분의 독특한 목소리를 불멸시킬 수 있습니다. 책은 여러분에게 여러분의 이야기를 공유하고, 다른 사람들에게 영감을 주고, 지울 수 없는 유산을 남길 수 있는 최고의 플랫폼을 제공합니다. 그러므로 여러분의 현재 챕터와 작별하기 전에, 여러분의 여정을 높이고 수많은 삶에 영향을 미칠 수 있는 귀중한 노력인 글쓰기의 힘을 수용하세요.

명령어 글쓰기 법칙6.

Concisely 간결하고 명료하게 표현하기

생성형 AI는 명확하고 간결한 지침이 주어졌을 때 최상의 성능을 발휘합니다. 간결하고 명료해야 명령을 잘 알아듣습니다. 생성형 AI는 사람이 아닙니다. 예의를 차리느라 에둘러 표현하지 않아도 됩니다. 한 번에 하나씩 명령합니다. 문장을 간결하게 씁니다. 설명해줘, 알려줘, 브레인스토밍해줘, 분석해줘, 요약해줘, 만들어줘, 말해줘, 써줘와 같이 분명한 행동을 유발하는 서술어를 사용합니다.

명령어

직장인이 일을 잘하고 워라밸을 하도록 생성형 AI가 잘할 수 있다면 어떨까?

AI는 직장인이 일을 잘하고 일과 삶의 균형을 유지하는 데 크게 기여할 수 있습니다. AI 기반 도구는 일상적이고 반복적인 작업을 자동화하여 보다 의미 있고 전략적인 작업을 위한 시간을 확보할 수 있습니다. AI는 작업 패턴과 데이터를 분석하여 생산성 최적화를 위한 귀중한 통찰력과 권장 사항을 제공할 수 있습니다. AI는 또한 워크로드 관리, 우선순위 설정 및 과부하를 줄일 수 있습니다. 또한 AI 기반 스케줄링 및 시간 관리 도구는 개인이 시간을 더 잘 할당하여 보다 효율적인 작업과 개인 시간을 늘릴 수 있도록 도와줍니다. 전반적으로 인공지능은 직장인들이 일과 개인 생활 사이의 균형을 달성할 수 있도록 하여 웰빙과 직무 만족도를 향상시킵니다.

간결하고 명료하게 명령합니다.

수정 명령어

너는 생산성 코치야. 신입사원들에게 생성형 AI를 활용한 직무기술을 알려주려고 해. 생성형 AI가 직장에서 생산성에 어떤 긍정적인 영향을 미치는지 세 가지로 설명해줘. 참고로 신입사원들이 일하는 곳은 인터넷 전문기업이야.

생성적 AI는 상호작용적이고 개인화된 경험을 통해 학습 효율성을 향상시킴으로써 직장 생산성에 긍정적인 영향을 미칩니다. 가상 멘토나 챗봇의 온디맨드 지원으로 지속적인 학습이 가능합니다. 또한 생성 AI는 콘텐츠 생성을 간소화하고 반복 작업을 자동화하며 부가 가치 활동을 위한 시간을 확보합니다. 생성적 AI를 효과적으로 활용하기 위해, 학습 요구를 평가하고, AI 도구를 탐색하고, 학습 경험을 사용자 정의합니다. AI 분석으로 진행 상황을 모니터링하고 지속적인 학습 문화를 육성합니다. 생성적 인공지능을 통해 신입사원들은 보다 효율적으로 직무 기술을 습득하고 즉각적인 지원을 받을 수 있으며 인터넷회사 환경에서 생산성을 최적화할 수 있습니다.

08

실전! 특급조수 AI와 함께 쓰는
내 책쓰기 4단계

나는 매일 아침, 작업실 컴퓨터를 켜자마자 집필을 돕는 특급조수 챗GPT, 빙AI, 바드, 뤼튼, 파파고를 불러냅니다. "주인님, 오늘은 무엇을 도와드릴까요?"하며 아는 척하는 조수들에게 일을 시키고 결과물에 대해 잔소리도 합니다. 그러노라면 막연한 것을 혼자 생각할 때보다 막연한 것에 대해 혼자 자료를 찾을 때보다 한 일곱 배는 수월하게 일을 해결할 수 있습니다. 당신도 이들 특급조수들의 도움을 받아 더 쉽게 더 편하게 더 멋지게 글을 쓰고 책을 써 부자작가가 되면 좋겠습니다. 생성형 AI의 도움을 받을 때, 잊지 말아야 할 게 있습니다.

생성형 AI의 답변이 대필작가에게 용역주어 얻어낸 것과 같은 완

제품이 아니라는 것입니다. 생성형 AI의 답변을 그대로 사용했다가는 사실여부, 표절여부 등 심각한 후유증에 시달릴 수 있습니다. 당신의 명령을 받들어 생성형 AI가 만든 답변은 당신이 더 좋은 생각을 떠올리는 데 사용하거나 초안 정도로만 여겨야 합니다. 그야말로 특급조수처럼 당신의 글쓰기를 보조하게 하려면 일을 분명하게 지시하고 결과물을 엄격하게 감수하고 검수해야 합니다. 이런 기본 인식 아래 특급조수 AI와 함께 하는 내 책쓰기에 거쳐야 할 4단계를 소개합니다.

1단계 : 명령하기
2단계 : 분석하기
3단계 : 글쓰기
4단계 : 확인하기

잘 팔리는
책쓰기

1단계 : 명령하기

앞 글에서 설명한대로 생성형 AI의 수준에 맞게 명령합니다. 생성형 AI에 한국어 명령도 가능하지만 생성형 AI가 학습한 자료들은 영어로 제작된 것이 대부분이므로 영어로 명령하면 더욱 풍부한 답변을 얻습니다. 이때 번역 AI 파파고를 활용하면 수월합니다.

2단계 : 분석하기

생성형 AI가 만든 답변을 주의 깊게 읽으며 내용을 분석합니다. 팩트체크를 통해 사실관계를 확인합니다. 의도한 답변이 아니거나 미흡하면 재차 명령하여 답을 구합니다.

3단계 : 글쓰기

생성된 내용을 참고하여 글을 작성합니다. 한마디 한 줄이라도 생성된 그대로가 아니라 당신의 생각을 더해 당신의 언어로 표현하세요. 생성형 AI의 도움을 받아 작성했다는 언급도 반드시 넣습니다.

4단계 : 확인하기

최종적으로 글 내용을 점검하고 표현을 확인합니다. 내용을 논리적으로 전개했는지, 문장은 적절한지 점검하여 완성도를 높입니다.

09

인공지능 특급조수,
내 책쓰기에 정말 도움이 될까?

직장인 대부분은 월급만으로는 생활이 녹록치 않아 부수입을 창출하기 위해 주말 아르바이트나 주식, 부동산 투자 등 사이드 프로젝트를 한다. 그 중에서도 가장 많은 선택지는 바로 자기계발이다. 영어회화, 코딩, 엑셀, 포토샵, 운동 등 취미나 특기를 만들어 두면 나중에 어딘가에 써먹을 데가 있을 거라고 생각하며 학원비며 수강료를 기꺼이 지불한다. 하지만 그렇게 배운 것을 실제로 써먹은 적이 있는가? 써먹기는커녕 배움 자체를 지속하지 못하는 경우가 태반이다. 이유는 단순하다.

배운 것을 써먹을 기회가 없거나 써먹을 만큼 노력하지 않기 때문이다. 그럼에도 불구하고 우리는 여전히 뭔가를 배우기 위해 돈을 쓴다. 왜일까? 배움이라는 행위 자체가 주는 만족감이 크기 때문이다. 인간은 새로운 것을 배울 때 도파민이 분비되면서 쾌감을 느끼는데, 이 쾌감을 느끼기 위해 우리는 계속해서 뭔가를 배우는 것이다. 여기서 잠깐 생각해 볼 지점이 있다.

성장과 수익의 상관관계
우리가 무언가를 배우는 이유는 성장하기 위해서인가? 수익을 내기 위해서인가?

둘 다 맞는 말이다. 하지만 둘 사이에는 순서가 있다. 먼저 성장해야 수익을 낼 수 있다. 성장이란 무엇인가? 지식이든 경험이든 자신의 그릇을 키우는 것이다. 그릇이 커져야 담을 수 있는 물이 많아진다. 그래야 비로소 수익을 낼 수 있다.

투자와 자기계발의 차이
사람들은 종종 투자와 자기계발을 혼동한다. 주식이나 부동산에 투자하는 것을 자기계발이라고 생각하는 것이다. 투자는 돈을 넣어서 돈을 버는 것이다. 자기계발은 돈을 써서 지식이나 경험을 얻는 것이다. 즉 투자는 돈을 벌고, 자기계발은 돈을 쓴다. 목적 없이 배우느라 돈 쓰기 보다, 책쓰기를 배워 돈을 벌자.

이 글의 제목은 '배우는 데 돈 쓰는 사람, 배워 써먹는 사람'으로 2023년 10월 어느 날 내 블로그 포스트입니다. 내 블로그이니 내가 쓴 글이겠죠? 아니랍니다. 이 글은 나의 조수 인공지능이 썼습니다.

네이버가 블로그 서비스에 제공하는 AI라이터 프로그램은 이렇게 작동합니다. 먼저 내가 그동안 포스팅해온 블로그 글과 글쓰기 스타일을 분석하여 내가 글을 쓰는 패턴을 확보합니다. 그런 다음 내가 명령한대로 네이버 검색 엔진이 관련 자료들을 탐색하고 검색하여 주제에 맞게 연결하고 다듬어 '포스트'를 생성합니다. 프롬프트 박스에 한 줄 명령어를 써넣을 뿐인데 제법 완성도 높은 글을 뚝딱 3~4초만에 만들어 냅니다. 명령어 한 줄은 이것입니다.

배우는 데 돈 쓰는 사람, 배운 것으로 돈버는 사람이 있다는 주제로 써줘.

인공지능 조수가 쓴 글에서 마지막 한 줄이 압권입니다. 내가 작성한 명령어에 '책쓰기'라는 말을 꺼내지도 않았는데 내 블로그를 뒤져 저런 결론까지 만들 줄 압니다. 신통합니다. 나는 인공지능 조수가 쓴 이 글을 내 블로그에 '인공지능이 썼노라'고 밝히며 포스팅했습니다.

나는 이 글 그대로를 내 글인양 사용하지 않습니다. 내가 쓴 글보다 훨씬 못하기 때문입니다. 자료를 긁어다 연결한 내용이라 어디서 많이 들어본 듯한 누구나 글로 쓸법한 내용에 불과하기 때문이지요. 나는 내 경험이든 남의 경험이든 실제 사례를 동원하여 글을 쓰는데 인공지능이 쓴 글에는 그런 성의가 보이지 않습니다. 나만의 관점으로 자료를 이해하고 해석하고 이를 바탕으로 나만의 생각을 만들며 끌어낸 나만의 인사이트를 글로 쓴 것이 아니라서 그렇습니다. 한마디로 필자인 나의 지문이 묻어나지 않기 때문에 이 글을 사용할 이유가 없습니다. 만일 이 글을 초안으로 하여 내 글로 삼는다면 대대적인 후속작업이 필요합니다. 우선은 독자를 매혹할 메시지를 분명히 합니다. 메시지를 주장했으니 이를 증명하는 작업을 보태며 논리적 완성도를 높입니다. 글감 가운데 다른 이가 쓴 글을 인용했는가를 살펴 출처를 표시하는 세심한 작업도 해야 합니다. 내 글투대로 문장도 싹다 다듬어야 하고요. 무엇보다 나는 이런 메시지를 독자에게 전달하기 위해 글의 내용을 전면 수정할 겁니다.

나는 내가 배워야 할 것을 책쓰기 전에 많이 배웠지만 가장 돈이 되는 공부는 책쓰기였다. 그리고 그 책쓰기는 내가 잘하는 일로 좋아하는 일로 돈을 벌게 해주었다.

인공지능 기술보다 정말 중요한 단 하나, AI 송코치

나는 많은 이들에게 글쓰기를 지도합니다. 글쓰기 공부가 필요한 사람들의 수준을 잘 알기에 인공지능이 생성한 이 글을 매우 높게 평가합니다. 글쓰기를 배운 적 없거나 배우려는 대다수 사람들보다 훨씬 잘 씁니다. 아무리 글쓰기를 배워도 내용이나 문장 면에서 이 정도 만큼 쓰려면 수 년 걸려야 할 겁니다. 더구나 블로거 송숙희가 블로그 포스팅하는 패턴을 그대로 흉내내어 몇 초 만에 콘텐츠를 뚝딱 생성하는 모습은 정말이지 놀랍습니다. 하지만 나는 '글쓰기 수업에서 인공지능은 거들 뿐!'이라고 선을 긋습니다. 프롬프트 박스에 명령어를 써넣는 등, 기본 사용기술을 익혀야 하는 데다 인공지능이 쓴 글을 감수하고 감별해야 하는 능력이 요구되어 인공지능을 수족으로 부리기란 만만치 않기 때문입니다. 게다가 생성형 인공지능이 어떤 변화를 얼마나 가져올지 아무도 모릅니다. 챗GPT에서 바드, 빙AI가 뒤를 따르고 네이버 클로바X, 한국인에게 특화된 클로바 인공지능 라이터의 놀라운 기능을 확인하기까지 10여개월 밖에 걸리지 않았으니까요. 앞으로 10개월이 지나면 이 기술이 또 얼마나 혁신할는지 아무도 모릅니다.

이런 인공지능 기술 혁신의 소나기를 온몸으로 맞으며 역설적으로 인공지능 기술보다 정말 중요한 게 따로 있음을 실감합니다. 인공지능이 글을 써주는 시대일수록 잘 팔리는 책 한 권 쓰기가 더욱 위력을 발휘합니다. 아무나 인공지능으로 글을 쓰고 누구나 인공지능이 쓴 콘텐츠를 내밀겠지요. 그런 콘텐츠들은 변별력이 없습니다. 그러면 독자들은 콘텐츠 자체가 아니라 누가 생성한 것인가를 주의깊게 살필 것입니다. 인공지능이 쏟아낸 평균적인 글이 아니라 잘 팔리는 책 한 권으로 입증된 이의 콘텐츠를 가려 읽으려 할 것입니다. 다시 말해 당신이 쓴 책 한 권으로 당신의 이름이 독자의 뇌리에 브랜드로 자리 잡으면 이후에는 단지 당신이 썼기 때문이라는 이유만으로 당신의 콘텐츠가 선택됩니다. 그러니 인공지능은 거들 뿐이라고, 정말 중요한 것은 당신이란 브랜드라고, 그러한 브랜드는 잘 팔리는 책 한 권으로 만들어진다고 다시 힘주어 말합니다.

인공지능을 조수로 부리며 글쓰기와 콘텐츠 생성을 경험하며 나는 AI송코치를 출시할 계획을 세웠습니다. 내가 책으로 블로그로 강의자료로 만들어낸 수많은 콘텐츠를 기반으로 생성형 인공지능이 송코치의 역할을 대신하게 만드는 야심찬 프로젝트입니다. 그러면 내가 자는 동안 노는 동안 다른 일을 하는 동안 내 통장에 차곡차곡 입금되는 또 하나의 강력한 파이프라인이 만들어집니다. 물론 이 책을 읽는 독자에게도 얼마든지 가능한 일입니다.

인공지능을 활용하여 책쓰기에 도전해 보세요. 송코치가 운영하는 인터넷 카페 빵굽는타자기 자료실에서 생생한 내용을 공유합니다.

송숙희의빵굽는타자기

에필로그

부자작가 평생차선

좋아하는 글쓰기로
백만장자처럼 산다는 것

워런 버핏과 나는
부자가 되고 싶은 상당한 열정이 있었습니다.
페라리를 원했기 때문이 아니라 독립을 원했기 때문입니다.
나는 그것을 간절히 원했습니다.

– 찰리 멍거 –

좋아하는 일을 하면
인생이 훨씬 수월해진다

신경생리학자 로버트 새폴스키 스탠퍼드 대학교 교수가 사파리 캠프의 쓰레기를 먹고 결핵에 걸린 아프리카 개코원숭이 무리를 집중적으로 관찰합니다. 연구 결과, 결핵으로 목숨을 잃은 개체는 무리를 이끄는 강한 수컷들이었다고 해요. 암컷, 덜 지배적인 수컷, 그리고 어린 원숭이들은 모두 결핵을 이기고 살아남았다지요. 새폴스키의 분석에 따르면, 치열한 경쟁을 벌이던 강한 수컷들은 지속적인 긴장으로 인해 결국 병을 이기지 못했다는 겁니다. 그리고 살아남은 개코원숭이 무리가 이전보다 더 번성했다는데요. 약한 개체를 괴롭히던 강한 존재가 사라지자, 개코원숭이 무리가 집단적인 불안에서 벗어나 행복한 삶을 누리게 된 것이라고 합니다.

이 연구에 대한 글을 읽고 내가 왜 그 오랜 시간 – 22년째나 정규직을 마다하고 일했는지를 깨닫습니다(본능적으로 오래 살고 싶었나 봅니다). 또 내가 사업체를 꾸리거나 1인 기업이라는 사업형태도 마다하고 프리랜서로 일했는지도요(1인 기업도 경쟁에서 살아남아야 하는 한 끊임없이 경쟁해야 하는 추월차선임을 나도 모르게 알아버린 거죠). 그리고 마침내 이러한 일하는 방식을 이르는 이름이 따로 있다는 것을 알았습니다.

《백만장자 작가수업》 책을 연구하는 동안 발견한 것인데요. 내가 '프리랜서로 살아서 좋아요'라며 자랑하고 권유한 그 일하는 방식이 실은 워라밸을 목표하는 라이프스타일 사업이었고 나는 이미 라이프스타일 사업가로 살고 있었다는 거죠. 이 책에서 소개한 글쓰기로 부자되기가 바로 라이프스타일 비즈니스(Lifestyle business)입니다. 나는 워킹맘으로 일하며 한 번씩 고속도로 달리며 스트레스를 풀어줘야 했지요. 그런데 이런 방식의 속풀이는 참 위험하죠. 달리면 달릴수록 더 달려야 하니까요. 속도에 금방 익숙해져 극한까지 달려야 하니까요. 일에서도 스피드를 즐겼는데 직장인으로 살기를 그만 두면서 속도경쟁에서 벗어났어요. 사표를 내면서 속도광에서 자연스럽게 벗어났습니다. 회사를 그만 두니 속도낼 일이 그리 없더만요. 장거리는 고속철도를 이용하고 굳이 운전을 해야 하는 상황이라면 국도로 돌아돌아 느릿느릿. 내가 일하는 방식을 내가 정하고 내 시간 내 맘대로 쓰니 가능한 일입니다.

라이프스타일 사업은 이렇듯 아예 다른 차선입니다. 프리랜서 차선 아니고요, 1인 기업 아니고요. 오롯이 나에게 의미 있고 나에게 맞춤한 나만의 전용차선입니다. 나만의 차선에서 나는 내가 원하는 속도로 달립니다. 그것도 싫으면 멈추든가, 또 시동을 걸든가.

그래서 권합니다. 당신이 힘들고 지쳤다면 라이프스타일 사업으로 전향하시기를 권합니다. 그동안 일만 죽어라 했는데 미래가 불안한 가요? 그 경험이면 됩니다. 그 경험을 글로 쓰고 부자작가가 되세요. 어떻게? 잘 팔리는 책만 한 권 내세요. 그 이후에는 부자작가의 삶이 저절로 펼쳐진답니다.

빨리 벌어 빨리 은퇴 파이어족? 80대 불퇴족!

미국의 감염병 전문가 앤서니 파우치가 코로나 사태에 대응하는 컨트롤타워의 수장으로 일한 것은 80세가 넘어서입니다. 여전히 활발하게 활동하는 동물학자 제인 구달은 90세이며, 와카미야 마사코는 일본의 현역 프로그래머인데 89세입니다. 낸시 펠로시 상원의원은 84세이고, 미국 대통령 조 바이든은 82세입니다. 한 신문이 80대에도 현역으로 일하며 은퇴하지 않는 '근로 신세대 불퇴족'들을 '옥토제너리언'이라는 말로 소개했습니다(옥토제너리언은 80대를 뜻합니다).

부자작가는 옥토제너리언이라 불릴 때까지 일하기 딱 좋은 직업입니다. 부자작가의 불퇴족 롤모델은 거의 100세입니다. 대표적인 분이 103살의 현역 김형석 선생님, 95세에 돌아가신 저명한 경영사상가 피터 드러커 선생님입니다. 두 분 모두 잘하는 일, 좋아하는 일로 글을 쓰고 돈을 벌고 강연하고 컨설팅하며 은퇴를 모르고 사는 부자작가의 전형입니다. 부자작가 지망생인 우리의 미래이기도 하지요.

"만약 어떤 사람이 남들보다 더 좋은 글을 쓰면, 사람들은 그의 집이 아무리 울창한 숲 속에 있다고 할지라도 그 문 앞에까지 길을 내고 찾아 갈 것이다."

미국 철학자인 랄프 왈도 에머슨이 한 이 말처럼 우리가 돈이 되는 글을 쓰는 한 어디에 있더라도 독자는 우리를 찾아낼 겁니다. 좋아하는 일을 하면 인생이 훨씬 수월해집니다. 글쓰기를 좋아하는 당신, 글쓰기로 돈을 버는 보상까지 받는다면 당신의 인생은 얼마나 수월해질까요. 이 멋진 글로소득의 세계로 발을 디딘 당신을 축복합니다.

《백만장자 작가수업》

이 제목은 나이키 창업자이자 '백만장자'인 필 나이트가 첫 책을 쓰기 위해 모교인 스탠퍼드 대학교에서 3학기 동안 작가수업을 받았다는 해외뉴스를 보고 떠올렸습니다.

그가 무려 70세의 나이에 집중적으로 글쓰기 수업을 받고나서 쓴 책이 《슈독》입니다. 이 책은 전 세계적으로 2백만 부나 팔린 초베스트츠셀러가 되어 작가로서 또 자신이 만드는 나이키라는 브랜드의 자존심을 지켜냈습니다.

이 책에 담아낸 콘텐츠는 당신을 위한 '백만장자 작가수업'입니다.

당신이 좋아하는, 잘하는 일로 글로소득을 발생시켜 평생연금 보장받는 부자작가 – 백만장자로 살아가기를 진심으로 바랍니다.

그 여정에서 필요한 결정적인 하나, 당신의 책쓰기를 위해 이 제목을 바칩니다.

백만장자 작가수업

초판 1쇄 인쇄 · 2023년 11월 15일
초판 1쇄 발행 · 2023년 11월 30일

지은이 · 송숙희
펴낸이 · 이종문(李從聞)
펴낸곳 · (주)국일미디어

등 록 · 제406-2005-000025호
주 소 · 경기도 파주시 광인사길 121 파주출판문화정보산업단지(문발동)
영업부 · Tel 031)955-6050 | Fax 031)955-6051
편집부 · Tel 031)955-6070 | Fax 031)955-6071
평생전화번호 · 0502-237-9101~3
홈페이지 · www.ekugil.com
블 로 그 · blog.naver.com/kugilmedia
페이스북 · www.facebook.com/kugilmedia
E-mail · kugil@ekugil.com

· 값은 표지 뒷면에 표기되어 있습니다.
· 잘못된 책은 구입하신 서점에서 바꿔드립니다.

ISBN 978-89-7425-898-6(13800)